光景

女警扶贫记

苏丽——著

陕西新华出版传媒集团

陕西人民出版社

图书在版编目（CIP）数据

光景 / 苏丽著 . —西安：陕西人民出版社，2020.9
ISBN 978-7-224-13725-5

Ⅰ. ①光… Ⅱ. ①苏… Ⅲ. ①纪实文学 – 中国 – 当代
Ⅳ. ①I25

中国版本图书馆CIP数据核字（2020）第150821号

责任编辑：耿 英
封面设计：冯 波
内文设计：崔 凯 蒲梦雅
摄 影：李世旺 苏 丽

光 景
——女警扶贫记

作 者 苏 丽
出版发行 陕西新华出版传媒集团 陕西人民出版社
（西安北大街147号 邮编：710003）
印 刷 陕西龙山海天艺术印务有限公司
开 本 787毫米×1092毫米 1/16
印 张 17.25
字 数 250千字
版 次 2020年10月第1版
印 次 2020年10月第1次印刷
书 号 ISBN 978-7-224-13725-5
定 价 59.00元

如有印装质量问题，请与本社联系调换。电话：029-87205094

刻录岁月承载的绚丽时光

苏丽要出一本书，一本记录自己六年扶贫工作、生活、感受与体悟的书。电话中柔若鸿羽的语气庄重平和，回音环旋，萦绕耳鼓。让我喟然：有理想和追求的人生如花圃般色彩绚烂，令心壁苍痕者羡慕。

她邀我作序，我虽事务缠身，此刻却语塞沉吟，拒绝的理由遁形。

脱贫攻坚工作是当今中国新时代的一篇宏大叙事；是中国共产党人将理想变为现实的步履铿锵；是人类社会消除贫困，消灭贫富悬殊，走向共同富裕的执着和前往！但凡有识之士了解人类社会发展历史，自然分辨得清贫富这一阶级划分的硬核依据在历史变迁、朝代更迭中所扮演的角色。是的，历史兴替的原因固然诸多，但贫富差距，尤其是悬殊的贫富绝对是社会矛盾激化、人群撕裂的焦点、切口与导火索。"苟富贵，无相忘""均贫富""耕者有其田"等等历史的呐喊，穿越了时空在云汉间回荡，像警钟一样时刻在敲响——

2015 年以来，发生在中国大地上的脱贫攻坚奔小康，不仅仅是共产主义学说的继承与发展和人类命运共同体中国方案的尝试与实践，更是人类社会走向共同富裕的伟大书写。这六年间，全国成千上万的扶贫工作者与帮扶对象，日思夜想，齐心协力，不仅让新农村建设的理想深入人心，更多的是直接参与和践行，书写了许多可歌可泣的感人事迹。每一次聆听，我们的心灵都会被那些鲜活生动的故事，那些人性的至善柔软，撞击着、感动着、柔润着……

　　因为自己所在的单位先后两度帮扶两个村子，我本人也联系着其中之一，这几年进村入户，也没少了腿脚；还有参加扶贫调研及省文联组织的扶贫活动，更有亲戚朋友中多人参与其中，不时地交流对接。通过这些年的扶贫实践，我增加了对扶贫工作的认识和了解，扶贫工作，带着真情。

　　文字是有温度的，有时滚烫灼心，有时冰冷刺骨。所以我们常常会向那些给我们带来善、带来温暖的文字表达致敬！苏丽在作品中写道："真正的善良是平等，不是自上而下的施舍，是给予受助者人格的尊重，是发自内心的一视同仁。"她以女性特有的视角，感知着人格平等——它是消弭不同阶层隔膜壁垒的法器，是心与心沟通的桥梁。《光景》内容丰沛，形式自然，语言没有着意雕饰，文字清新温婉、平实畅达。作品中的小故事、小场景、小细节切扣大主题，让平凡人的身上散发出不平凡的光焰。27 篇文章分为六个章节，脱贫攻坚的主题立意凸显，不失为一种天然文本的展现。

　　六年驻村，时光漫长。对一个上有老下有小、丈夫同在扶贫、女儿面临高考的女性而言，百味杂陈，心事浩繁。白云苍狗，岁月悠远，六年，是人生的一个小单元。但对苏丽而言，是一段充满阳光与风雨，记忆深刻的难忘岁月。苏丽的可贵，是六年扶贫工作两千多个日日夜夜的全程参与，用六年间与乡人相处，感同身受的体悟与记录，写出了一份自己独特的真情实感。她不仅仅是亲历、是记录，还有见证、践行！佳县乌镇刘家峁村的记忆，会铭刻在苏丽和榆林公安扶贫团队的脑海中，也是中国扶贫的一个缩影，成为历历在目的历史影像。"庄稼人盼的是好光景"，《光景》必然会穿行在时光的长廊里，流淌于岁月的长河中……

　　榆林市公安局是我工作过 25 年的地方，苏丽是我的前同事。在其《光景——女警扶贫记》出版之际，写以上话。

　　是为序。

李子白

（陕西省作家协会党组成员、陕西文学院常务副院长）

2020 年 7 月 19 日凌晨于泓谷斋

目 录
Contents

第一章

乌镇"李子柒"

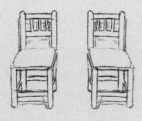

"李子柒"式的生活开始了

我在城市里生活了 30 多年，眼睛里每天都是一座比一座高的楼宇，车水马龙、人潮汹涌的商业区，要么只看到密集排队的车流，要么满眼全是来往穿梭的脚后跟。尽管热闹，但人们匆忙而紧张的脚步，麻木、冷漠、孤独的脸，灯火通明分不清白天与黑夜的繁华街道，城市里人与人之间的客套与寒暄，令人唏嘘。

我和所有公务员一样，日常四次打卡签到、一日三餐，周而复始。作为一名人民警察，需要时刻守护在老百姓身边。因此，人们为我们还送来了另外一个称呼——"蓝狗"。有不少人认为这是个骂人的词儿，但我不这么理解。"蓝"指我们身上的藏蓝色警服，那是我们富有理想而特有的颜色，而"狗"则代表忠实于百姓的伙伴，忠诚守护万家安宁的警察。尽管，我以"蓝狗"自豪，但还是被工作的繁忙、生活的艰辛、喉部的疾病缠扰得身心疲惫。直到 2014 年 6 月 2 日，我接了单位人事处电话起，这一切都变了。

单位派我和同事马晓惠、党琴三人组成第一批驻村工作队去佳县乌镇刘家峁村、张家沟村参与精准扶贫工作，最少两年。一听说要去农村，我的心就飞了起来。对于一个从没有在乡村生活过的人来说，那里就是天堂，别说两年，就是再长时间我也乐意。我所向往的"李子柒"式田园生活就要开启了。

结束了榆林市组织的驻村联户专业培训后，我和同事就去贫困村开始入户走访。农民朋友热情好客，刚合上电话，老远就看见几个人在路口迎接我们了。因为有一段土路导航不显示，村书记、村主任担心我们找不到路，车进不了村，得步行。我倒巴不得双脚踩在泥土上，幻想着脱掉鞋子满山跑的模样儿，竟窃喜着。两个村的书记、村主任把手在自己衣服上擦了擦，才与我们逐一握手。他们的手正是我在电影里看到的那样，粗糙而皲裂的皮肤传递着岁月的宽厚与温度。引导我们把车子停好后，步行领我们熟悉村组路段。农村人比城市人更懂得守规矩，哪怕是停辆自行车都要为行人和农用三轮车让道。农村比城市空地是多一些，但自然村组道路开通量少且道窄，净是些羊肠小道，仅是停车我们就花了不少时间。

参观完庄稼地，村书记、村主任带我们走访了几家农户。老乡们早就洗好了黄瓜、西红柿，水滴落在筛子下面的塑料桌布上，掉了皮的搪瓷碗里盛了瓜子和花生，没有人动过，仿佛筛子上都写着"欢迎"二字。窑洞里除去仅有的那台旧电视外，几乎没有什么家具、电器，就几只纸箱子蹲在地上。墙角瓮里水是满的，石柜的粮是足的，老乡们的衣服虽旧了点，但蛮干净的。"我们的手老干农活，脏，你们自个儿抓着吃昂（啊）！"农户大姐头发梳得溜光，只是衣服扣子在忙乱中扣错粒，衣襟斜了。一旁的男主人端直地站在纸箱跟前，整理纸箱上放着的馒头招呼大家尝尝。大姐腼腆地看着我们，左手端盆、右手端碗，把坚果和黄瓜捧到我们跟前。

我被他们的淳朴所触动。他们把长得好看的黄瓜、西红柿、小苹果摆

刘家峁村原貌

我的第一间宿舍

出来，弯曲的黄瓜和裂了缝的西红柿都堆在用报纸盖着的小筐里。尽管我最喜欢生吃西红柿，可那一刻我却有些舍不得了，抓了一把南瓜子分给同事，一起嗑了起来。出门前，大姐往兜里给我塞南瓜子，边塞边说，看你爱吃，多带点，想吃了就再来啊！从她欣喜的眼神中，我读出了满足。我没有拒绝，也许她喜欢这样的表达，揣在兜里的是情意。我和同事心里嘀咕：蓝天白云，山川秀美，庄稼长势喜人，村民家里整洁干净，这是贫困村吗？这是贫困户吗？

枣树上开着的小碎花被风吹落几朵飘落在我的发丝上，连风都是馨香的。乡镇干部看我和同事又跑到玉米地里拍照留念，笑着说，以后大把时间给你们拍，村里好多风景等你们去看呢！往常从早到晚的8小时工作时间过得慢，但在村里的一天时间过得老快了。我低头思谋着该如何与两村的干部们商讨扶贫工作。我说："张书记、刘书记，我看咱村里整体情况不错，村民们'两不愁、三保障'基本靠谱。那段进村土路，我们想办法申请专项资金，咱先修路。你们熟悉村情，当下急需解决的，有劳几位先列个计划，回头汇报完领导，我们再认真调研，咱们明儿就撸袖子干吧！"在场的村委班子四个人，面面相觑。我突然觉察到了异样，这感觉叫难以言表。张家沟的书记刚准备开口，村主任就拽了他的衣角。刘家峁村的刘书记心直口快："今天带你们看的几户是昂米（方言，指我们）两村最好的人家，仅有的几户，其他的不敢让你们看，怕你们看了再也不想来了……"另外一位干部嘴里嘟囔着："何况还是几个女人，能做个甚？"

农村人过日子要踏实，城里人过日子要浪漫。陕北人把过日子也称"过光景"。我喜欢"光景"这两个字，"光"代表光明、光阴，"景"就是经历、景致，甚好。

我时常感恩驻村生活给予我的馈赠。让我走向成熟的大部分时光是在榆林公安的警营中度过的，而其中最近的这六年是在贫困却美丽的山村里度过的。当我看到贫困村村容村貌的改观，村民精神面貌的转变，才明白内心强大意味着什么。村里的天是湛蓝的，地是暖和的，雨是柔的，风是清的，人是不绕弯、纯粹而又简单的，黑白是非皆是分明的。村民摘了大南瓜、挖了新土豆、掰了鲜玉米送来，饱含的是善良和真挚。我一直在思考，究竟是什么原因让我深爱着这片贫瘠苍凉的土地？答案终于在疫情肆虐的庚子年春居家隔离的这些天里找到了。

它是当初穿梭在城市的高跟鞋与农村的平底鞋的转变，是即使平日里也需要戴口罩防护与农村大口呼吸负氧离子空间的置换，是城里的水果冰激凌和村里西红柿撒白糖的替代，异乡的一切都无时无刻地唤醒我。就连天上的云和星，地上的牛和羊，也与人有一样的灵魂和感情。与万物随时对话，感知它们的心情时，原来时间也是可以凝滞的。这是一场令我心灵触动的工作经历，也是一场丰盈内心的生活洗礼！扶贫，也扶了我自己。

然而，回忆再美，所有的悲喜也终将被时间风干。于坚老师说过："如果不写，才是灾难，这意味着忘记。"我想把这些过往和变迁、这份特殊的遇见和经历用图文记录下来，自知力不从心，但作为榆林市公安局脱贫攻坚驻村帮扶工作队从 2014 年开始到即将收官的 2020 年一直工作在第一线的老队员，我情愿把这些简字陋文"羞"在眼前，为那些奋斗在脱贫攻坚战线上的平凡人记录一段往事，为这些普通村民书写一段历史。我从 2014 年 6 月开始，把这些细碎、温暖的小故事整理、记录下来。哪怕有一个人在看，哪怕有一个人能懂，我也心满意足，抱拳感恩。

农村，并不是我想象中的天堂。进村入驻正式开展工作后，首先挑衅我的是从荒郊野外赶来各显神通的蚊蝇蛾蝎大侠们。上午，在漫山遍野的绿草野花中，我张大嘴巴呼吸，仿佛时间已停止。午饭时，苍蝇早早在门帘上黑压压排成一片，让原本垂涎农家饭的我没了胃口。夏日的正午实在

第一章 乌镇『李子柒』

手工酸汤饸饹，是刘家峁村村民待客必吃

村组路尘土飞扬，扬起的还有信心

我到刘家峁村的第一个帮扶项目——打坝工程

难熬，入户走访，半路上衣服就湿透了。那太阳真是能把地上的鸡蛋烤熟，嗓子也跟着冒烟。终于明白为什么地里干活的农民戴着草帽还被晒成高原红。等我回到窑洞，凉帽摘了，发现脸上只留下眼镜框的印子，什么高级防晒霜在这里都不顶用。但这不是最惨的。

夜里窗外见光就扑腾的飞蛾是我更不能忍受的。我想关掉窑洞的灯，但农村的夜晚静得可怕，蚊蝇嗡嗡的声音更令人厌恶至极，胆小的我恨不得逮住就把它拍死。苍蝇拍是我每天清洗、消毒次数最多的小伙伴。我蜷缩在床的一角想闭着眼睡觉，可是村委会的这排窑洞不知道怎么搞的，窑壁上全是水珠子。白天晾晒后的被子余留着一丝阳光的味道，可它打不过潮湿，被褥一会儿就湿了。但这也不是最惨的。

有一天早晨起床后，我在枕头下面发现了一只"毒虫"。没敢去打，因为我不确定它是死是活，万一苍蝇拍一拍子下去，毒液出来怎么办？我把它轻轻从床单上拨到地上，赶紧叫来外面施工的工人。他们到我的房间一看，笑得前仰后合。平日不苟言笑的保田大哥扑哧一笑说："嗨，这是能换钱的蝎子啊，你瞭怕，我来！"说着，他居然没有用任何"武器"直接用手将蝎子的头部一捏，把尾毒钩子一揢就算完事了。一群人笑我城里娃娃没见过蝎子。是的，我是真没有见过，小时候听外婆说过，蝎子蜇人比马蜂疼。但这依然不是最惨的。

我在院里扫地，一条绿蛇从第一孔窑里向我爬来。我撂开手中的扫把，拼了命似的向里院的厨房跑去，嘴里喊着妈，吼着："抓蛇了！"还真是的，人在最害怕、最开心的时候，第一声喊出的就是"妈呀"。厨房里帮灶的锦春书记听到，忙拾起立在窑门口的锄头，向蛇砸了过去。村主任希东也跑出来了，拿起砖头扔向又往墙边跑的蛇，我真是吓坏了，手抖脸紧，待在厨房的我，忘记了热。白天外面太阳烤，晚上窑内湿气重，一冷一热，一干一湿，没待两周我就病倒了。回到榆林，老公带我去医院检查，得了

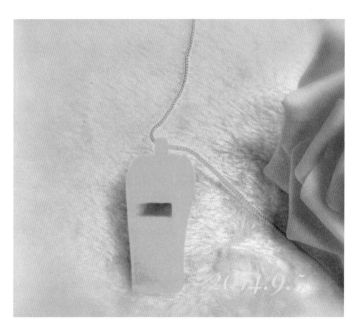

嗓声治疗期间女儿送我的口哨

支气管肺炎。嗓子又疼又哑，说不出话来。

是的，村民真是说中了，"几个女的，能做个甚"？

村里人不怕冰灾，没畏过"非典"，更不惧地震。崩塌和洪灾是村民每年心口上随时会戳来的箭。调研中我们得知，刘家峁村1966年修成的寺圪堵大坝和1971年牛峁沟人工修建的淤泥坝，每年夏天洪水下泄，坝体受损。寺圪堵大坝虽然于2013年维修过一次，但加固坝梁排洪后，排洪道又被大雨冲毁，次年又会被冲塌，都处于危险状态。张家沟村红地沟至枣良塌人行出路，下雨后，村民根本无法出行，严重影响农业生产则急需硬化。

屋漏偏逢连阴雨。2014年8月3日这天，我被确诊"声带白斑"。我以为就是个普通病，直到几位大夫问及我什么职业，安慰我不要有心理负担时，我才意识到问题的严重性。走出医院，我用手机百度了"声带白斑"。原来，医生只说了医学名，没有告诉我它的俗名是"癌前病变"……医生的建议是，服药和雾化同时治疗，一月两次喉镜检查，第一疗程为三个月。最要命的是：三个月完全噤声。完全噤声意味着什么？意味着我的声带不能有任何振动，避免因感冒咳嗽而振动声带，杜绝发声发音。

从儿童到成年，我患过淋巴结核、败血症、心肌炎、阑尾炎等，输过血，也被抢救过。我很庆幸自己遇见了我的父母，他们早已为我种下了坚强的种子，不碍事，都扛过来了。所以，这一次的磨难我当作是人生的经历，也都会扛过来的。

扶贫村的项目建设申请已经提交了。我给村书记发信息告知。女儿放学回来舔舔嘴唇，抿着嘴笑，从书包里拿出一个口哨。她说，做好饭就不用从厨房跑到书房拍肩膀喊她吃饭了。人的微笑，人的眼泪，都是人的权利。我低着头，轻抚着口哨看了许久。我知道，绿色是她特意选的。口哨我至今还留着。

电话响了几声挂掉了，是村书记打来的，他是提醒我看手机的。他发来信息，说村里又发洪水了，问我款项什么时候能下来，村民们又开始筹钱维修了。听说后天还有雨，这可怎么办？我能想象他们无助的脸，尽管我的治疗很痛苦，可他们的疾苦更令我痛苦。

我是那么渴望自己快快好起来。

三个女人一台戏

三个月"噤声、雾化、服药"的第一个疗程结束后，我的体重增加了11斤。但队长晓惠姐和队友党琴妹却消瘦了。这让我心生愧疚，既心疼也"嫉妒"着。心疼的是：本是三个人的活儿她们两个人担着，城里村内来回跑的次数随工作需要多了起来。有时她俩也分开跑，一个跑村、镇，负责联络乡镇帮扶干部和走访村内贫困户，一个负责市、县两级财政、交通、水利、国土、电力等各相关部门扶贫项目政策和资金的争取。早出晚归，风吹日晒，脚下泥、身上土真是常有的事儿。有些时候，别人看不见，而我们仨都是亲历者和彼此的见证者。

我如她们一样，承受着既要认真工作又要持家的矛盾和纠结。虽然鱼和熊掌不可兼得，但陕北女人想尽全力做到最好。她们背上刻着倔强，绣着坚韧。她们认真踏实干好工作，甘当绿叶支持老公的事业，用心良苦教育子女，任劳任怨做饭洗衣。

"嫉妒"的是：她俩不管着警服还是穿便装，怎么看都漂亮、得体。女人的天性容易对比自己好看的人萌生嫉妒。自己胖得连春秋警服也穿不上，别说干练的夏季衬衣了。我望着镜子里自己"大圆饼"的脸和"大水桶"的腰，一些从未有过的情绪也随之而来。

每次治疗结束的次日，我方能打开手机。扶贫工作群是我置顶了的，一旦群里弹出贫困户口数据核对信息、下发的文件以及培训教材，再看看她们忙碌、紧张的身影时，我感动的泪珠吧嗒吧嗒落在手机屏上。我在群里说，你们在外面跑，我给咱在家做点不需要出声的手工活儿吧！晓惠姐回复："女人何苦为难女人，好好给我在家养病！"琴妹妹给我带来家乡的天然海红果汁（海红果是榆林府谷特有的，在黄河独特的地理环境下孕育出的一种果实，果中钙王，海红果汁也是府谷当地的扶贫农产品，我在第四届丝博会陕西扶贫成果展榆林馆内推荐过。那次来自榆林的5大类47种由贫困地区生产的农副产品亮相丝博会。这些农产品各具特色，品质优良，受到了来自全国各地客商的青睐）。完了，我是真"中毒"了，推广扶贫农副产品竟成口头禅了。我在写括号里的这段话时，不禁笑出了声。

我感受着"三口之家"的温暖，不管这场战役有多艰难、多困苦、多不易，始终吓不倒我们三个女人，我们有信心打赢它。

集中噤声治疗告一段落后，我立即回到工作岗位。不用做雾化，带上药，少发声说话就是了，因为外面看起来，我并不像病人。医生说，从此以后，水瓶子不得离手！农村生活条件虽然差，但空气比城里新鲜，这对我的喉部疾患的恢复没坏处。我又同她们一起奔走在城乡之间。

我是女人，我也有家。我老公的负担越发重了起来，他在单位也参与驻村扶贫工作，他一边工作一边照料孩子。他说，我治疗刚结束还没有完全恢复，男人家骨头硬，多跑两趟没关系。榆林、西安，医院、学校，往返奔波，两头家里的皮箱从来没有入过柜，一直在门口放着。

我也想过让我的父母去西安照顾孩子，可我的治疗一直是瞒着二老的。

刚驻村的那几个月，村书记刘锦春家的烟火气最抚我们心

一日两餐都吃方便面的日子

手术治疗的前一天，我用电脑与他们视频，细心的母亲似乎意识到了什么，隔一天就要视频一下，孩子和老公以洗澡、出去买菜、超市购物、去物业办、楼下扔垃圾等各种善意的谎言欺骗着母亲。而我，为自己过早让孩子学会"撒谎"而心生愧疚。

但我不觉得苦，因为还有一种是甜蜜的负担。我们给张家沟村硬化道路，为刘家峁村坝地维修、加固坝梁排洪。村民们已将我们当亲人看待。看到他们脸上的满足，我们仨瞬间有了成就感。只是驻村联户的任务愈发重了起来，县上动作快、动员会议多、安排部署细，文件、制度、报表也随之多了起来。各级领导干部比我们担的责任更大、更重。乡镇干部魏旭烨、第一书记张冠军和张刘军手把手指导我们的工作。精准扶贫，讲究的是精，是准。我们与他们年龄相差不太大，参与扶贫工作也快一年了，但在他们面前，我们相形见绌，只觉生活中处处是学问。

经历了第一个在农村生活的四季，看过了花开花落，听过了风声雨声。时间像一个孩童，有充沛的精力，有使不完的劲，我们几个也如孩童一般，累着，笑着，蹦着。2015年8月，驻村工作队迎来了第一次分离。因工作需要，晓惠姐要回市局机关上班了。我和琴妹妹在不舍与祝福声中欢送晓惠姐，同时也欢迎新队员李凝妹妹的加入。榆林市公安局领导考虑到在驻村工作队中我较她俩年龄稍长，上班时间较长，决定任命我为驻村工作队队长。少了晓惠姐的疼爱，多了一份像晓惠姐一样的担当与责任，我找不下最恰当的词来表达当下复杂的心情。

晓惠姐虽然回机关了，但她教给我的工作方法在，我们团结友爱的工作氛围依然在。驻村工作队的三个女人继续唱好一台戏，越唱越有劲。我们设计了村情问卷和村民家庭问卷，开展覆盖每家每户的村民家庭情况调查，撰写了调研报告，市局出资给村民购买了春耕地化肥，开展了春节为特困户送温暖活动。

又是一年的冬天，村里冻得待不住，滴水成冰。口罩上、眉毛上、帽檐上都结满了冰凌花。我们偶尔会去镇上的派出所里"混"女民警宿舍取暖，蹭民警的食堂吃饭。所里有位女警叫常宁波，米脂人，短发，眼睛和嘴巴都会说话。每次见到她时，看见的都是她阳光般的笑容。李瑜瑜不太爱说话，温润如玉，后来我才知道她拍过微电影，乌镇派出所真是藏龙卧虎的地方。两个女孩子帮了我们不少忙，碰到一些方言重的村民，她们主动承担起翻译的工作，数据报表也没少帮我们填。孙艳丽是佳县公安局政工科民警，与我在市局机关工作时往来较多。去县城办公事的时候，老找她麻烦。嘴馋的时候，她带我吃过马蹄酥（佳县独有面点，形如马蹄）。我也蹭过她的办公桌、电脑、电话，打印纸没少浪费，年底各项检查报表、汇报总结，大多都是在县局政工科完成的。同行嘛，总是感觉更亲近，去佳县公安局就像回到市局机关一样，只是他们待我太客气，反让我不好意思起来。后来，宁波、瑜儿和艳丽都成了我的好朋友，她们热爱生活，像开在春天的花儿，我什么时候看到，什么时候就赖在她们跟前舍不得走。看她们在朋友圈里发了好吃的，我这个馋猫总要打破砂锅璺到底，学做法。如今，宁波调回县局政工科，与艳丽成了同事、好姐妹，是得力干将，李瑜瑜回到县局的禁毒大队成了中流砥柱。

回首这一年，遇见多少从陌生到熟悉的面孔，我们学会了如何与村民打交道，学会了如何配合县、乡级干部的工作，也学会了坚强，懂得了感恩与善待他人。我爱乡村的人们，也爱乡村的泥土。无论我在键盘上怎么敲击，这些文字也不能完全表达对驻村生活的怀念。每个人都像一道光，照亮了贫困户脱贫的路，也照亮了我们驻村干部的帮扶路。这里的犄角旮旯都藏着故事，看似寂寥的村庄，也有着深厚的文化内涵。如果你真的用心去品了，一定会有所收获。

 我是驻村工作队队长

  日子晃呀晃呀，就来到了 2016 年。

  3 月的陕北依然寒冷。宿舍里洗完头不敢出门，头发会结冰，易感冒。来村里一年半了，生活条件艰苦、饮食习惯差异都能慢慢适应，就是上厕所和洗澡，实在难以忍受。农村厕所简陋，多为院外露天旱厕。冬天还能将就，一到夏天，粪水暴露，蚊蝇蛆虫滋生。我找过就近的田地解决"紧急情况"，时间久了，手纸没地儿扔，加上女人家的月事，让人发现了该多难为情。于是，我从家里拿了好多黑色的大塑料袋，小心翼翼地二次包装，然后集中起来，周末回城的路上扔进垃圾筒。

  人就是这样，有些东西不用它时，确实想不到。比如农村夜里的路灯。村民们习惯了没有路灯，每日地里的农活儿，都自然集中放在了白天，他们和太阳赛跑，把白天的分秒握在冻裂的双手中，抓在额头的汗水里。周而复始他们习惯了日出而作，日落而息。他们勤俭节约，不多亮一分钟的灯泡，不舍得多用一滴水。农村的夜晚比城里来得早，见不到几家亮灯的农户，静悄悄的，连风吹树叶的声音都听得清清楚楚。刚来村里的时候，还真以为没通电。村民每日洗漱的次数比城里人少，很多人并不刷牙。如果不是去镇上赶集，他们不怎么梳洗打扮。环境真是改变人，我竟然也早晨起床只刷牙漱口，不洗脸了。如果不是迎接检查，或者入户走访，我甚至到中午都不洗脸。洗澡的问题，也好凑合，冬天出汗少，一周回一趟家洗一次就行。到了夏天，接盆水，拿毛巾擦一擦算完事。

旱厕里的蚊蝇蛆，造成痢疾等肠道传染病和寄生虫病高发，部分村民卫生意识差，牙龈、牙周疾病不在少数；村民们眼病知识普及率不高，不太注意用眼卫生，儿童在发育期间不重视眼睛的养护，老年人则认为眼病不会危及生命，眼疾在我们的贫困村里也多见。

驻村工作队的成员、人数没增，但多了个玉家沟村需要帮扶，多一村人就多了一份责任和压力。可喜的是党琴妹妹怀上小宝宝了，祝福声中琴妹妹也像之前我患病时那样说："姐，你们外面多跑，我家里多干点活儿！"我是女人，我怀过孩子也生过孩子，山路崎岖，舟车劳顿，我可不想让她受这苦。我们的任务是帮扶刘家峁 25 户、张家沟 44 户、玉家沟 15 户，共计 84 户的贫困人口。我们需要对接的人也多了起来，有张家沟村书记张锦宝、村主任张连东，玉家沟村主任刘生彪，刘家峁村书记刘锦春、村主任刘希东，还有乡镇帮扶干部魏旭烨，第一书记张耀瑞、张冠军。有时我和凝妹妹会张冠李戴，他们丝毫不介意。

一年多的走访帮扶、入户调研，我们基本弄清了贫困原因：患病、身残、供学生、缺劳力、缺资金、缺技术等。怎么办？夜静时，我对着桌前那盏灯发呆。天亮时，我望着眼前这些人心疼。

作为工作队队长，如何带着他们走出贫困？我在镜前第一次发现了白发，右边那么一撮，十几根。我赶紧再扒拉左边，发现也有。

来乡村工作和生活，让我变得愈发感性，一句话，一个眼神会让我热泪盈眶。我去县城办事，到组织部领取新下发的脱贫工作日志和"两学一

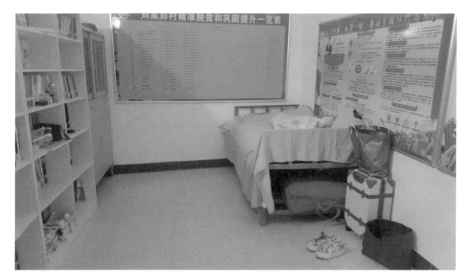

换了新的宿舍，有书相伴的长夜少了孤独

翻新的村委会和驻地办公室

做"学习教育辅导资料，这是要给村民讲党课的资料。佳县县委组织部的高向东是从我们公安口调过去的，第一次见到他时就觉得亲近，他教了我一些如何组织村委班子讲党课的方法。每个给予我帮助的人我都记得，哪怕是句鼓励加油的话，都让我心存感激。

四月春暖，杏花、桃花和梨花次第开放。讲党课的那天，阳光明媚，我折了几枝花放在会议室的水瓶里，三个村委班子成员到齐了，部分党员村民代表也来开会学习了。之前，是不太能请动他们的，现在一天天地熟悉起来，他们有时也拿我说笑："花花插瓶瓶里是好看，你把树枝枝折了，昂米（方言，我们）的杏子怎能结上树梢梢呀！"我明白，他们不是太想听什么课，他们关心粮食，关心农事，顶多是与我聊聊天。我赶紧撤掉插了花的小水瓶，他们笑得更厉害了："看人家城里娃娃，就是懂规矩。"我把马尾辫整理了下："大叔大妈，我不是娃娃了，我是娃娃的妈妈了……"看他们开心了，我就摘了"两学一做"部分内容念给他们听，怕他们记不住，我把"学党章党规、学系列讲话、做合格党员"换成了"学共产党人的规章制度，种好田；学习大大讲话，务好农；做合格党员，当好人"。之后，又顺便与村民们聊了聊今年的帮扶打算，他们感兴趣。那天，乌镇派出所张军副所长带领所里的民警也参加了学习，他在会上就矛盾纠纷排解进行了动员。我们的团队日益壮大。

初夏，我拿出的为村民义务诊疗的活动方案很快得到了局领导的支持。市局行政装备科第一时间派车、出钱，人事科联系了榆林市第二医院的专家、医师。6月8日，我们邀请了榆林市第二医院内科、外科、五官科和中医科的专家组成义诊医疗小分队，将村民集中到张家沟村委会进行义诊活动。医疗小分队对三个村的常见病、多发病及疑难病进行了初步筛查、诊断和一般治疗，根据看病群众的身体状况做了详尽耐心的解答，提出了合理化治疗方案和健康指导。这次活动共为200多名在家的村民免费提

第一章 乌镇『李子柒』

供了疾病诊疗、家庭常规药品发放和健康教育咨询服务，使偏远贫困山区的群众足不出户就能得到良好的医疗保健服务，受到村民们的一致好评。医疗小分队的成员后来与我成了朋友，但我老给他们添麻烦，今天介绍村民看牙，明天带着村民看眼，他们从不拒绝，还为贫困户开通了绿色就医通道。市局驻村工作队的这次送医下乡义诊活动在全市范围内备受关注，媒体、网络纷纷转载报道，认为市公安局将医疗卫生服务送到了群众家门口，打通了服务群众的"最后一公里"，有效缓解了群众看病难、看病贵的问题。这是我担任驻村工作队队长后组织的第一次较大规模活动，参与人数多、涉及范围广（贫困户和非贫困户）、社会反响好。在此，由衷感谢那些为村民服务的白衣天使。

三个村的公共基础设施虽然在有条不紊地进行着改善，但我也迎来了声带疾患第三个治疗期。凝妹妹告诉我她做了眼部手术，暂时上不了班，跟我请假，但驻村工作队的工作不能停，怎么办？

正当我向西安医院的大夫提出延缓治疗的申请时，党琴妹妹打来电话："丽姐，肚里的孩子七个多月了，孕情基本稳定，这两周你安心在医院做治疗，有事我给咱跑。我同学在交大一附院实习，一会儿电话发你，有啥事你去找他方便点！"我半天没有说话，这是那个夏天我听到最凉爽的话。治疗结束后，我返村上岗。去村里的前一天，我去看琴妹妹，给她带了她最爱吃的锅盔馍。

我走出琴妹妹家的小区，想想琴妹妹再过两个多月就要生小孩了，接下来的工作得我一个人扛了。夜里，我又拿出父亲写给我的信。艰难的时候，我就拿出来读。

从那天起，三个村的秋收、冬储，我与村民一起收获；粉条厂、砖厂产业扶贫调研，我在手机微信朋友圈为玉家沟村卖粉条；猪圈、牛棚、羊场、鸡舍核实养殖产业收入。村里，乡政府魏旭烨大姐不仅工作上指导我，

素菊说生

走过了山山水水，脚下是高高低低，经历了风风雨雨，还要寻寻觅觅，生活是忙忙碌碌，获得了多多少少，失去了点点滴滴，重要的是坦坦荡荡，留给自己的踏踏实实！

榆林·刘家峁村

2016年12月27日 12:45 删除　　··

我的微信朋友圈

脱贫工作日志

2016年 6月2日

我的驻村工作日志

在生活上也无微不至地关心我。张刘军的方便面我没少吃，冠军哥兜里揣着的核桃，六娃哥（张耀瑞）手里拿来的枣饼，锦春和希东兄给我回城的包里装上"糕仙"（陕北杂粮面食），锦宝、连东、生彪兄提来他们的特色粉条……所有食物的背后都是情谊；城里，我去佳县公安局"回娘家"，县局领导和政工、保障部门的战友们问冷暖、送关怀。尤其是县局政工科办公室的灯夜晚也愿意为我亮着，他们帮忙打印、装订……无论县城还是乡村，这是一群有着同样工作背景、同样理想信念的团队。我们朝夕相处，我们熟悉彼此，这份情谊足够我回忆一生。

可是，一年四季，有风也有雨。

一些谁也没想到的、该来的不该来的事儿一股脑儿奔涌而至，令人猝不及防！有些无奈无法拒绝，有些无力也无法回避。

"苏队长，你做甚（方言，干吗）着了？不是很忙的话，昂（我）和你说两句话，行了不？"我觉得乡音熟悉，边听边想是谁。

"哦，我城里办事着了，没事，你说，你说。"

"扶贫、扶贫，你把昂（我）越扶越贫！"我被这句话惊到了，赶紧从县扶贫办的办公室门里走出至楼道，担心别人听到电话里的说话声。

"你给昂买的鸡，有一半得鸡瘟了，现在没钱给鸡看病。"我很想听出他是谁，但村里的口音都差不多，我也不是只给他一个人买过鸡苗。

还没等我吱声，他又来了一句："镇上看不好鸡的病，害得人花路费又去了趟米脂县城，你那阵儿要是不给昂买什么鸡苗儿的话，这些钱就不用花么，更不会为这些碎鸡娃子贴钱！一颗蛋还么（没）下来，又欠下了给鸡看病的债！"

我气不打一处来，好心办成坏事，气呼呼回复："那这样吧，你把没得病的鸡都杀了吃鸡肉吧，算我送你的！"合上电话的手有点抖，心也在颤。这是我第一次没有和颜悦色地去和农民朋友说话。我调整了一下心情，继续回到县扶贫办对接业务。近一年单打独斗的滋味并不好受。有和你扯皮拉筋的，有梗着脖子跟你一句话能犟半天的，也有不以为然甚至蔑视的……但我知道，淳朴、善良、说话直是老乡们的天性，我必须适应他们不同的表达方式，学会用农民的语言和方式去做农民的事。

没有从事过扶贫工作的人，对扶贫仅停留在"填填表，入入户，争取个资金修修路"的印象和层面上！其实填表、修路、入户仅是我们最基础的工作。全国脱贫攻坚工作到了啃硬骨头的时候，局领导对我们工作队只有一句话的要求：不给市局整体工作拉后腿！榆林市公安局每年都是市级考核的先进单位，精准扶贫工作纳入单位年度工作考核，一票否决。

可我的身体不听话，不如我愿，没有安然无恙。大量的表格填写、入户走访、开会培训、总结汇报，不停地熬夜加班，严重缺乏睡眠。我渴望把自己分成八段：一段学习纳新，一段整理台账，一段入户走访，一段争取项目，一段撰写材料，一段联络沟通，一段开会培训，一段总结汇报……

当我全身挂满冰霜时，体温却升到了 39.3 摄氏度。组织总是在最需要的时候出现。2016 年 12 月 19 日，局党委召开扶贫工作推进会，安排部署结对帮扶干部进村入户，市局领导、各结对帮扶干部、主要科室负责人以及驻村工作队参加会议。驻村工作队只有我一人，向大会汇报当前工作的本应是我，但因高烧导致声带疾患复发，一天三次雾化治疗也没能让我再发出声音来。政治部主任王殿玺是市局精准扶贫领导小组办公室主任，他代驻村工作队做了汇报。王殿玺主任指着我向大家说："驻村工作两年多了，三位女同志工作认真负责，两年给单位拿回两块先进奖牌。你们都看看苏丽，坐在会场上她满脸通红，不是紧张，是她病得很严重，已经不能发声了，能来会场参加会议已经很为难她了！"

所有参会的人把目光转向了角落里没有来得及换警服的我身上，从他们的目光中我读到心疼、理解和支持。我当着众人的面，没有把控住情绪，

驻村工作队开展医疗义诊活动

村组路要硬化了

低着头，眼泪瞬间夺眶而出，落在手里的工作日志上，模糊了几行歪歪扭扭的字迹。听到主管领导在这样的场合认可我们的付出，肯定我们的工作，这比我吃十服良药都要管用。我克制住激动的情绪，让自己恢复平静，坐在会场，一边听领导们的安排和部署，一边开始筹划两天后的进村入户的方案。

次日，驻村工作队队员党琴产假未休完便提前返岗，政治部人事处派慕旭堂、组教处抽张义良增援驻村工作队，参与年底考核工作。政治部副主任郝海洲也在办公室为市局精准扶贫工作加起了班，韩露萍小妹在帮我们干活儿时，还不忘端杯热咖啡放在我的桌前，那是我喝过的味道最浓郁的咖啡……我们感受着彼此之间的理解与支持。几个人加完班才发现天黑了，那一刻，他们像冬夜里的火炉，照亮了办公室，温暖了加班的人。我记住了每个伏案工作者的背影。琴妹、旭堂和义良回家收拾行李，我去榆林二街的照相馆取照片，负责冲印的一名工作人员陪我到夜晚 10 点。持续发烧的我迷迷糊糊地抱着新买的相册外出打车，忘记了问她的名字。

虽然只有万分之一的机缘，但我仍希望她能看到这篇文章。我想告诉她，我叫苏丽，感谢寒冬的陪伴和一起摔过的跤。那晚，拉下卷闸门，从马路牙子下来时，我俩就摔在结冰的路上。我在路边打车，想有个人来接我多好，可 10 点多了叫谁都是打扰。

11 点多回到家里，赶紧吃药，明天还要去村里安排局领导以及结对帮扶干部进村入户的事。我躺在床上做雾化，药是苦的，雾是白的，枕头是湿的，我很想老公和孩子，但拿起手机又放下了。

一大早，单位行政装备科派王鹏飞大哥与我们一起下乡。鹏飞大哥言语少，为人诚恳，做事稳重，偶尔爆出的金句让你捧腹大笑。一行五人，在冰雪路上前行……各项工作有序完成后，我们回县城住了下来。第二天，我带他们吃了著名的手工挂面荷包蛋，买了佳县土特产。想着妈妈喜欢喝当地的香米浑酒,顺便买了几袋。结果有一袋店家没封好,开了口子,洒在我的雪地靴和义良的衣服上。我吸了冷风后咳嗽更厉害了,义良和党琴妹赶紧放下手里的东西,抢着掏出纸巾。旭堂兄弟已经蹲下身子,两只手在我的鞋面上擦拭着,将洒落的浑酒清理得干干净净。

我站在地上一动也不动,像木偶一样。旭堂冻红的手,蹲下的身子,头发上飘落的雪花,一切都定格在我的眼中。儿时,父母俯下身子为我脱下被冰水打湿的鞋子;出嫁时,叶先生单膝跪地为我穿上婚鞋。除此以外,只有旭堂兄弟像家人一样蹲下身子……不能发声的我,越想说话,喉咙越紧。我能做的就是满怀感激。

旭堂兄弟要调回河南焦作老家了。政治部同事们聚会欢送他时,我正在西安接受声带治疗。那天夜里,他在手机里与我分享着即将离别的场面,我用电脑逐字敲出每一句祝福。他过一会儿就发一句话或一个表情给我,我仿佛看到他与每个人举杯说话后,又不想晾着手机屏幕中的我的样子,兄弟是重情义的人。医生不让我发声,我只能用打字来交流。时光一晃4年,每天忙完就到夜晚了,偶尔看见兄弟在朋友圈里分享他在河南老家的工作和生活动态,甚是想念。我在心里为兄弟留了一个地方,希望他带着家人回到榆林,或者有朝一日,我突然出现在河南焦作与他重逢。

2016年12月23日,市局领导班子成员、副县级领导以及局机关科室负责人一行50多人进村入户,走访慰问张家沟村、刘家峁村、玉家沟村贫困户,查看驻村工作队台账,与县、乡镇领导召开现场会,座谈帮扶措施。平时坐在市局机关会议室的领导,此时坐在乡镇会议室的主席台下,像学生一样认真学习扶贫政策和结对帮扶常识,可爱又可亲。走在乡村雪地上的每个人,脸上都写满信心,再冷的天,在大家的热情面前都失去寒气。局领导们端着搪瓷碗,蹲在乡政府院子里。臊子飘着香味,饸饹面冒着热气,碗里盛着的是希望,嘴里吃进去的是祝福,心里充盈的全是欢喜。

我"辞职"了

2017年1月5日，是二十四节气中的小寒，也是农历腊月初八。村里先前被黄风刮断的树枝还在摇摇晃晃，新来的寒风干脆把它们折断在地，飞舞的枯叶惊走了电线上落着的鸟，天空中飘零的雪花转出的不是美丽，而是一地的孤寂。我收了院子里晾晒的被褥，整个宿舍里只有风的咆哮怒吼声和自己急促的心跳声与咳嗽声。办公室桌前十几个档案盒终于整理好了，得送到乡政府审核。

常晓琴大姐是乌镇乡政府扶贫办的主任。她是我扶贫工作中的好老师。她工作一丝不苟，为人谦虚，除了生病时看不见她的笑容外，其余时间都是先微笑致意方才开口说话，是满面春风的女人。与常大姐相处的一年多时间里，工作中感受的是她安静且坚定的力量，生活中感知的是她给予我的理解和包容。我在她的关怀中被鼓舞着，即使是填写不完整的报表、修改不太完善的卡册都能被很好地完成。我们俩经常在乡政府的院子里交谈，都能说上一个小时的话，谈工作，教方法，聊驻村的趣事。

我抱着档案盒又去找她时，她的办公桌一如既往地堆满文件，旁边又新增了不少药盒，感冒药、消炎药，显然她又在带病上班。几个用过的纸杯还没来得及收拾，看样子是刚刚走了一拨人。她一看进门的人是我，赶紧接过我抱着的一摞档案盒，拉了凳子让我坐，又从暖水瓶里倒了杯热水递在我手里："喘口气，喝杯热水暖一暖。"可是，被冻僵了的手，捧着滚烫的水杯，手指钻心地疼。伴着剧烈的咳嗽，手里的水杯被我震落在地，热水四溅。

她一边看档案一边给旁边的同事说："你们看看人家这整理的档案，字迹工整，咱乌镇的工作队要都是像市公安局这支工作队一样的话，扶贫工作就没有问题了！"常大姐看我咳得厉害，合上档案，让我先回家休息，余下的她回头看完找人捎过去，省得我来回跑。本来打算等她看完档案后就回村里修改，这样一说，我决定给自己放假先回家。

我从乌镇乡政府走出来，开车行至神泉堡一段时，地面积了冰雪，我感觉车子打滑飘了起来。怎么办？驾考时仅有的知识，今天有了实践的机会，刹车不敢踩死，油门也不敢加，方向盘不敢猛打，但车子却不听我的使唤，顺着公路快速向前滑行，一头撞上前方拐弯处的大门。我跳下车来，顾不得寒气，双手撑在结冰的地面，半跪着趴着看我的车底，所幸只是左大灯外罩壳碰碎了。我鼓足勇气吞下嘴里嚼碎的脆弱，继续小心翼翼行驶在寒冷的公路上，我要快快回到妈妈身边。

2017年4月初，陕西省扶贫对象核实及数据清理工作全力展开。榆林市、县、乡各级党委、政府吹响了新号角，集结全市各单位及驻村工作队，在2016年度贫困人口建档立卡工作基础上再次进行贫困户核实。

我的父亲有过农村生活的经历，即使后来在城市里工作，他也从未忘记乡村的人和乡间的路。当我取得一些小成绩，他奖我漂亮衣服，也送我细心叮嘱：精准识别是做好脱贫攻坚的基础性工作，入户走访要勤，统计数据要准，登记在册要清；依靠村里队干，争取组织支持，不要错评、漏

这条我们往返无数次的小路如今已不见

正在建设的刘家峁村村委会，小路消失，彩钢房也盖起来了

下一个贫困户……听老爸的话没错,从入户走访的第一天起,我们驻村工作队和村两委就在建档立卡工作的稳、准、实方面达成了共识:现在统计得细一点、实一点,哪怕累一点、慢一点,都是为了避免将来的推倒重来,以保持工作的稳定性和连续性。在贫困户的识别过程中,我们会本着"户户不漏、凡贫必进、凡进必严"的原则,进行前期宣传、入户调查、民主评议,做到了贫困户识别精准。

庆幸的是,我们的小小成绩被老百姓看到了,被局领导看到了,被各级党委、政府看到了。他们不仅看在眼里,还记在心上。正是梨花开时,好消息也不期而至。驻村工作队又来了两名得力干将李波和陈浪浪。两个小伙子长得精神,做事精干,文字功底也好。接到通知的第二天,就跟着我和党琴进村入户走访,熟悉村情。

陕北的黄土高原如同沧桑的老人,层叠曲折的梯田和深邃厚重的沟壑,如同老人额头的皱纹;窑洞里栖居着日出而作、日落而息的村民,他们一张张被岁月包浆的脸和一双双被时光打磨的手,在我们的眼里都是淳朴与善良。风趣幽默的波弟时不时在行进中为我们唱歌儿来缓解工作的紧张枯燥,"我想要怒放的生命,就像飞翔在辽阔的天空,就像穿行在无边的旷野,拥有挣脱一切的力量……"。温文尔雅的浪浪会冒出诗词:"天街小雨润如酥,草色遥看近却无。最是一年春好处,绝胜烟柳满皇都。"和他们在一起,繁重的工作变得轻松、快乐起来。

张家沟的沟沟坎坎、刘家峁的山梁梁上、玉家沟的泥洼地里,都留下我们的深深浅浅的脚印和爽朗的笑声,我们变苦为乐,连太阳和月亮都为我们歌唱。4月26日,正在入户核对数据,我接到了市扶贫办社会扶贫科的电话:全市整合驻村联户单位,合并第一书记和工作队,市公安局保留一个帮扶村。我立即向市局领导小组办公室主任王殿玺请示。经过领导小组办公室商议确定,保留刘家峁村。

美丽的刘家峁驻地全貌

扶贫路上，我没有后路可退，只能前进

虽然少了张家沟村与玉家沟村的帮扶任务我们轻松很多，但真正面对告别时，却心有不舍。那些与村民一起吃苦、一起快乐的往事如画卷般展开。两年多，贫困户们由原来的生分到慢慢地与我熟悉起来，只要看见我在村委办公室，都愿意过来与我聊天。他们知道我嗓子不好，端来南瓜汤、蒲公英水给我养嗓子。

村里的粉条厂、小广场，端着面汤的张家大姐、吼我们办残疾证的张家大叔，也成了甜蜜的负担。我开始想念村民们的争吵声，怀念与他们在微信朋友圈卖粉条的细节，想念镇上赶集时他们塞到我手里的红枣，怀念与村民们在办公室灯下聊家常不肯回家的场景。

离别是云散，相逢是云聚，云散云聚都不影响天空的美丽。2017年5月2日，驻村工作队迎来了第三次人员变动。因工作需要，重新组建驻村工作队。市局政治部副主任苗林暂时代为第一书记，队员由我、李波、陈浪浪组成（局党委考虑到扶贫工作的延续性，保留原工作队队员一名，党琴、李凝退出了工作队，我同意继续保留工作队队员职务，但因本人声带治疗原因，申请辞去队长职务）。次日上午，市局召开精准扶贫领导小组会议。下午，苗林副主任就带领我、李波、陈浪浪到驻村地开展工作。

我们大家期待的春暖花开，真的来了……

第二章

山河故人

老黄牛

路遥说过："像牛一样劳动，像土地一样奉献。"苗林，正是像牛一样在扶贫工作中劳动，成为我们的好榜样；像土地一样在驻村生活中奉献，成为我们的好大哥。

临时担任22天第一书记的苗林，却做了我们220天都做不到的事情。进村第一天，挨家挨户与村民见面，实地走访了解贫困户情况。每到一家，"请"字开口："请你们帮驻村工作队的忙，多给他们提意见"，"请你们说说心里话"，"请你们注意身体，有困难给结对帮扶干部说，公安业务特殊，手机24小时畅通无阻，为你们开启"……从榆林到刘家峁村，两个小时的车程。从上车起，苗林大哥就精准扶贫整体工作、当前的扶贫政策、目前的工作情况、面临的困难和未来的帮扶计划等聊了一路。每句话"请"字开头："请多讲些工作方法和经验，你驻村工作时间长"，"请你多帮忙，我刚参与此项工作，有好多地方请你多支持"。这是我印象最深刻的"请"字书记。

苗林大哥调入市局机关前，我就听说过号称榆阳公安分局"破案能手""模范丈夫"的他的故事。榆阳公安曾侦破不少大案要案，他任过办案组组长。他在办案时，谈话笔录技巧性强，经常把犯罪嫌疑人谈得"一把鼻涕一把泪"，早早坦白，如实招来。加之早些年，他曾在乡政府工作过，百姓的疾苦、同事们的需求一一知晓、理解。这些年来，他走南闯北，风雨兼程。品尝过刑警的苦，感受过缉毒警的难，经历过治安警的杂，体会过经侦案的重，在每一个岗位上，他都用自己的勤奋与智慧，与大伙儿合唱着苦乐年华。他是一名基层工作经验丰富的老警察，他的真诚和正直，体现在工作、生活的方方面面。

22 天里，他跑财政局、发改委，走水利局、供电局，四方协调，一会儿打印文件，一会儿联络项目资金。22 天里，他为刘家峁村落实硬化村内道路、修建水塔、安装路灯争取到项目支持；为驻村工作队开通了网络，增加了电脑、打印机、电话等办公设备，优化了办公条件。流过的汗、熬过的夜，点点滴滴，都被乡亲和工作队的小伙伴看在眼里。

高速运转的机器也需要休息，连日辛劳奔波的苗大哥，刚刚还和我们聊工作，转身就呼呼睡着了。办公桌前他的工作日志打开着，我不经意地翻看起来：一条路，一块田，一口井，一盏灯，一张桌，一顿饭，甚至是一粒种子，都是他的头等大事。日志上记录的不仅仅是这些，还有密密麻麻的数字、文字，如村情、民情、总人口数、常住人口数、主导产业、集体收入、党员数、精准扶贫政策……我越翻越感动。

望着窗外的槐树，微风吹过，送来槐馨香，笔记本上的每一字，都如花香般在办公室弥漫开来，我轻轻合上门，向开满花的槐树奔去。我想摘些槐花给大家做麦饭吃。当我把槐花带回厨房时，发现苗大哥已经给我们蒸好了槐花麦饭，还做了西红柿青椒洋葱蘸汁儿。我们互相瞅瞅、瞧瞧，怎么之前就想不起来呢？他总是想在我们前头，做在我们前头。

我们无法忘记苗大哥在那个大地被晒焦了的夏天，没有窗户也没有风

村委会修缮 + 新修彩钢房 + 彩钢房落成 + 工作队入住

苗林大哥是我们的"老黄牛"，
也是我们的"后勤部长"

扇的厨房里，在热油锅边炸丸子、炸豆腐的身影；无法忘记苗大哥撒上葱花与蒜片的那一碗油泼面，那些饭菜里浸透的是他无微不至的关心与疼爱；无法忘记他卷起裤腿行走在雨地泥洼、把伞递给我们的那一幕；无法忘记他第一次召集刘家峁贫困户民主测评大会上的动员讲话；无法忘记田间地头、坡道沟渠随时随地与村民交谈和征集意见留下的深深浅浅的脚印；无法忘记在乌镇脱贫攻坚调度大会上代表榆林市公安局做扶贫工作经验介绍时他满脸的自豪。

仅 2017 年 7 个月的光景，驻村工作队就修建村组道路 6.4 千米、硬化入户道路 11 千米，项目资金 167 万元；修建通村水泥道路 1.5 千米，项目资金 60 万元；争取人饮工程项目建设资金 52 万元；投资 3 万元铺设公共供水管道 3 千米；争取 50 盏太阳能路灯项目资金 15 万元；争取村组生产道路 9 千米，项目投资 20 万元；投资 8.4 万元用于本村灾后重建；投资 2.4 万元购置办公用品，改造驻村办公环境；投资 6 万元支援的村阵地建设项目；投资 5.1 万元为村民购置化肥等农用生产资料，又在粮食成熟之际，从网上购买了 1000 元的驱鸟带免费发放给村内全体村民，让村民的粮食免受飞鸟野鸡的吞食。累计投资项目资金 339 万元。不要被这些数字吓着，这不是十以内的数字加减法，这是跋山涉水、来之不易的成果。

之后的三年中，数不清的清晨与日暮，说不完的好人与好事，都在寒来暑往的岁月中流转。窑洞的改造，彩钢房的新建，平房的兴修，工作环境、住宿条件的改善，鼓舞着士气；从没有门闩的简陋木门到安装了安全防盗锁的铁门，处处倾注着苗大哥的关怀与周到。在局领导与驻村工作队之间，苗林大哥就是联系的桥梁。他给民警讲述驻村工作队每个队员的帮扶小故事，在微信朋友圈发布我们深夜加班的工作动态；他在局机关立功创模评审会上为我们据理力争，增加名额，向局领导汇报每个小伙伴儿的成绩和不易，争取更大的支持。

刘家峁村的夕阳

我们清楚地记得，寒冬腊月，午夜加班的办公桌上有苗林大哥为我们炖好的甜汤夜宵；我们清楚地记得，闷热夏日，午后餐桌上插了牙签的西瓜和雪梨；我们清楚地记得，半夜的工作群里苗大哥还为"老刘家"农业合作社推销小米、杂粮和鸡蛋；我们清楚地记得，一个个看似不期而遇的温暖，其实是一个个努力过后如期而至的美好。和他相处的日子里，我收获了坚定的信心，增加了工作的激情，学会了创新的思维模式。

三年多来，驻村工作队的宣传报道稿件堆积如山，工作日志、资料汇编、宣传展板、横幅标语、汇报总结……我敲出的每一个字他都认真审核把关，甚至标点符号都不放过；脱贫攻坚纪实宣传片的制作，每节每帧里都有他的策划和指导；遇到误会和不理解时，一声"别听他们瞎说"为我们解除迷雾，他那善良、正直的种子早已种在小伙伴儿的心里，他让我更坚定，女人是风景，也有坚强的力量。我不知如何感谢，也没有华丽的语言，只有憋了三年多一肚子的话。

有人说他是"暖男"，我们的小伙伴儿则称他为"中央空调"。要记录得太多，任何一个话题，我们都能说上三天。每张照片的背后都有故事，让这些回忆代替颂歌，平静地怀念驻村工作队的过往。

记忆又回到了苗林大哥第一次到村里的那天。队员李波以《驻村工作队的一天》为题，用文字和图片的形式真实记录了工作队从早上6点至晚上11点的工作情况。我被身材魁梧而心思细腻的波弟触动，认真帮他修改完文稿后，送交苗林大哥审定，准备在《平安榆林·今日头条》出稿宣传。苗林大哥看完后说："不发了吧，我本人的照片出现多，低调些……"这是我们近几年来唯一一次在工作上的意见分歧。

感谢时光，感激遇见，感恩苗林大哥。

后勤部长

俗话说，吃饱不想家。市局驻村工作队的厨房师傅用锅碗瓢盆奏出每日的三餐之歌。早春的清晨，盛夏的午后，秋日的黄昏，寒冬的夜晚，师傅们用米面粥饼传递着食物背后的情感，用油盐酱醋诠释着生活的滋味。

苗林大哥掌勺时我是小厨，他回局机关后，我升级为大厨。虽然厨艺差他好远，但看着小伙伴把盘子吃空时，厨师的成就感也瞬间爆棚。小伙伴越夸我动力越足。镇上的干部来村里检查工作时，我们会留他们一起吃饭。我做过十多个人的饭，择菜、清洗、煎炸、擀面、炒米……每天下来腰酸背痛，双腿肿胀的毛病也越发严重。

那段时间，我白天基本都在厨房，做了上顿做下顿，晚上再把白天的工作补上，没几天就扛不住了。晓健书记决定雇用厨师，一来给村民增加收入，二来把我从厨房的劳动中解放出来。短时间凑合还行，毕竟我的主要工作不是在厨房。小伙伴商量后，同意自己掏腰包来雇厨师。

刘延霞，女，53岁，乌镇刘家山人。她是我们从小院窑洞搬进彩钢房后的第一任厨师。刘姐文静，皮肤白皙，眉清目秀，扎成马尾的黑发在太阳下发亮，身材苗条，走路轻快，衣衫干净整洁，生活习惯好。厨房的置物架上有她的一个专用塑料袋，里面是她的家当：梳子、小镜子、专用水杯、擦手毛巾、袖套和雪花膏。刘姐话言虽少，但常爆金句，金句多为歇后语。

刘姐从来不与工作队的小伙伴在一个餐桌上用餐，老是倚在窗台边站着吃饭。她说："昂米（我们）庄户人身上土多，你们城里人爱干净……昂（我）家里也是站着吃，站着吃饭吃得少，肠子直，一下就吃饱了，吃得少就长肉少。"她身材苗条的秘籍很快透露了。

刘姐家住在邻村的刘家山，离刘家峁还有几里路。她一般步行，偶尔丈夫会骑摩托送她。估摸着上午10点钟，彩钢房的铁门就吱呀呀地开了，那是门轴生锈的声音。我的屋离铁门最近，刘姐进门时，会在地垫上先跺两下脚，再磕掉鞋子的泥土，我听得清清楚楚。我从来没有发现地垫上有过污渍和泥块。

彩钢房最大的特点是冬天冷、夏天热。盛夏的午后，大太阳把彩钢房快要晒裂了，嗓子眼快要被烧着了。单位给驻村办公室装了空调，厨房里有风扇。刘姐执意要在厨房里歇息，不肯到我的屋里来。尽管我给她购置了新床单、枕巾，准备了拖鞋，但架子床的上铺始终是空着的。

每天吃饭时，彩钢房最热。锅是热的，碗是热的，餐桌是热的，椅角旮旯是热的，连窗户的接缝和封条都冒着热气，我们在厨房就是蒸桑拿。但刘姐从来不会拿擦了汗的手直接拿取食物，她不停地洗手，不停地擦汗。餐后，刘姐一定要等到大伙儿吃好走开后，才会撤下餐桌上的餐具和剩饭，我们没有离开厨房时，她是不会洗涮锅碗、清理厨房的，这是她的习惯和礼貌。饭毕我习惯性地顺手把桌上的碗碟筛勺收拾至锅台，用抹布擦干净桌子。她一把夺走我手里的抹布，对我说："你的手是用来握笔杆子的，快不要糟践了那双好手。这些活儿是我们庄户人干的！"后来，又有一次夺我手里的洗锅刷时，我没忍住直接开口了："姐，你我都是女人，在家里我不也是洗洗涮涮？往后，咱们一张桌吃饭，别离我那么远！忙完到屋里来午休，我们还能说说话。"

自打那天起，吃饭时我故意放慢速度，等小伙伴吃完走出厨房后，我和她一起用餐。可是，我在哪个盘子夹菜的次数多了，她的筷子就不再动了，把菜全部拨到我的碗里来。她特勤快，做完饭忙着拖地、整理房间，我很少见她闲下来。拖干净我们几个人的屋子，又去清理公共的洗漱间和卫生间。里里外外一尘不染了，她才笑嘻嘻地说，闲着也没事嘛。

她终于愿意来我的屋里歇息了。与以往不同的是，饭后她总要问我下午工作多不多。起先我没有意识到，后来才明白，只要我有工作安排，她就不到我屋里来休息了。即使她在上铺休息时也不敢翻身，小心翼翼地拨弄头发，屏住呼吸，偶尔咳痰也捂着嘴压着声。午休醒来第一句话问：中午我打呼噜了吗……渐渐地，她与我的往来多了，也不拒绝我送她一些旧衣旧鞋了。说是旧衣旧鞋，其实只是样式有点过时而已。女人爱美是天性，我挑选一些较为时尚的给她，心里曾担心她会不会嫌弃。有一次我俩去镇上赶集，发现她脚上穿的就是我曾穿过的鞋子，我安心且欢喜。

没有工作时，我帮她收拾锅碗瓢盆，也在屋里拉家常、聊农事。我教她做过几道菜，乡村田园蔬菜的"城市做法"：冰糖银耳炖雪梨、火腿土豆泥、蔬果拌沙律、南瓜蓉蒸蛋……还有她没有下过手的黑椒蚝油杏鲍菇、柠檬汁熘鸡片、小米蛋奶粥。一向沉默寡言的她话匣子突然打开了："哎呀呀，原来昂米乡下种的菜有这么多种吃法！昂就光知道馍馍、面条、米饭。炒菜能变几个花样就不错了。""你咋这叠利萨？爱得人来来！（方言，你手脚麻利，羡慕得很）"

快到中秋节时，刘姐向晓健书记请假，她要去西安给女儿做月子。请假前她早已物色了接班厨娘，刘姐就是这么靠谱。临别的那天下午，她腌

第一任"后勤部长"刘延霞　　　　第二任"后勤部长"秦爱莲　　　　第三任"后勤部长"刘向利

制了好几罐下饭的小碎菜（泡菜），还把我的房间里里外外清扫整理了一遍。出门时，刘姐掏出一瓶炒熟碾碎的芝麻盐塞我手里，说："村里没什么稀罕的，知道你喜欢吃芝麻，带回家，吃完告诉昂，都是拦羊打酸枣——捎带的事儿。"还不停地叮嘱我照顾好身体，学会对付（方言，爱护）我的嗓子，一定记得多喝凉瓜（苦瓜）水……

我送她出门，直到她的身影消失在小路的尽头。夕阳下，发亮的头发、临别的微笑、揣在手里的熟芝麻一一都摄在我心的底片上，成了永恒。我时常怀念着和她在一起絮叨的日子，将它们托在思念的掌心。

秦爱莲是刘姐物色好的厨房"接班人"，也是刘家山人。刘姐说："爱莲为人实在，说话风趣，手里出活儿快，经常在村里的事情（红白事）上帮灶。本村人，昂了解她，不好的不敢给工作队推荐！"

果真，秦姐一上岗我们就感受到她的实诚与幽默。秦姐生于1958年的冬天。她不太标准的"佳县话"里略带一点普通话。她不敢讲方言，怕我听不懂。我说能听懂方言时，她捂着嘴说："哎哟，这下不用生搬硬套了，割搅得昂个自也不晓得说了些啥！"村里有位老人去世了，是佳县公安局刘艳利的父亲，也是我的书友王和平的舅舅。虽然平时与艳利并无往来，但我早把自己当作刘家崦人。按照陕北习俗，我得去老人家里烧纸吊唁。我备好纸钱出门，被秦姐挡住。她气喘吁吁地不知跑哪里给找了一个红布条，脸被晒得红红的。红布条用剪刀开了个小口，挂在我的纽扣上，然后和我一起出门，一直把我送到刘艳利家的硷畔上。秦姐知道我胆小，晚上一个人都不敢出院子。原来，这个小红布条是为了避丧，免惊扰。

寻常的一个上午，我在办公室整理照片，秦姐敲门进来。"昨天，你喉咙咳咳一整天，今儿给你拿了几颗夏梨，锅里还煮着梨水，等会儿好了端过来你喝。"她说着便把梨子放在桌上。她指着我与贫困户刘鹏飞之妻王红梅的合影说："能与你们城里人合影，红梅幸福哩！"我拉着她的手就出门，拿手机与她自拍合影。她推搡不肯："你看你细皮嫩肉的，看昂的脸，长得这叠害（难看），不起碾（眼）的（方言，意为长得太难看），辱没了你好看的脸！"但我执意拉她拍，直到她愿意对着镜头露出牙我才罢休。

返村时，我把合影冲洗了两张，一张给她留念，一张贴在我的床头墙上。她拿到照片时，扑哧一笑，指着照片大笑起来，"看昂这两只龅牙吓死你。"可是，当她看见我们俩的合影被贴在墙上时，房间里没有声音了，我们互相望着对方……

中秋节前一天，我从城里带来一盒广东好友寄来的肉松、蛋黄月饼分给秦姐吃。她舍不得吃，包了，准备带回家。我想把整盒都给她，但她拒绝了，她低头吃着，我也陪她吃。出门时，我偷偷把盒子里余下的几枚肉松、蛋黄莲蓉馅的月饼装在她的袋子里。

秦姐十分努力地丰富着我们节日的餐桌：烩菜粉汤、鸡蛋摊饼、肉臊子荤汤饸饹。还不时地把健康、营养饮食理念也植入我们的小厨房。我们在城里的大超市买乡下没有的蔬菜带回村，西兰花、杏鲍菇、莲藕……秦姐每次炒完菜都要先尝一口。俗话说，好厨子一把盐，她是怕下手重了，不对大家胃口，何况饮食还是以清淡为上。后来，我给秦姐也教了几道菜：土豆焖饭、香菇玉米粥、青瓜蛋花汤、番茄鸡蛋饺。她说，你们真会吃，料还是那些料，换了种做法味道就不一样了，到处都是学问呀！

四个月后，秦姐离职了。听晓健书记说，她去西安帮女儿带孩子了。我被抽到市里参加市县区"幸福扶贫·光荣脱贫"故事巡讲活动，没有与她告别，实在遗憾。去年12月上旬，我接到了秦姐的电话，她说最近要从西安回刘家山了。嘱咐我返城的时候，一定在刘家山停一下车，带上新打的小米和晾干的老咸丝儿（咸菜丝）。还说，她把我们的合影带到西安给人看，见人就拿出来夸。

秦姐对我的好，在这些装满山货的口袋里，在她眼神的流露中，在悄悄给我盖上毯子、轻拿轻放怕吵醒我的午休间。她和刘姐一样，早忘记了当初在山货上流过的汗水和花费的精力，她们会为鸟儿偷吃一口谷穗而难过，但给我装这些山货时，恨袋子太小，恨袋子不结实，恨不得把每个缝都塞满。

从陌生到熟悉，就在一碗饭和一盘菜之间。"城里人"，是厨师们最初的称呼。原先说"你甚时下来的？"，后来说"你甚会儿回来的？"这一个"回"字，是他们语言、语气的转变，也是对我在情感上最本质、有温度的接受。

我把她们与我的合影贴在床头，每天一睁眼就能看到。很多人喜欢电子版照片，但村里人喜欢指着洗出来的照片给别人看，他们眼里的满足感、幸福感令我动容，就像冬日里的一道阳光温暖、明媚。人与人之间最大的尊重，是平等。我终于学会了用农民朋友的语言与他们交流，用农民朋友喜欢的方式与他们相处。

刘向利，驻村工作队的第三任厨师，是驻地帮扶村的贫困户，1961年农历正月十一日出生于刘家峁村。

向利5岁时父亲病故，母亲改嫁。母亲与继父生了两个孩子，兄弟贺建卫比向利小10岁，在榆林城里开了小店，主营佳县凉面、碗坨（陕北小吃），小本生意，只能养家糊口。妹子贺建烽在榆林城里有间五金门面房，生意好的时候，收入颇丰。向利说，建卫弟也是建烽妹拉扯到榆林城的。

向利一家8口人，挤着一口锅吃饭。母亲碗里的米饭以粒儿数，继父的面条以根算，兄弟姐妹们的任务就是山上寻吃的、拾柴火。向利山里拾柴回家，继父见他背篓空、筐子空，拳打脚踢一顿打。向利哭着号着就睡着了，睡着就不晓得饿了。

他不埋怨继父。继父心里有火,那是穷生来的火,只能在向利的身上烧起来。他是长子,弟妹们都还小,挨不住拳脚。家里没吃的,外面拾不得,柴火也捡不得,没烧的,没吃的,没喝的,继父也常常捶胸顿足,骂自己没本事,恨自己不能让孩子过上好日子。向利知道继父是好人,他是生心里的闷气,发胸中的怒火。

向利母亲看着儿子挨打,怒不敢言,苦无处说。六个孩子要拉扯大,还得靠继父。母亲是弱者也是强者,她对子女们的爱,一勺一羹舀到碗里,一针一线缝进衣服里。白天,向利与母亲下地干活;夜晚,向利看见母亲偷偷抹泪。母亲忙忙碌碌、缝缝补补的身影,全部印刻在向利的心头。他唯一的愿望就是希望自己能一夜长大,走出去打工挣钱给家里贴补。还好,继父生的弟妹两人和向利兄妹四人,随着年龄的增长渐渐懂事。儿时的同吃同住、相依相伴,是他们除贫穷以外的美好回忆。成年后的六个兄弟姐妹来往颇多,感情尚好。

继父去世时,向利毫无怨言地扛起引魂幡扶他上山。他们六个子女精心侍奉老母亲,如今85岁的老人,虽历经沧桑,但一脸的慈祥和蔼。过往的一切,母亲已释怀,向利已释怀。每个人心里都有发亮的往事,也许并非温暖,而是冰凉,它与悲伤有关。曾经挨过的打、吃过的苦,也照亮着被贫穷捆绑的向利。

姐姐30多岁时病故,几年后姐夫也病故,留下三个娃。大妹子刘利平在乌镇卖凉面,因长年在铁皮房内经营,当地人称其为"铁皮房"凉面。利平的凉面,不是普通的凉面,是远近乡邻众所皆知的"品牌"凉面。春节返乡的本地人的第一碗必是"铁皮房"凉面。黄河对面山西、榆林、佳县等外地慕名而来品尝的人络绎不绝,吃完还不忘打包几份带回家。二妹子刘小平,嫁到本镇刘家山乡王城村,尔格(方言,现在)受苦着了。

向利的爱人叫马闫林,小丈夫4岁。生得灵巧,毛花眼眼长在她的

刘向利的结对帮扶人杜增凯来看望他，一起核算收入

刘向利把"主厨"任务交给我，考验我的厨艺

脸盘上，会说话。我羡慕她苗条的身材，她却低着头说："我这贱命，向利拼命挣来的钱儿，都付给了医院，这辈子是还不清他的债了。你不要羡慕我，胖来瘦可（方言，意为胖瘦无碍），不生病就是福气。"闫林患慢性支气管炎、肩周炎多年，向利腰椎间盘突出，他们是农村典型的因病致贫户。本不富裕的家，日常生活开支的余钱已难以解决他们的药费重负。闫林彻夜不眠地咳嗽、咳痰，胸闷气喘，呼吸困难，她恨不得让自己立刻死掉。家里缺了一个劳力，再加上欠下村里人的钱，向利家的日子如雪上加霜。

向利的女儿刘瑞芳，先在榆林民办幼儿园里当幼师，后来随女婿去咸阳居住。目前在咸阳私人幼儿园寻得一份职业，小日子过得不错。倒是儿子刘马瑞让他费心不少。儿子是吹鼓手，日子过得紧巴。儿子生了孩子，拖累着向利和妻子本不宽裕的生活。陕北的婚丧事情，虽说离不开吹鼓手，但向利很少提及他的儿子。向利外面辛苦打工挣来的钱，也都为儿子补贴家用了。穷，真的在他身上扎根了？穷火烧不尽了？父母穷，子女穷，越生越穷，代代穷？

幸好，国家有惠及百姓的民心工程和精准扶贫政策，驻村工作队和村两委在识别贫困户的时候，评刘向利家为贫困户。既能享受基本医保，减轻家庭医疗负担，还能接受结对帮扶干部的关爱。他本已经向命运低头，扶贫的好政策让他燃起了生活的希望。他相信驻村工作队，相信政府，他四处帮厨打工，又一次与厄运对抗。贤惠善良的妻子闫林在家做一些力所能及的家务活儿，支持丈夫外出打工，只是心疼他拖着病身子，跑了这家跑那家。但向利一鼓作气，村里的红白喜事，镇上的集会、饭店，成了他拼搏的战场。他相信日子会一天天好起来。工作队用扶贫政策助力，市局结对帮扶干部关爱，向利每年能领到国家给养殖户的补贴。妻子在家养起了鸡，吃不了就卖鸡蛋，收入一天天增加，摆脱贫困的日子不远了。

向利正式任驻村工作队的厨师是炎热的 7 月，我们已经从彩钢房搬进新盖的平房了。每天上午 9 点多，他在家里和妻子吃完饭，才到我们驻地的厨房做饭。村里人习惯吃两顿饭，很少有人吃早餐。他们吃完上午饭就下地干活，下午 4 点多回家做晚饭。播种和秋收是农民最忙的时节，一整天基本都忙在田地，一早家里吃罢饭，暖壶里灌进米汤，筐子里馒头用笼布一包，就是他们午间体力的补给。这样省得山间、家中来回跑，跑得多，吃得多，费了时间，费了饭。

快到冬至的那几天，天特冷。我们在院里说话时吐出的白气也被冻成霜似的凝结在空中。向利 11 点就准时来厨房为我们做饭了。我们四个人的饮食喜好，他记得清楚。钟书记血糖血压高，他给钟书记蒸了黑米饭又为我们蒸白米饭；李波不喜欢吃面喜喝粥，他做了面条再熬稀饭，锅里还热上馒头；有次聊天，我说茄子青椒蒸饺好吃，他第二天就做了蒸饺给我吃；得知秀举爱吃泡菜，就在罐里泡椒腌菜。后来，我们都不敢说爱吃什么了，怕他麻烦。

我时常想起深秋的清晨，他骑摩托车载我去镇上买枣饼的事。秋天的早晨很美，但有些寒意了。坐在摩托车后面，尽管我穿着警用的多功能棉大衣，还是被冷风吹得冻巴巴的，鼻涕也流出来了。我笑着和向利说嘴被冻僵，快说不了完整的一句话了。他原本想开快点到镇上，让我少受点冷，听我这么一说，立马将车速减慢，"那我再开慢一点，你把头埋在我的脊背后，风会小点……我的袄子脏烂，不好脱下来给你穿。"我整个人都藏在了他的背后。我看见他蓝色帽檐下露出的头发上结了冰霜，发根冒着热气，我愿意将头贴在他磨破边儿的、棉絮已经露出的旧衣领下面。我知道这是他在工地上常穿的棉袄，不舍得扔掉的。我依在他的背后，用眼睛拾起一路上的风景，暖暖的。镇上有邻村的行人与向利打招呼问好的，他指着我一边向旁人介绍，"昂米村的驻村干部，市公安局的……"，一边与

我当驻村工作队队长的时候，刘向利的妻子邀请我去家里吃饭
（左：刘向利妻子马闫林，右：村主任刘希东）

卖饼子的男人说，"挑个儿大的昂"。

向利厨艺好，前几日镇上卫生院请他去当厨师，工资比我们开得还多一些，但他拒绝了。他还像从前一样，午饭后，和我们一起站在平房的窗台下晒太阳。端着碗，站在院子里一边吃一边给我们讲农家小故事。怎么抓蛐蛐、捉蝎子，不时为我们分享一些治感冒、止咳的小偏方。

向利是个有心人，对市公安局第一位结对帮扶人王剑念念不忘，让我代他问好。他说："昂米家得王剑的好处太多了，养殖起家的鸡苗钱是王剑个人腰包里的呢。"再提起现任的帮扶人杜增凯，他话匣子打开便合不上了："真不知道昂祖上做甚好事了，遇见'菩萨'兰（了），人家东西给上、钱花上，闫林的药钱也补贴不少，公家人挣钱不容易么，人家和咱非亲非故……"说着还拿起手中的电话指着说："你看他最近给我打了多少次电话了，今年正月初一电话就打过来了，叮嘱我们注意疫情防护。"

腊八节后，天下雪了，连鸟都冻得不愿意出来了。他没法儿骑摩托车了，每天步行来为我们做饭，一脚一个深窝子。这日晚饭后，向利从兜里掏出炒熟的南瓜子给我，他的手真大，我双手接着，瓜子都掉地下不少。我赶紧把手里的南瓜子放办公室桌上，准备拾起地下的，但向利已经全部拾到手上了。他揣在兜里说："这几颗沾上土了，不给你吃，昂吃呀。"说着便出了门。我望着消失在雪地中的向利的背影，一阵温暖袭来。

在大陕北的地域，再没有比刘家峁村更基层的基层了。它是中国贫困县的贫困乡、贫困乡的贫困村。我有幸居住在最基层的贫困村内的村组大队与村民生活，有幸领略大山沟峁春的生机、夏的果实、秋的金色、冬的寂静，这是岁月给予我的馈赠和滋养。驻村工作队的三位厨师，是与我最亲近、接触最多的人，他们唯一的心愿，就是让我们吃饱喝好。

刘家峁的秋天来得含蓄，走得婉转。树叶由绿转黄，黄了又变红。刘家峁的冬天来得干脆，走得缠绵。秋叶变干枯，冬衣穿到春天，都舍不得

第二章　山河故人

脱下。六年，也许不曾有人想起这些往事，但在我这里，如珍宝一般在怀里揣着。

成稿后的下午，我把文章念给现任厨师刘向利听，一个大男人低头不语。他略显笨拙地言谢，不知道说什么好。他说，刘延霞回到村里抚养孙子着呢，如若让她听见，非号（方言，意为感动地哭）不可。

第一书记

钟晓健从小在部队大院长大，为人诚实，说话直率，做事踏实。2004 年参加公安工作。在市局治安支队工作那会儿，外勤办案多，皮肤虽然晒黑了，但办案能力加速提升。后来，他从神木大柳塔挂职锻炼后，回局机关警卫处任职。每次看见他，还像第一次见面那样腼腆地嘿嘿一笑。"哇，我的仙女姐姐，怎么变村姑姐姐了？"看我一脸无辜地回应，他便拍拍我的肩膀："姐姐，你变苗条了……"然后一脸坏笑走开，没有一点副处长的"架式"。

晓健的爱人马丹与我是好姐妹。丹丹是警界的美女，宣传册上镜率最高的"模特儿"，五官清秀，身材高挑，她还是学霸型美女。你说说，长得靓，学得好，偏偏说起话来又温柔似水。窈窕淑女，君子好逑，当初晓健追求她时，下足了功夫。兄弟的魅力加上弟妹的学识，珠联璧合。再瞧瞧人家这对金童玉女级组合，生了女儿冰玥，锦上添花。乳名蛋蛋，真是个金蛋蛋，弹吉他、奏钢琴、跳拉丁、书法、绘画样样厉害，多才多艺。小姑娘笑起来眼睛眯成条缝儿，和晓健一模一样。她喜欢和小鸟、小鸡、

小鸭交朋友，喜欢在沙地里打滚，脱了鞋子满山跑。

晓健的父亲钟伯伯是我们的老领导，一位温和敦厚的长者。钟伯伯有个"老拜石"（方言，铁杆兄弟）叫郭宝林，与我的父亲也是"老拜石"，我管他叫郭爸。2017 年 5 月 26 日，晓健任驻村工作队第一书记。我知道，父辈的缘在我们这一代开始延续了，晓健就像我的亲兄弟一样。

晓健从市级机关的副科级干部到贫困村里的第一书记，酸甜苦辣的故事很长。上任后的第一天，我领着晓健去市县乡各级党委、政府、组织部、纪委、扶贫办、发改委、国土局、水利局、交通局、民政局等各级业务指导单位逐门拜访。这家门进，那家门出。当天晚上，晓健宿舍的灯彻夜亮着，工作日志上记满了各单位联系人和联系方式、村情、贫困户建档立卡名单。我突然发现，身边这个一笑眼睛眯成缝的"大男孩"一夜之间升级成了"大管家"。次日，去乌镇乡政府与领导见面对接工作时，晓健主动留联系方式、谈想法，对于贫困户数、致贫原因也能说个一二三。第三天，我将之前三年多的扶贫工作顺利移交。他看着各种档案、卡表、相册说："姐，这几年你受苦了。"我低头不语。温暖很简单，只不过是一只可握的手和一颗理解的心。

驻村三个多月的时间里，晓健吃在村上、歇在农户家，与村民一起聊天、干活。大家有困难都会主动找他帮忙，心里话也愿意同他讲。渐渐地，这个穿警服的第一书记成了大家的贴心人。仅三个月，晓健走遍了全村 24户贫困户和 35 户非贫困户，填写了入户调查资料本及贫困户档卡册 100余套。他体内缺钾不能大量出汗，又患有日光性皮炎，大夏天还要穿着厚厚的防晒袖套，奔走在沟壑山峁间。那件被汗渍浸染成"心形"的警用短袖，成了网红照片在朋友圈里疯转。

第一书记是全面手，这话一点也不为过。

他是设计师。设计"驻村干部去向牌"，公示驻村工作队员包抓项目，

工作中的第一书记钟晓健

队员严于律己，村民监督反馈，"一箭双雕"；设计"当日执行事项提醒牌"，每日工作公布在提醒牌上，逐事兑现；设计"贫困户详情一览表"，放在办公室桌上以便随时查阅；设计"磁石照片墙"，领导的关心和同志们的努力时刻鼓舞着我们；设计"法律法规展板"，公民道德、村规民约、治安防范、防洪防汛等必知必会上墙，给村民普及法律知识，帮助群众提高防范意识。他是大管家。购买木制凉亭，美化环境，村民们拉家常有了好去处；网购"驱鸟带"，庄稼地的果穗不再怕飞鸟野鸡吞食；工作队没米、没面、没菜、没油、没纸他要操心，水费、电费欠了他要去交，办公室电脑、打印机坏了他要过问；工作队逢年过节，给队员发红包，请大家在城里撮一顿，让队员时时有大家庭的温暖。他是律师。村民恼羞成怒地来，喜笑颜开地回，处理矛盾纠纷，邻里老少谈心，鼓励村民统一思想，树立脱贫致富的信心。他是外交家。与各行业部门领导、科室干事相处融合，他成了脱贫攻坚办公室的常客，赢得村干部、村民的信任。他是工程师。危房改造、道路硬化、发展养殖业、打爱心水井、兴办农业合作社，他让这个村焕发出勃勃生机，呈现出欣欣向荣的发展势头，"刘家峁不穷，我不来；刘家峁不富，我不走"。这是他驻村扶贫工作的座右铭。他是"临时党支部"书记。强化党员教育管理，完善村委会议事规则和决策程序，推进村务、党务公开，撰写心得体会，制作宣传栏，样样精通。

他是民警嘴里的"卖粮书记"。他邀请农业专家和技术人员为农户提供农业技术指导服务，以保障村民的粮食充足，牲畜兴旺。以资源变资产、资金变股金、农民变股东"三变"改革为理念，建立"基层党组织＋集体经济＋贫困户＋×"模式，壮大村集体经济，成为推进精准脱贫攻坚的助推器。周内，他和我们走乡镇、跑县城，品牌注册，宣传推广；深入农户，统一收购、过秤、打包、封装。周末回城时，将包装好的鸡蛋和小杂粮等农产品装车，运送到市局机关订货民警的手中。利用市局工会微信工作群及扶贫工作群平台，进行农产品的联络、销售、订制、结算，做好市局机关内部的营销及推广，以此增加村集体经济收入。苗林大哥带领工作队，与辖区酒店饭店和企事业单位建立良好的小杂粮供货关系，形成一种可持续性的销售，稳定增加村集体经济收入。担重任，拔"穷根"，晓健书记成了村民眼里的好干部。

工作中的晓健拼尽全力，生活中的他全力以赴。

有天下午，我们正在村委办公室忙对标考核的工作。办公桌上台账表格堆积如山，地上也放满了贫困户各种档案卡册。突然，钟伯伯进来了。晓健抬头一看是父亲，忙向大家介绍。钟伯伯环顾堆满文件的房间，手中提着的袋子都没有地方可放，沉默半晌。在单位，我只见过性格开朗说话温和的钟伯伯。那天的他，是父亲的他沉默片刻。钟伯伯调整了一下情绪说："农村锻炼是好事，都是财富。"大伙儿腾出一把椅子请钟伯伯坐下来，端上茶水。本来想和儿子说说话的钟伯伯也只能陪着我们忙忙碌碌。那天，我们加班很晚，晓健在拼起来的两把椅子上睡了几个小时，钟伯伯虽然在儿子的床上过了一夜，但我相信，那晚的他，一定彻夜未眠。

晓健血糖、血脂、血压都高，钟妈妈每周从家里都带足荞面饼饼、粗粮杂粮给儿子。爱妻丹丹给他包里塞满麦片、海带条、香菇片等低糖零食。我们吃白米饭，他只能吃黑米饭。我们吃白面，他吃从家里带来的剁荞面。他不愿给厨师添麻烦，有时泡麦片就算一顿餐。我知道晓健喜欢吃蒜薹、胡萝卜、菜花。我在镇上买来这三种菜，择洗焯好，再与卤好的大肉剁成馅给他包饺子吃。晓健吃饭不挑，也从来不对饭菜做什么评价。那天的饺子他吃了不少，我心里欢喜着。他走出厨房时专门说："姐，今天的饺子真香。"去年冬天，我去北京出差返村，看到鞋架上多了一双可爱的红色拖鞋。队友说，晓健特意给我挑选的。晓健待我的好，在他送我的那箱水果里、在我生病治疗时的问候里、在外出抽调工作的理解中、在日常细碎

建设中的刘家峁村

村民邀请驻村工作队参加春节农村大秧歌表演

的驻村生活中。

2018 年末,我们去扬州考察产业扶贫项目枣木文创产品的加工成型。俗话说,千里路上不捎针。临出发前,晓健带了村里的小杂粮,拿了几根不同年份的枣树桩做文创样品。每一颗绿豆、每一粒小米里都装着驻村工作队的小心意。"这不是要麻烦人家嘛!"他说,"就当见面礼了。"虽然比我年龄小,但他想得很周到。细心的他,每到一处,心里想着爱妻丹丹和女儿蛋蛋。他拿起小吊坠、首饰盒让我帮着挑选款式,光娘儿俩的东西就塞满皮箱。返回榆林时,还不忘给钟伯、钟婶、岳父、岳母买礼物。晓健是个孝顺的儿子,我看见了另外一个与往日不一样的兄弟。

晓健出生在城里,思想在村里,生活在村里,工作在村里,他将村民的苦乐和队员的悲喜都装在心里。从了解到熟悉、从分析到总结,再到执行和落实,突出群众的主体地位和作用,让群众全程参与到扶贫开发中;从磨合到适应、从鼓舞到相伴,再到彼此支持和帮助,突出队员的长处,把自己藏在身后:这样的第一书记,我们爱戴。晓健和乡镇干部开玩笑说,这几年的工作经历能写成厚厚的一本书。他也许不曾想到,写作纪实文学《光景》正是受他这句话的启发。

 最美医生

　　我的肠炎刚好，上呼吸道又有事了。喉部疼痛、干哑，鼻腔充血、水肿，失去嗅觉。从家里带来的备用药已经吃完了。本想等到周末回家时去看医生，又担心病情加重更麻烦，队友赵秀举便陪我去乌镇中心医院看大夫。挂完号来到诊室，见一位江浙口音的大夫正给患者看病。我很好奇，乌镇这个山大沟深的贫困乡镇哪来的外地人？看他待病人温和耐心，我喉咙的疼痛似乎减轻了不少。排到我了，他拿着一次性"药舌"轻轻伸进我的咽喉，让我发声，举起手电筒观察发病部位。又拿温度计让我夹在腋下测体温，并了解当前用药情况。他叮嘱我："如果村里没有条件做雾化，就需要大量喝水，并用热水蒸气熏鼻子，用盐水冲洗鼻腔，减少刺激性食物的食入，减少疲劳用嗓。"我连连点头，和秀举准备出门取药，却被他叫住了。他说药房的工作人员吃饭去了，让我们在这里先坐一下。

　　等待闲谈中，得知医生叫王文。2018 年 11 月，他与五位支医人员肩负着江苏省扬州市广陵区卫健系统、广陵区人民的嘱托，来到榆林市佳县进行苏陕合作扶贫支医活动。没来时，他对这片陌生而又神秘的陕北黄土高原无限憧憬。可当他在这里工作生活一段时间后，才发现此"乌镇"（佳县）非彼"乌镇"（杭州），这里地理位置偏僻，医疗条件太简陋。很多村的大部分年轻人都外出务工，家里留守人员基本是老弱病残。居民区离乌镇中心医院较远，且道路崎岖，交通不便，村民平时健康意识淡薄，身体有恙时，能拖则拖，拖到严重时才来医院诊治。

我为一个看惯了江南小桥、流水、人家的医生，七转八弯，从山光水色、草木茂盛、气候宜人的温暖江南，来到沟壑纵横、尘土弥漫的黄土高原的医务工作者竖起大拇指。也许因为我们都是从外地来的扶贫干部，关于乡村的生活和工作感同身受，瞬间拉近了彼此的距离。我告诉他，秀举和我都是单位派来的驻村队扶贫干部。王文医生眼睛一亮，连说有缘、有缘。出门取药前，互相加了微信，嘱咐我喉咙有何异样，随时联络，并欢迎我去扬州做客。

回村的路上，夕阳西下，映红了天边的晚霞，散发出柔和又充满希望的光芒，以最美的景致结束了一天。

后来打开王文医生的微信朋友圈才知道，原来，他就是 2018 年中央电视台"寻找最美医生"大型公益活动颁奖晚会上的那个最美医生。秀举说："怪不得有缘，王文医生是最美医生，苏姐是最美扶贫干部，两个好人的相遇，这才是真正的缘分！"我继续往前翻，王文医生也在朋友圈里记录着生活和工作的点点滴滴。才知道，我们心里有一个共同的愿望：希望乌镇的贫困户在党的政策扶持下，通过自己的劳动，早日脱贫致富。

王文医生是一个责任心强且细心之人。为提高乌镇中心医院的诊疗水平，他举办业务培训活动，讲解临床常见病和多发病的诊治方法，指导新招聘的医护人员正确书写处方和病历，规范化诊疗操作要求。为了增强村民的健康意识，走访贫困村庄，开展健康扶贫、健康体检、健康宣教活动，因语言交流障碍，诊疗活动无法正常进行时，他请同事做起了翻译，将"预防为主"的理念落到实处，从而减少因病致贫、因病返贫的现象发生。他关心少年儿童，呵护祖国花朵健康成长。他走进乌镇中心幼儿园、乌镇小学，开展健康体检和"爱护牙齿""传染病防治""手卫生""预防近视"等健康宣教活动，提高孩子们的健康素养，教育孩子们养成良好的生活习惯和卫生习惯。从诊室走到户外，这位江南医生深深浅浅的脚印留在了乌镇乡的角角落落，温和可亲、细致耐心的他感动了身边的居民和同事。

王文医生是扬州人，佳县与扬州又互为友好结对帮扶县市，我也就更多地去关注扬州与佳县的往来。

2019年3月27日，佳县乌镇党委书记李学军、扬州市广陵区沙头镇与扬州市广陵区商会一行六人来刘家峁村进行友好对口捐赠。陕北的3月乍暖还寒，但村民们坐在院子里感到的是温暖，刘家峁村书记刘锦春代表村民赠送锦旗表达感谢。两地人一颗心，加强信息沟通，增加村民收入是我们共同思考的问题。2019年5月14日，第四届丝博会减贫论坛上"佳县—扬州产业园"引发了更多人的关注。这两年，佳县县委、县政府在"佳县—扬州产业园"投资环境、产业发展上下足了功夫，多次考察学习、梳理研判，建立广陵开发区和榆佳经济技术开发区信息沟通机制，从人员、组织架构、项目活动进行了全方位对接：聚焦精准帮扶，双方人员互动交流，深化产业合作，实现优势互补、共赢提升。

2019年5月29日，佳县峪口便民服务中心的陕西佳州缘生态农业有限公司一番忙碌。他们正在装罐、封口、贴标、打码……他们已经与全县5个乡镇298户农户签订收购协议，上门收购他们的杂粮、红枣和挂面等农副产品，经过包装加工，直接发往扬州市广陵区300多家社区超市销售。在这次"佳县五谷下扬州"活动中乌镇李家山村贫困户李小龙受益了——2018年，他家谷子共收获3000多斤。佳州缘公司工作人员主动上门以

我和王文医生

高于当时市场价 0.25 元的价格全部收购了他家的谷子，仅这一项就收入 9000 多元。我们期待着有更多、更好的合作和遇见。

2019 年 10 月底，王文医生结束援医使命，返回家乡扬州。我因在外地没有为他送行。

不管是王文医生还是扬州广陵区乃至扬州市人民，在我们佳县扶贫驻村工作队员的心中，都一样亲。我们也把自己当成了佳县人，爱这里的一草一木、一山一水，爱这里的沟沟壑壑、山山峁峁，为黄河岸边的佳县而自豪，为能与纯朴善良的佳县劳动人民共同生活而骄傲。六年来，我们驻村工作队也走出去到别的乡镇参观学习考察，学习他们的产业扶贫理念、做法，学习他们的先进经验。荷叶坪、刘才沟、刘泉塔、黄家圪崂、泥河沟、佳县县城，到处留下了我们的足迹，"借羊还羊""云养羊""果粮（药）套种""红枣羊""鸡鸭鹅""红色旅游"……每一次遇见都弥足珍贵，每一个人都是良师益友。不仅仅是乌镇，佳县各个乡镇的基础建设和生态环境都发生了翻天覆地的变化。

人与人遇见的方式有千万种，与王文医生的相遇，是医生与患者的遇见，是因为有脱贫攻坚战的"桥梁"而遇见。我相信，总有一天我们还会相遇。

乡村爱情

参与过脱贫攻坚工作的人心里都明白，走村入户、倾听村民心声时，非贫困户无意间会流露出一些小情绪。尤其是那些边缘户，收入并不显著高于贫困户。当他们目睹贫困户看病不要钱、有补助，上学免费、获补贴，环境卫生、住房改造等等享受政府的好政策时，心里难免有些落差。人之常情，我理解他们。刘家峁村的村民也不过是嘴上说说，相互打趣而已，他们依旧同情、关心贫困户。

刘爱军是刘家峁村的非贫困户。因为他家离驻村工作队驻地最近，我们来往走动较多。爱军哥属狗，1970 年中秋节的第二天，他出生在刘家峁村。妻子高小琴，小他两岁，属鼠，乌镇吕家沟人。

"不是一类人，不进一家门。"说的就是爱军哥与小琴姐。

小琴姐刚满 7 岁时，父亲去世了，爱军哥那年 9 岁，父亲也病故了。小琴的哥和弟成了帮母亲下地里干活儿的劳力。做饭、洗衣服等家务事全都是她的。7 岁的她个头小，够不着土灶上的锅。她双膝跪在锅台上烧饭、刷锅。锅里的蒸汽把细嫩的小脸都烫得红红的，膝盖跪得又青又肿。懂事的她担心母亲看见，每次等夜里母亲睡了，才脱衣服上炕睡觉。在农村，家庭的贫困，大多是因缺劳力、因病、因残导致的。本该是上学的年龄，哥哥和弟弟也要为口粮放弃学业，小琴姐甚至想快快长大嫁人，给母亲减轻口粮负担。可是，母亲只有她一个女儿，不忍心她早早嫁了。

富寻富，穷找穷，灰姑娘嫁王子，那是童话里的事。21岁时，有人给她介绍门当户对、23岁的刘爱军。小琴姐个儿高，长得俊俏，人善手勤。爱军哥五官分明，有棱有角，八尺壮汉。童年失去父爱的他俩懂事早，人间冷暖、悲欢离合也看得透。共同的话题、一样的遭遇、贫苦的生活，让"同病相怜"的他们一见钟情。

爱军哥立志要给愿意跟他这个穷小子过日子的小琴姐一个好活法，一个她梦里想要的未来。听说包头有钢厂，只要人吃得下苦就能挣钱，比待在刘家峁强得多，他们决定去包头打工、共同创业。

爱军哥在钢厂当焊工，按小时按件计工钱。他身强力壮，满身的力气正愁没处使，出了劲还挣钱的事，他乐意。白班上完上夜班，一个月下来，人消瘦了不少。小琴姐心疼他，寻思着给爱军哥补给营养。白天纳鞋底、做鞋垫摆小摊出售，挣点钱买肉吃。小琴姐心灵手巧，做的鞋垫供不应求，厂内、厂外都喜欢买她做的鞋垫。她白天自己在家将就着吃，夜里不管多晚都等着爱军哥回家一起吃饭。尽管小屋是租赁的，但被小琴姐打理得很温暖。一个女人最好的嫁妆莫过于她的善良和细致。爱军哥心里明白这个女人所有的好。

小琴姐的母亲得了病，她急着想回家侍奉。爱军哥放弃了包头挣钱的工作，就像当初决定打工时那样决然。包头一年多的努力，的确挣了点钱。一回到刘家峁村就给小琴姐买了当时最流行的组合家具。家具上面的木纹和图案小琴姐记得清清楚楚；柜里的衣服，爱军哥叠得整整齐齐。小琴姐伺候母亲一些时日后，肚里的儿子出生了。只可惜，月子里的小琴姐压根不知道母亲一声没吭就离开了她，也没见上可爱的外孙孙。出了月子，爱军哥才告诉小琴姐，丈母娘病故前嘱咐儿子、儿媳和爱军，女人坐月子不能伤心，月子落下的病不好治，坚决不让告诉她。知道母亲去世的消息，由于长期思念母亲，郁结气堵，乳房长瘤子了。镇医院医疗条件差，一般感冒、跌打包扎没问题，这病还得去县城，县城医疗条件好一些。爱军哥听说绥德二康（现榆林第一医院）医术好，于是带妻子到绥德，四下打听最好的大夫为妻子做手术。爱军哥经常挂在嘴边的话是，女人是用来呵护的，你不心疼她，让别人心疼？他经常自责没有照顾好妻子，才让妻子生病了！

爱军哥自打从包头返乡，一直寻思着想再出去打工挣钱。不知道什么时候开始，他坐车就晕车。他明白，"人挪活、树挪死"，既然老天不让他出去，那干脆待在村里找事做。可是刘家峁村山大沟深、土地贫瘠，种地种到何时才能给小琴买三金。穷则思变，爱军哥冒出了养殖的念头。养什么呢？养鸡。本钱没有养羊、牛高，况且鸡肉能吃，蛋能给大人娃娃补给营养。他的想法总是第一时间得到妻子的支持。说干就干，爱军哥买了200只优良鸡苗撸起袖子就干！

从200只鸡到如今的3000多只，从每天收200颗蛋到现在的3000多颗，一养就20多年。小琴姐的三金戴在颈间、耳垂、手指上，手腕上多了银镯子。鸡娃儿长大下蛋了，他们收蛋、吃蛋、卖蛋。等母鸡老了不怎么下蛋时，就便宜卖给村民吃。他们爱自家养的鸡，从不舍得杀了吃，逢年过节，宁愿在集市上买别人卖的鸡吃。村里人说，爱军家的鸡比人还要活得金贵，养在他家的鸡是最有福气的鸡。是啊，他们家的鸡定时饮水吃食，还有专业的兽医做定期的保健检查。爱军说："养鸡的确要精心，遇鸡瘟时，鸡死了大不了赔点钱，传染给别人家的鸡，或让人吃了病鸡，那就是造孽的事儿。"前些年大雨，遇土崖塌方，土堆、土疙瘩压了爱军

刘爱军、高小琴夫妻合影

我们的合影

家的鸡笼，小琴姐整整哭了三天，嗓子都哭哑了。

他们从不觉得养鸡累，清扫鸡棚，喂食饮水，对每只鸡微笑，像对待孩子一样。劳动最光荣，勤劳能致富，他们花着自己用双手和智慧赚来的钱，既踏实又舒坦。他们的爱情和生活，既经历风雨也闻过花香，不是荡气回肠，却铭心刻骨。

爱军哥和小琴姐从小念书少，挣命要给儿子刘镇镇提供最好的学习条件和环境。镇镇学习不错，但不忍心看父母起早贪黑辛苦养鸡、挣钱养家，后来放弃学业做了加工断桥窗的生意。面对儿子想提高生活质量的雄心壮志，爱军哥不好劝阻。几年后，镇镇挣了钱买了车娶了媳妇，爱军哥和小琴姐乐开了花。

曾记得：清明节后，我晨练下山回办公室的路上，小琴姐老远就看见了我，在对面大声喊我的名字，说找我有事。我进屋后，她端着煮好的鸡蛋让我吃，她在盆里将手洗了一遍又一遍，用桌上的餐巾纸擦干手上的水，为我剥开蛋皮，留了最后一小片蛋壳，说："我这手喂鸡、干农活儿多，你爱干净，手拿在蛋壳壳上吃。"说着，又端来盐巴让我蘸着吃。村里人视鸡蛋为补品，坐月子的女人、生了病的老人和孩子，都要送鸡蛋看望。我明白小琴姐的这番心意，她越是笨拙地表达，我越是真正地懂得。

曾记得：谷雨前夕，我在办公室写材料。小琴姐手端一碗红黍米（红高粱）送来："上次听你说，赤小豆煮红黍饭治你的腿肿，我在家里翻腾了一宿，就这点儿了，等今年到镇上买种子给咱种上点，你煮饭喝……"我的心被她的柔软和热情融化了，一句话也说不出来。"妹子，你喜欢吃啥菜？我地里给你种啥！"人间真情莫过于此，自家的土地为你犁、树为你栽、花为你开、果为你收……

这天，小琴姐刚洗完头，细软的头发披散下来，被树隙间透过来的阳光照得金黄。听说她女儿刘金要在榆林城开美发店了，她邀请母亲当店里

的第一个贵宾，给母亲做最漂亮的发型，焗上等的彩油。儿子刘镇镇经营的断桥窗加工厂也打算扩建，儿媳妇欢欢乖巧，待小琴姐像亲娘，外人看起来还以为她俩是母女。一家人日子过得有滋有味。我问过小琴姐，这些年爱军哥最让她感动的是什么？她想了想，一脸满足、确定地说："我家的银钱全部由我掌管着哩！"我想，小琴妈妈在天上看到女儿被女婿捧在手上、疼在心上，应该安心了。

致富路上从没有懒人，勤劳智慧的小琴姐和爱军哥把"和气生财"当成生活致富的秘籍。爱情也永远不会沉睡，余生，相信他们还会为爱情覆上保鲜膜。

我们需要相亲相爱，需要稳稳的幸福，这是我在村里见过的最美的爱情、最美满的家庭。

第三章

脚随心动

我有故事还有酒

　　说起故事，我们总是与小时候联系在一起，成年后的故事大多与懂事有关，似乎道理远远比故事本身重要。农村生活中的每一寸土地、每一张面孔、每一次磨炼、每一段经历都是我写作的恩宠。翻开我 2017 年的工作日志，密密麻麻写满了三本，仅下半年就两本。我盯着它们，每一页都流露着骨子里的倔强。

　　5 月收假的第一天，市局抽调局机关副县级以上干部参加佳县乌镇刘家峁村贫困户"一对一"结对帮扶工作。按照会议安排，我要在会议室里为全场皆是领导的，就精准扶贫业务工作的新政策新要求进行专题培训和讲解。那是我第一次以"老师"的身份坐在这里。这可不比以往上台当主持人，只要仪表得体，具备一些临场发挥的应变能力，便可根据自己的经验和积累从容应对。既定的讲解稿，我一遍又一遍地校对，纸角翻得卷起边儿，首行、尾字所在位置都记得清清楚楚，可还是担心表述有不准确、言辞有不恰当的地方。声音是颤抖的，讲稿被我捏出了汗，尽管我极不情愿让人察觉，但头上冒汗、喉咙冒烟，记得身旁的同事递来一杯水，我一口气竟喝下半杯。曾经几千人的露天广场联欢会主持人的工作我都应对自如，今天怎么了？越谨慎越胆怯？我装模作样重新调整了麦克风高度，趁机偷偷深吸几口气，心里"掐"自己好多遍，再做两次深呼吸，声音才慢慢稳定、顺畅起来。20分钟的发言，竟像穿梭在风雨雷电的机舱内飞行了2小时。还好，领导们投来肯定的眼神和掌声让我心里开着小窃喜的花儿。

5月28日，我设计制作"精准扶贫工作日志"。封皮设计为皮面、警营蓝，正楷烫银字"榆林市公安局扶贫工作日志"，右上角加爱心框内嵌"精准扶贫"四字，"警徽"图案正中放，下为仿宋字体"榆林市公安局精准扶贫工作领导小组办公室印刷"。前26页为贫困村基本情况表、扶贫政策必知必会、驻村工作队工作职责和备忘表。余下182页为横线日志。每一页页边印上小警察图案和"扶贫济困靠大家　警民携手你我他"字样。

村里的太阳似乎比城市里的大，晒得人皮肤又红又疼，眼看召集全体村民的会议一天天地多了起来。5月31日，工人们粉刷外墙，晓健书记和秀举拉起了防晒网。平日里，村民嫌占用农耕时间，不愿来开会。现在隔三岔五召集开会，但是有些工作必须召集全体村民开会才能做，比如宣传新的政策，五保户、低保户和一般贫困户的公示，包括农业生产资料的登记、发放。其实，我们已经尽可能地减少全员开会的次数，入户走访能捎带的就捎带，电话能通知的就通知。但村民们的心思全在田地间牵着，一年的收入尽在春耕夏种秋收冬藏的四季轮回中。

6月3日，我负责组建扶贫专项工作微信群。往后的宣传的稿件、各级党委的通知、通报皆可在群里发送，既直观又省时省力，难场的是，我们需要不停地瞅着手机，生怕有工作信息漏掉，误了事。打那以后，乡、县、市各级微信工作群越建越多，扶贫人的精力似乎比常人充沛，凌晨一两点发送动态时有发生，提示信息多的时候，我们分不清是哪个群的内容，有时也会转发错，闹出笑话。24小时全天候领工作任务，再将任务分解注释后发至市公安局扶贫工作群和扶贫小分队工作群。驻村工作队是接收任务的最基层工作群，我们要分解任务，执行、完成任务。有时一条任务，也许得几天完成。完成任务后，再报请各级有关单位和部门审定。我们没有上下班，也不分昼夜，端着碗处理工作是常有的事情。那段时日，我们都像得了幻听症，只要有响动，集体抱着手机看。

李波设计党建室宣传栏和"学习园地"上墙的事。村里党员得挨个儿通知，组织集体学习、撰写心得体会也得逐个催。他们在地里干活儿时，手机响铃是听不见的，即使听见响声，再回过去就没信号了。直到晓健书记为办公室安装了座机，增加了网络信号接收器，这才解决了手机信号连接不畅的困扰，局机关有事找我们也可以打座机了。乡间小路上，手机信号时有时无，通知村民只能靠两条腿跑。我们整天钻沟溜洼，个个灰头土脸。每天晚饭时，连说话的力气都没有，昏三葫芦的（方言，意为摸不着头脑的状态）。

拉了网线后，村民晚饭后就来蹭网。我们教他们写字、听歌，看快手和抖音。村里李桂芳阿姨玩快手很厉害，70多岁老人，健康的生活方式和时尚的娱乐活动叫人心生佩服。她在快手里唱陕北民歌、扭陕北秧歌，粉丝数都快上万了。渐渐地，村民对我们的态度有了转变。他们再也不认为我们是上门填表、电话叫开会的"瘟神"了。

6月和7月，是报送月总结、季度总结和半年总结的月份。我要写总结，要整理照片、制作工作相册。除了每日的入户填表、打扫卫生、洗衣做饭外，有时还得跑乡、县、市相关单位争取各种扶贫项目的支持。我们几个好像都"嫁"给了刘家峁村。工作队的每个人每天手上的事情一大堆，"一家五口人"，忙得一塌糊涂。7月6日，爱心水窖选址动工。7月8日，乌镇各驻村工作队及村干部在市公安局驻村帮扶地刘家峁进行精准扶贫工作实地参观学习。7月10日，太阳能路灯项目搞定。7月12日这天，窑洞实在潮得住不成了，我们几个在院内搭起防晒网，晚上把床搬到院子里住。蚊蝇蛾虫满天飞，我们几个身上起了疹子，半夜痒得又抓又挠。有时睡得正香，忽然打雷闪电起风下雨，几个人抱着被子往屋里窜。7月14日，"驻村工作队驻地办公室"和"刘家峁村矛盾纠纷调解委员会"正式挂牌。7月下旬，开始贫困户房屋改造情况的查看工作。

8月、9月不放假，周末无休息。筹备"刘家峁村精准扶贫知识及中、省、市会议精神知识问答活动"后，9月22日，我第一次学会用手机App"美篇"记录驻村工作，创新工作总结方式。用时5天，精选100张照片，经过39次修改而完成的《人民公安向前进 精准扶贫在路上》在扶贫工作群里获赞无数，被各地同行纷纷转发分享，还被"美篇"App推荐首页展示。9月底，驻村工作队新修的彩钢房正式投入使用，我们终于摆脱了潮湿的居住环境。乔迁那天，工作队第一任厨师刘延霞大姐特意为我们做了荤汤饸饹庆祝。

一口气写下的这些琐碎，不知道是多少个无眠之夜的合集。刚入10月，驻村工作队"一家五口人"连轴转出的"病"便暴露无遗。10月的陕北，树叶由绿转黄、由黄变红。又接到国庆不放假的通知，还没入冬，想家的心上长满了冰凌花。我发烧昏睡了好几天，身是烫的，心是冷的，疲惫的双眼睁开都很费力。宿舍墙上的壁挂式空调怎么多了一个？房间在转，地也在动，黑乎乎的，手脚冰凉，全身酸痛，每个骨缝和关节里都有风在吹。两个暖宝，一个暖脚，另一个暖手，盖了两床被子，感觉还像睡在雪地上。那块被我盯出黑窟窿的天花板越来越低了，差一寸就要压到我身上，失重的我无法负载倾斜的彩钢房；每个缝隙都是尘埃，呛得连咳带喘，喉咙又干又痒，不受人控制地咳。是该起床吃药了，我拖着僵硬了的身子，勉强坐起，眼睛盯累了合上，再使劲才能睁开。两只脚在地上胡乱寻着鞋子，左右脚反穿也懒得脱换。突然感觉自己站立困难，双腿这会儿发软直打哆嗦，从宿舍往卫生间走都这么艰难。

　　倾盆大雨下得太狠太认真，隔壁的晓健兄弟在完善台账和报表，那些表格被我们反复修改已经"面目全非"，好在兄弟受了他女儿的启发，换成了"可擦笔"书写，省了力气。检查结束确认无误后，我们再用钢笔填写归档，事半功倍。我听见他把档案盒搬来搬去，一会儿又挪挪"大黑板"，像在找东西，一会儿出门与李波、秀举核对纪实簿，一会儿又听到他们在厨房里下方便面吃，问：几包？打几个蛋？要火腿肠不？我这边听得一清二楚。慧姐来电关心我是否仍在发烧，嗓子能否发声；媛姐说等我回榆林带我狂吃冰激凌，把奶茶喝到吐。晓健和两个兄弟到宿舍来看我，他们很多天没有刮胡须了，连衣服也不愿洗了。我比他们状态更差，脸都好几日没洗，一个女人连桌上摆着的化妆品看都不愿看。李波说："姐，我快抑郁了。老婆刚生完小孩，我陪不了，现在老爸也病了，回不去，要我这丈夫、儿子做甚了么！"我裹着大被子傻乎乎地应着声。从不发脾气的晓健拍了拍桌子："老婆娃娃都快认不得我了！"秀举整了整眼镜，因为我看到了他眼角的泪，老妈病了，娃娃发着烧，老婆嫌他假期不回家、不管老人不管娃……我呢？我的家在哪儿呢？老公左胳膊突然动不了，到榆林二院去做 CT。女儿在西安，喝了杏仁酸奶，夜里呕吐，引发哮喘，老爸喊了邻居帮忙连夜带女儿入院输液治疗。我捂着被子哭，枕巾湿了，嗓子哑了，却像只被驯服了的小狗，守着屋子哪儿也不敢去。

　　驻村工作甜少，苦多。起初适应不了的是上厕所、洗澡，后来受不了的是蚊蝇蛾蝎，生活起居刚适应，工作上的忙累苦又接踵而来。我曾经一天做过 15 块展板，从早到晚粒米未进。每块展板筛选 30 张照片并附文字，首尾两块展板再写上 500 字的前言和后记。这半年，大伙儿的能力、潜力和忍耐力全被挖掘出来了。我们个个似陀螺，鞭子一抽扭得欢实、转得疯快。

正当我们为今秋雨水多红枣又要烂在枝头惋惜发愁时，队员赵秀举打来电话要请假，他67岁的父亲驾驶三轮车从农地秋收返回家中时，发生交通事故，不幸身亡。

10月8日这天，赵伯伯出殡。晓健驱车，驻村工作队向镇上请了半天假，匆匆赶往秀举的老家靖边县乔沟湾。冰冷的信息如冰冷的天气，车窗雨刷不停歇，暖风开到最大，坐在副驾的苗林大哥用纸巾擦拭着车窗上不肯退去的雾气，几个人坐在车上一言不发。只听到每个人的呼吸声和雨刮器一上一下刷动的声音，安静得令人窒息。赵伯伯的灵棚搭在离家不远的一块空地上，我们进屋见到秀举时，他刚给过世的父亲祭送早饭回来。拍了拍白色孝服上的泥点儿，把孝帽上的塑料布揭下来，用毛巾擦干净手上的泥浆，才与我们一一握手。秀举的母亲费力克制着痛失丈夫的情绪，但看到我们的那一刻，她哭着喊着，"一声不吭就走了，早上的肉也么（没）来得及吃"……房间里站满了亲戚，跟着哭了起来。我们几个低头哽咽，不知如何是好，想不出任何安慰他们的话，人生总有太多的无奈和悲伤。

没了父亲，就没有了天。从前活蹦乱跳的秀举兄弟变得沉默寡言。自打他父亲过世后，我们尽量不叫他干活，想让他多陪陪母亲，还为他在市、县有关部门争取一些福利待遇。他知道年底村里事情多，处理完父亲的后事便返回工作队。秀举是驻村工作队里年龄最小的，喜欢看书，曾给我推荐过喜马拉雅听书。去外地考察学习，空闲时结伴去附近的书店溜达，他买书盖印，我买书签留念。他立志考律师资格证，比原来更勤奋了，一得空就钻到书本里，办公桌上有他做过的试题本，红笔画圈、蓝笔勾线，当年高考前夕的一幕幕又仿佛呈现眼前。

秀举是个善良有爱的人，每天与妻子视频聊天，问家长里短，问天气和心情。他是除我之外工作队里会做饭的人，擀面切菜见功夫。小时候父母下地干活，他学会了做饭，米饭、炒菜、面条、臊子都会。秀举早上晨练时，手机里播放的多是网红歌，经常推荐新歌给我们听，他就是我们的新歌排行榜。秀举心思也细腻。有一次工作队在榆林办完事天太晚他回不了靖边的家，我给他在市里登记了酒店入住，他说，在榆林住得最温馨、最好的酒店是我登记的，他多心，还从老家带了一大包榆钱让我蒸麦饭吃。工作队的成员亲如兄弟姐妹，同吃同住，同甘共苦。我们不仅关心着对方，也关心着对方的家人。秀举的女儿病了我帮他找医生，晓健的女儿来村我们带她玩，李波的父亲生病住院我们看望。每到换季，我们互相关心问候。

10月11日晚收拾完卡档册，心中窃喜终于可以在12点前睡觉了。结果晓健书记敲门说乡政府通知开会。乡村夜路很危险，雨后路已被冲断。我们工作至凌晨2点后返回。空气里各种霉菌"死灰复燃"，李波的荨麻疹愈发加重了，晓健夜晚休息时开始戴头套，我的过敏性鼻炎也愈发肆无忌惮，就连窗台下的档案台账和书也有了霉变，边角上长起了绿斑。我们每个人每一天都接收海量的工作信息，把大家的"内存"塞得满满当当。我们机械地吃饭、干活，嘴里吃着糖，却甜到忧伤。

我们意识到，再苦再累的工作之余也是需要放松调剂。李波是体育学院健美操专业毕业，喜欢健身的他经常用运动来解压。他讲笑话给大伙儿听，放抖音给我们看，带我们在院子里扭起陕北大秧歌。一天下午，他吆喝着我一起用手机App"keep"健身。秀举给我们拍视频。原来，他们几个商量好要让我的元气恢复。兄弟们的心意我收到了。我跟着"keep"跃动的节奏跳起健身舞，让自己慢慢回到原来的状态。一起在音乐里发汗，更让人真实体会放松和愉悦。

农历十月十八是李波的生日。我们专程去县城买蛋糕为他庆生。条件有限，桌上虽少了可口的饭菜，但有久违了的五香鸭脖、卤猪蹄和大拌菜，大家很开心了。虽然我们都是不喝酒的主儿，但晓健书记开了瓶白酒，大

第三章　脚随心动

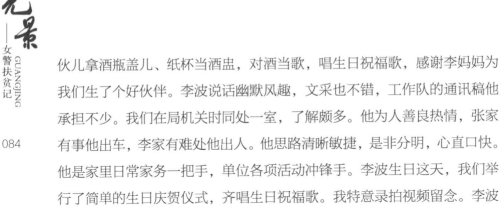

伙儿拿酒瓶盖儿、纸杯当酒盅，对酒当歌，唱生日祝福歌，感谢李妈妈为我们生了个好伙伴。李波说话幽默风趣，文采也不错，工作队的通讯稿他承担不少。我们在局机关时同处一室，了解颇多。他为人善良热情，张家有事他出车，李家有难处他出人。他思路清晰敏捷，是非分明，心直口快。他是家里日常家务一把手，单位各项活动冲锋手。李波生日这天，我们举行了简单的生日庆贺仪式，齐唱生日祝福歌。我特意录拍视频留念。李波虽然在村里度过了一个没有家人的生日，于他来说，该是一次难忘的记忆，有着别样的意义吧。人与人之间的理解，来自默契，也来自意外的惊喜和温暖的陪伴。

11月4日，市公安局精准扶贫结对帮扶专刊顺利付梓。这天也是驻村工作队精准扶贫电视宣传纪录片《带着感情真扶贫》开拍的日子。这一天，我结识了榆林电视台的马国庆。他是典型的奋斗型潜力股青年，喜欢摄影，吹拉弹唱样样精通。因为有同样的爱好、拍摄计划和思路，我们一个眼神就心领神会。片子拍摄很顺利，一稿校对结束后，又补拍了一些航拍镜头。直到第六稿校对审核结束后，我们的片子放到网上，一夜之间播

放点击量达一万多。后来，我们在各自微信朋友圈里关注着彼此的学习、生活动态。偶尔，一起约着外出拍片、互相交流。我想，友谊的地久天长都会在往后的时光里诠释和见证的。

省、市检查团来佳县考核，县里会先放我们拍摄的《带着感情真扶贫》宣传纪录片，关注我们的人更多了。县长刘生胜不定期带队来刘家峁村检查指导脱贫攻坚以及驻村工作，从一张贫困户明白卡的规范填写，到贫困户的照片尺寸，驻村工作队的产业帮扶、教育帮扶，等等，做了细致的讲解与示范展示，精益求精；县委副书记杨政带领市级单位驻村工作队到刘家峁村现场学习参观，翻台账做讲解，为大家鼓劲打气。寒冬的小院因着他们的到来，蓬荜生辉、温暖如春。工欲善其事，必先利其器，驻村工作队以此为基石，又开始新一轮的废寝忘食。

468 套 13000 张表格的填写，17 本花名册、54 个档案盒的完善，23块扶贫政策、工作纪实宣传工作展板的制作，8000 余张照片的拍摄，6本工作纪实影集的整理，120G 视频资料的录制……每一组数字、每一帧画面、每一行文字，我们都细心核算，认真校对和审核。通过召开村民大

会、进行民主评议及公示、设立意见箱、公布举报电话等措施完成了刘家崾村的精准识别工作，既没有大进大出，又没有漏户，也没有投诉。镇、县、市各级党委、政府和有关部门对我局驻村工作队的识别工作给予肯定。

唯有烟火气，最抚凡人心。

我从家里带了些村里没有的食材，和大厨延霞大姐变着花样吃，烙饼摊馍压饸饹，熬稀饭拌苦菜，水果沙拉、银耳莲子汤、燕麦牛奶、面包蛋糕全来到，晓健书记还为我们买来锅巴、花生米、可乐等零食，先拴住胃、暖了心，再把劲儿全使在工作上。我们也换着花样健身娱乐，跟着手机 App "keep" 健身、跑步、爬山、打羽毛球、踢毽子、跳绳……李波教我打篮球跳健美操。每天在枯燥的工作中找乐子，穷乐和。

2018 年的第一天，我在返回西安的飞机上遇见一位老太太。老太太是上海人，从绥德县拍完照片后来到榆林看雪景，今天是去西安大唐芙蓉园游玩的。旁边的助手翻着手机里的照片让我看，老太太的父亲曾经在陕北绥德当过兵，她找到了那些旧照片拍摄的地址，重新拍了照片，整理编辑，准备出画册，要完成父亲的遗愿。老太太说得好，凡事用心一点有好处。这不，过往的一切，被忽略了的小事，那些发黄的照片、工作日志的记录、心情的起伏，居然成了这本《光景》里的内容。我希望，老年时如老太太那样，还可以抹口红、涂指甲、穿漂亮衣服，背着相机，拿着笔，用一台电脑，独立自由地活在美好的期待里，从容优雅地老去……理想是要有的，万一它实现了呢？

枣木书签

承诺如金，战鼓催人。高质量的脱贫攻坚战，是以贫困户增加收入为目标靶心的。驻村工作队认识到脱贫攻坚并不仅仅是解决贫困户温饱，因地制宜发展乡村产业、精心选择产业项目、确保产业成功率和可持续发展才能不愧对优秀工作队头顶的荣誉。我们开始挖掘各自的"宝贝"，使出浑身的劲儿为村民淘金。

9月的清晨，我照例去晨练爬山。昨夜的露水在草叶上睡醒了，晨曦中它们愈发清亮，晶莹剔透。漫山遍野的枣树上果实累累，坠得树枝弯了腰，繁密茂盛的枣树叶绿得油亮，它无法遮盖枝头泛着红光的枣子。晨风吹来，沉甸甸的枣树枝悠悠地晃动，像是在跟我说着早上好。抬头看见挂满枝头的枣子，我忍不住伸出手去摘。村民们丝毫不介意人们到枣塬上随意摘枣吃。你吃了谁家的枣，谁家就会欢喜地给旁人说，我家的枣儿好，你看那谁谁常吃呢！为了摘高处枝头的枣儿，我搬来几块石头垫在脚下，左手拽着低处的枣树枝使劲往下压，右手够了几下，才将高处的枣树枝拉在手中，刚摘几颗，就因为用力过猛，连人带枝一个踉跄跌到了地上，一颗颗红玛瑙般的枣子在地上蹦跶。我攥着枝条，第一次嗅到它散发出枣的清香，也第一次这么近距离注意到折断的枣树枝呈现出原木的颜色和美丽的花纹。它们的美一点也不逊色于家中花"大钱"收藏的各式木制书签。

我突然想起陕西有色榆林煤业有限公司驻佳县螅镇曹家沟村正在实施的枣木炭项目，到底得烧掉多少枣木才能生成一箱仅售30—40元的木炭？一向爱好收藏书签的我，脑袋里萌生出这样一个想法：如果把枣树两三株或残枝若干加工成枣木书签或者其他文创产品，其高附加值显而易见。地上的"红玛瑙"不捡了，裤子上的泥也不管了，我举着枣树枝，如获珍宝，向堆在村民刘招财家院外的那堆枣木桩奔去。我冲进刘招财家时，老刘惊讶地问我发生了什么事，我拽着老刘的胳膊走出院外，指着那堆木桩问："老刘，你的这些废旧枣木怎么处理？"他说："村里人把它劈柴烧火、做饭取暖用。"我又问："能不能给我两根？"他笑出声来："要多少你拿多少，村里家家户户都有，多的是！"

我喜欢书签，因其价格经济、便于携带、易于收藏，每遇出差、旅行、逛街总免不了去当地的文创店淘上几枚。有不少是与朋友以字、茶、物互换互赠的，也有巧取软诈得来的。熟悉我的朋友会在全世界不同国度、不同地方给我寄赠书签。对于书签，我甚是迷恋，我曾在《五月》杂志上发表题为《书签》的文章。从走出刘招财家院门那天起，我痴迷在刘家峁村枣木的世界里。早晨、中午去各家宅院里猎奇访木，晚上坐电脑前百度搜索与枣木有关的一切。吃饭想，睡前思，琢磨枣木用途、枣木文化、枣木开发、市场效益以及枣木产品的设计、加工、销售等等。我翻开家里收藏的各种木质的书签，有桃木的、红木的、樟木的、黑檀的、杉木的，就是没有枣木的。要做就做市场没有的、限量版的，我就不信刘家峁村里飞不出金蝴蝶来。我愈发对枣木书签感兴趣了。

陕北黄土高原有着得天独厚的枣树生长环境。刘家峁村有枣树300亩，

1万多株。大部分树龄超过20年，百年以上的大概有300—400株。受天气、土壤、栽植密度等因素的影响，红枣挂果之际，由于天灾与运输的困难，加之新疆枣的迅猛崛起，严重挤压了本村红枣的生存空间。而且，相对于粮食而言，红枣是缺乏刚性需求的，枣子没有销路烂在地里，出现"枣贱伤农"。刘家峁村农户老弱病残人员居多，在挖掘红枣产品内在价值，对其进行深加工方面，我虽然做了一些探索和尝试，但都不太适合本村实际，红枣产业前景不乐观。随着枣树矮化密植技术的推广应用，大量的枣木残枝如何再利用，成为我策划项目的出发点。能否通过枣树修剪枝的二次利用，变废为宝，壮大贫困村集体经济，促进贫困群众增收致富？我在网上查看木制书签市场前景分析报告后，悄悄开始了枣木书签项目策划调研，起草策划方案书。没日没夜，却乐此不疲。

两个月后，我接到了公安部举办的全国公安文联书画摄影展参展邀请函。我的脱贫攻坚题材摄影作品《脱贫攻坚警民共建》入展了。我开心的不仅仅是作品入展。之前，曾在网上、资料里看到，木制工艺品加工代表地是江苏、广东、福建。此行恰巧在深圳，我可以拜托深圳的同行在当地了解有关枣木加工的厂家。惊喜的是，在展览会上遇到了留英硕士、警界影友、福建省发明家协会理事薛德魁先生。薛大哥是我在前几届公安摄影研讨会上认识的，他供职于福建省公安厅，是省公安摄影学会会长。在英国留学期间，薛大哥传播中国传统文化、推广太极拳，深受英国各界朋友欢迎。作为英国"天才计划"特殊人才，他可直接留英工作。但他选择了回国。他要把所学的知识带回来，因为他的根在中国。他发明的环保型生态重建修复技术、环保型生态改良技术、环保型海绵城市生态屋顶技术等获得了国家发明专利。薛大哥的经历和故事深深地印在我的脑海里。我迫不及待地将枣木书签的设想告诉薛大哥，立刻得到薛大哥的认可和支持。他拿起电话让同事帮我在福建省内考察加工木制文创产品的厂家，并且热情地为我梳理了一些关于知识产权和发明专利的基本常识。薛大哥激动地说："没有想到眼前这个'小女子'脑袋里居然装着设计与发明的'大产业'，能举相机、能做书签。"他鼓励我一定要做下去。"小产业链接大市场，小创意带动大扶贫。"薛大哥说，"身居乡村亲近民生，胸有豪情，脚踏阔路，生活需要这样的情怀，才能不负此生。"这是怎样的欢欣鼓舞！警察也可以很文艺！

回到村里，我用一周的时间完成了三个月的市场调研，写出近7000字、20页的项目策划书，项目成型，终于可以向钟晓健书记汇报了。钟书记召集"四支队伍"进行专题讨论。大家一致认为，项目可行。随后，我将项目策划书带到榆林市扶贫办请求专业指导。在张剑科长的指导和帮助下，项目策划书得以完善定稿。汇报市局精准扶贫领导小组办公室后，得到组织认可。2019年1月16日，苗林副主任带队，驻村工作队一行五人前往对口帮扶地扬州市进行实地考察。市扶贫办左惠生副主任早已联络好扬州两岸创客孵化中心董事长周瑞芳来接洽。我们购到扬州漆器厂、扬州玉器厂参观学习考察枣木文创产品的开发项目。周董事长邀请专家，现场开会，根据工作队行前草拟的策划方案，对拟生产的枣木书签等文创产品项目的市场需求、技术方案、资金计划、帮扶效果、社会影响等进行全面的分析论证，形成可执行的策划方案，为决策层提供详细准确的市场分析、翔实准确的建设方案、合理的工艺及产品的定位等。考察归来的第二天，我将书签设计文案传送扬州，一周后，试做的两枚书签寄到了我的手中。从收藏到设计制作，望着掌心里自己人生中的第一件创意作品，从心而发，感慨良多。

2019年10月18日，我的枣木书签外观设计专利获得国家知识产权局正式授权并颁发证书，这是我参与脱贫攻坚做得最有意义的一件事情。高质量的脱贫体现在增加收入上，扶贫文创产品的开发将创造三大效益：

在扬州考察产业扶贫项目——枣木文创产品
（左起：魏旭烨、苏丽、钟晓健、苗林、周瑞芳、赵秀举）

我设计的枣木书签样品

一是社会效益，产业扶贫辐射带动驻村地刘家峁周边村集体经济发展，体现社会扶贫大格局；二是生态效益，科学修剪后的枯枝再利用，变废为宝，产生有益影响和效果，实现短期利益和长远利益相结合，保障生态系统良性、高效循环；三是经济效益，枣树降高塑形，提高红枣产量，提升红枣品质。枣木按形取材，设计各种文创产品，创造高附加值。枣木又名赤金檀，俗称红花檀，南檀北枣，是北方的老红木、辟邪木。佳县泥河沟村千年枣园，总面积36亩，是迄今为止世界上发现的唯一一处栽培历史最长、面积最大、品质最好的原始枣林，也是我国目前面积最大、株数最多、保存最完好的千年老枣树群落。我曾仰望那株被人们称为活化石的"枣树王"，穿越1400多年历史，跪拜古人，畅想枣木文创产品的大开发。

前几日，非物质文化遗产枣木雕刻技艺代表性传承人杨彦飞老师还同我聊起了枣木书签的开发，他有手艺和工厂，我有理念和设计，待打赢脱贫攻坚战，我们有更多合作的可能，共同开发陕北枣木文创产品。比如枣木可以开发成擀面杖、梳子、筷子、炭画工艺品、文具用品、酒店备品等等。每每想到这些，我就热血沸腾、意气风发。理想有处安放，幸福有"签"可依。驻村工作队最终是要撤离的，我想写一页无偿使用授权书，把外观设计专利永远地赠送给刘家峁村。希望在未来的某一天，枣木文创产品走上产业扶贫可持续发展的阳光大道，在今后的乡村振兴和建设美丽乡村的进程中，创造"小书签，大产业"的高附加值，让听着黄河水声长大的红枣树更具生命力，让陕北红色枣木文化走向繁荣市场。

产业扶贫不同于过去的资金帮扶、物质扶贫。它最主要的目的在于变"输血"式扶贫为"造血"式扶贫，变"开发式"扶贫为"参与式"扶贫。驻村工作队一边思谋着枣木书签的开发，一边还向乌镇乡政府提出产业扶贫的支持计划。

乌镇党委书记李学军和镇长高东红建议我们养殖西蒙特尔牛，苗林副主任有过种植黄芪的打算，晓健书记与我们讨论过大棚蔬果的计划，李波和赵秀举想引进紫玉米、黑玉米……市局治安支队长李希红的帮扶对象是67岁的刘埃才，老人劳动能力不足，儿女家境也不好，有心致富却没有资金和门路。李支队长得知这一情况后，与刘埃才约定以"代养代管"的模式，帮助老人脱贫致富。李支队长为老人提供猪崽、饲料，老人把黑毛土猪养大再卖给李希红而获利。王剑支队长（现为靖边县公安局政委）与贫困户刘向利搞起了"合伙养殖"。王支队长先借给刘向利2000元，养100多只鸡，如果赚钱了，这2000元本金还给王剑，利息是两盘鸡蛋。如果赔了，就当入股失败，不用还钱了。结对帮扶民警创新帮扶机制，用"代管代养"和"合伙养殖"等扶贫金点子，充分调动了贫困户生产生活的积极性。不仅帮助贫困户规避了养殖风险，还解决了他们在创业脱贫中资金、销路等后顾之忧，加快了刘家峁村的脱贫步伐。

我们每个人都在各自的领域和不同层面为村里的产业扶贫绞尽脑汁。经过反复调查研究，村民们更愿意接受组建农业合作社这种形式。"佳县乌镇刘家峁村老刘家农业合作社"和"互助资金协会"的扶贫创新模式也得到了市、县、乡各级党委和政府及相关部门的认可和推广。我们为农产品设计标识，统一印制外包装袋（盒），统一分发封装，统一进行销售。村民将需要售卖的杂粮蔬菜制品按照市场价格交合作社，由合作社对外销售，形成长期供货关系的客户与村合作社签订供货合同，货款打入合作社账户后与村民结算。村民受益分红，个个喜笑颜开。随着科技进步，传统的手工粉条制作正逐步消失。为了保留传统手工粉条制作方法，保证打芡、和面、漏粉、捞粉、冷却、冻粉、晾晒、捆扎、包装等流程，我们在合适位置选址，兴建"老刘家"粉条加工厂，让刘家峁村的集体经济真正实现"造血"功能。目前，粉条加工厂已经全面开工。

我一边在微信群里给"老刘家农业合作社"包销杂粮、鸡蛋，一边又

第三章　脚随心动

在杂粮的开发上动脑筋了。陕北人把五谷杂粮做成了"花"，各种小米、豆钱钱、豌豆、高粱等都做成了脱销的农产品，远销国内外。一豆一米一枣皆是大文章。我对中国传统的二十四节气感兴趣，受之启发，想用二十四节气名做点文章。把村里主要农作物绿豆和小米原粮作为基底，按照农作物的自然生长时间、农耕规律、传统节气文化，以及现代都市人的饮食习惯，配以坚果、干花和其他杂粮，包括陕北盛产的黄芪等中药食材，作为养生系列粥羹开发推广。比如加入玫瑰、红花、桂圆、麦片、黄芪、红枣、核桃、杏仁等等。妇女月子粥、老年滋补粥、养颜美肤粥、强筋顺气粥，春分、立夏、霜降、冬至，早羹、午粥、晚汤。我连包装设计都想好了，但因其外包装成本大、食品认证困难，村里暂时无人接手农产品的开发。我的理想和愿望也就悄悄夭折了。可我还是不死心，盼望着有一天，我们贫困村的五谷杂粮能探出一条新路子来。

　　扶贫工作关联着困难群众的切身利益，生活环境有没有改善、生活质量有没有提升、生活疾苦有没有减少，村民最有发言权。我不要做异想天开的小女人，却想变成长了翅膀的驻村干部，借着东风，乘风而行，在湛蓝的天空，寻一片奇迹。入夜，开始下雪了。喜欢下雪的我伸出手，听雪落下的声音，看旋转的雪花停在我的手掌心，即刻融化成水。我喊了队友李波出来，想坐在村里的雪地上给白雪一个微笑。一身黑衣，一地白雪，这黑的黑，这白的白，是一种观看生活的方式，更是一种对待生活的态度。那晚，我梦见小小书签及文创产品在欧美市场大卖，签迷们手捧飘着枣香的书签说：I LIKE CHINA！又有一大群外国人用不太标准的中国话说：小书签，大产业，陕北文化，中国气质。

农家书屋

刘家峁村有一个农家书屋。书屋设在村委会的一孔窑洞里。当崭新的印有"农家书屋"字样的铜牌挂在窑洞门壁上时，我除了欣喜，感觉更多的是压力。

有人说，书屋是个空架子，农村阅读活动就是个虚玩意儿，精准扶贫最终要以村民赚钱摆脱贫困为目的。想想，"空架子、虚活动"这话虽听着不舒服，似乎也有一定的道理。刘家峁村有阅读能力的村民中，男性大多在外就业打工，女性远嫁的不少，学生们都在榆林、佳县或乌镇上学，就连村里仅有的学校也早就名存实亡，改成了现在的村委会。

堆放在窑洞地面上的书，多是适合农民阅读的书籍，有种植养殖类、健康类、就业类、法律类、文学类、少儿类、生活百科类等，种类多样，一应俱全。我看着这些落满灰尘，甚至因潮湿发霉生虫的书，心里是无尽的感伤。这几年，往返于西安、榆林、佳县。于西安，我是暂住人口；于榆林，我是流动人口；于佳县，我是外地人。其实，我也不知道我的家在哪里了，好像哪里也都是我的家。说实话，身体辗转三地，心灵的尘全靠着阅读来清洗，三个家里的书还真是买了不少。可是，躺在村里的这些书，如果没有人来阅读利用，真成了废物，也辜负了各方爱心人士的一片好心，枉费了捐赠单位的一番好意。

没错，就业、赚钱、增加村民收入的确是高质量的脱贫标准，可是扶贫得讲因地制宜。试问，我们的村民现在连"站"都站不稳，如何"走"？还怎么谈及"跑"？只有他们在思想上认识到读书和科学的重要性，认识到党和国家为何要下大力气花资金、派干部来做扶贫工程，从而心甘情愿地让我们"四支队伍"牵着走，才有可能会自发地摆脱贫困，走向小康。否则，只能是被动地享了这一波政策上的"利"，再等下一波政策上的"益"。改造贫困村的文化，激发贫困户依靠农业科技创新和脱贫致富的内生动力，如同给他们修路、打井、修坝一样迫不及待，不能让贫困户甚至他们的下一代仍然停留在有饭吃、有衣穿的层面上了。哪怕只要有一个人读书，就要为他提供服务和便利条件。

周末回城，我向局领导谈出了打造农家书屋的想法和建议。很快，我的想法得到了领导的支持，隔日就由相关部门为村里购置了木制书架。2017 年 4 月，世界读书日的前一天，这些散落在地上的书，这些重要的思想"传播者"终于有了一个"落脚"的地方。我们用三天的时间把它们分类整理，上架摆放。少儿类的放在最下层，方便孩子们拿取；种植养殖类、法律类、就业类等工具书按顺序排列开来，文学类、健康养生类和生活百科类摆放整齐。这几个木制的书架上，红色的"榆林市公安局赠"字样像一道红色的光，照亮了窑洞，也点亮了村民们加快脱贫步伐的希望之心。每天晚上有书陪着，我的夜晚也变得短了许多。

我开启了第一次当"老师"的模式。我从书架上取出古代儒家伦理学著作《孝经》白话版和《朱子家训》，为第二天下午举行的刘家峁村"百善孝为先"道德大讲堂活动开始备课。怎么能让这些理解和接受程度参差不齐的农民"学生"领会"孝经"精髓,怎么能用农民的语言去为他们讲解这些知识和故事?这些是我要面对的难题和挑战!这天夜里,我几乎没怎么合眼,夜晚又变得长了起来。

第二天下午,村民们大概觉得新鲜,看这个城里人怎么讲故事,按时来到村委会参加活动。我把《孝经》里"亲尝汤药""忠孝两全""兄弟争孝"等等改编成村民自身的故事换角色讲给他们听,挖掘和整理家训家书文化,引导他们教育好子女,崇尚孝道、弘扬孝心、践行孝德,争做孝媳、孝女、孝子,将孝文化转化为淳朴民风的文化力量,来扩大孝文化在群众中的知晓率和认知度。他们听得乐呵呵的,时不时大笑,有些孩子学着"打虎救父"的模样,躺在地上扮演死了的老虎,做着鬼脸,我深深地被这些可爱的孩子和可敬的村民感动着。

为激发贫困户内生动力,挖掘非贫困户协助能力,我们带村民参观米脂县杨家沟毛泽东旧居,学习红色革命精神,追寻红色足迹。来到米脂县参观学习园则村家庭养殖和绥德县义合镇西直沟村党建工作、产业发展方面的先进经验时,能看出村民们的感动与震撼。他们认真听、仔细看,不想放过一寸地方。他们很少从刘家峁村走出去,最多也只是到镇上置办生活日用品。一路的感叹显然成了他们心底的决心。躺在刘家峁村的图书不再是"空架子"。我们不仅与村民一起读书、听书,还带他们"看"书学习,学"书"致用。

在"讲文明、树新风、争先进、当模范"评比活动中,村民认真看我填写获奖证书,在他们眼里,"女女能写一手好字,不简单""好字,就是一个人的门面",还说要培养自家的子孙写一笔好字,长脸撑门面。镇上帮扶干部魏旭烨做"扶贫先扶志"的动员宣传,第一书记钟晓健和村书记刘锦春、村主任刘希东为"五好家庭""最美家庭""最佳奋进奖""季度卫生先进""年度卫生先进""好媳妇""脱贫模范"等颁发证书和奖

品，活动现场村民情绪高涨，脱贫积极主动性被充分调动，脱贫致富信心十足。因书结缘、因《孝经》得"真经"的村民刘如汉说，人家驻村工作队的这些干部，花上钱、动上脑子让咱们长知识、过好日子，我们可不能"死猫扶不上树"呀！

如汉大叔是村里的热心人，语言幽默，干活麻利。杂粮农产品装袋封口、院儿里牵绳扯线等驻村工作队杂七碎八的事他都主动承担。村里来人，他挽起袖子到厨房帮忙剁肉择菜，清洗锅碗瓢盆。公共卫生区域，他必是嘴上哼歌，手舞扫帚挥汗。他语言幽默，经常蹦出农家俗语和歇后语，让人笑得合不拢嘴。他虽然不怎么看书，但他喜欢听书。人读他听，学了不少农业知识。他说，一天不学，人就退步。村里每次举办活动，他来得早，摆凳子、扫院子都挑头先干。

几次活动后，农家书屋开始时髦起来。村里的孩子们每逢周末借书看，蹲到墙根看到太阳落山；村民们也常来书屋瞅一瞅、翻翻书。我们邀请农业局、畜牧局的专家技师为他们解读、讲解林木护理知识和种养殖农业知识。我们希望贫困户人人都愿意学习新技术，提升文化水平，自发、自愿、自觉读书"充电"。

在扶贫政策知识有奖问答暨警民联谊活动中，驻村工作队提供3000多元购买了食用油、洗衣粉、雨伞、学习文具等奖品，全村100多名贫困户和村民群众参与活动。村民围绕农业知识，各项帮扶措施及收入、帮扶责任人及驻村工作的开展情况，以及产业扶贫、就业扶贫、教育扶贫、健康扶贫等相关扶贫政策进行了问答。村民们争先恐后进行才艺表演，一改往日的被动与拘谨。刘媛媛背诵唐诗，刘嘉慧同学当起了主持人，村民刘振国演唱陕北民歌，刘如汉的一首《好汉歌》把活动推向高潮。联谊会赢得了阵阵掌声，院内欢声笑语，其乐融融。

通过开展读书和宣传教育系列活动，刘家峁村的文化氛围浓烈起来。

刘家峁村民分红了

农家书屋

作为"最爱读书的榆林人",与同事们登台发言

特别是今年疫情期间，村里的男女老少在家里安静地看书、听书学习，让人心生暖意。虽然疫情隔离了我们，但一起在线上分享读书的收获和快乐，又让大家再次理解了农家书屋的意义。

我看着这些变化，觉得连夜备课，加班筹备活动，再也不那么苦涩、艰难了。后来，我在手机 App 荔枝台个人电台专门做了节目，不识字的村民们可以用手机播放听书。从缺书少报到书香四溢，村民已经自然而然地走上了美丽乡村建设的公共文化发展之路。这条路上虽有荆棘坎坷，但前景光明且美好。农家书屋已经成为帮助农民脱贫致富、实现美好生活的"精神粮仓"。它既提高了贫困户对阅读的理解能力，还增强了贫困户对帮扶工作的满意度，拉近了帮扶干部与贫困户之间的感情。伴随其发展，必将真正打造出一片片"文化绿洲"。接地气，才会聚人气。我相信，刘家峁村的农家书屋一直会保持"农味儿"，根植于乡土。

2019 年，我荣幸地被评为榆林市第一季度"最爱读书的榆林人"。我的短文《最是书香能致远》入选《2019 年最爱读书的榆林读书心得汇编》。时光流转，四季如歌，生命之所以美丽，是因为有书香为伴……阅读让我向思考投诚、向文字致敬。"读书扶贫"可以说是扶志、扶智的扶贫；"读书扶贫"是建设新农村、培养新农民的需要。古人说，"书中自有黄金屋，书中自有颜如玉"，今天我们可以说：书中自有致富经，书中自有小康路。

 **看黄河**

（上）

佳县是坐落在山头上的城，山下就是黄河。

来佳县乌镇刘家峁村驻村扶贫这几年，有点空能去五公里以外的镇子上转转，再去小超市买点小零食算是奢侈了的。县城离我的驻村地一个小时的车程，往返要两小时。县城的超市可比镇上商店大多了，零食、水果品种虽然比榆林市还是要少一些，但基本算应有尽有。去往县政府的路上，必要经过"宾馆美食"这个店。店名很普通，但店里的卤猪蹄和挂面荷包蛋真叫一绝。小店不大，四张桌子分成两排，食客挤成背靠背，还不时有人进来打包。从没看到老板娘的手停下过，锅里冒着的热气也没见断过，没进门就能闻到诱人的卤肉香味。那味道太熟悉了，儿时，每逢腊月里，我就凑到父亲做年饭煮肉的锅边儿，看着白肉煮好，再给肉上色。现在人们给卤肉上色一般都用超市里的老抽，但父亲给肉上色用的料，是用胡萝卜水熬成的浓汁儿，红黑油亮，咸甜适中。小店里卤猪蹄的颜色像极了父亲腊月里红烧肉的酱色，入口的味道是我最温暖的、最柔软的记忆。"宾馆美食"这家店面经过了本地居民的考验，外地人也慕名而来，人们在这里吃的不是环境、格调，不是体面，而是实实在在的口味和习惯了的烟火气。街面两旁本地小吃店铺一个挨一个，对于我这个"吃货"诱惑力不小，虽然不太喜吃肉类，但看到橱窗里有卤鸡爪、鸭脖、卤豆腐干和土豆片时，会馋。买一点带回村里，与兄弟们分享美味。

从前在城市里生活，没觉得这些小零食多诱人。到农村生活的这几年，镇上的枣饼子、铁皮房凉面是零食，也可当正餐。想要吃个卤货还真没有。偶尔在小铺子里买点瓜子薯片之类的小零嘴，是稀罕。驻村工作队几位兄弟同我一样，都是"吃货"，一到县城，大家在小吃店里过瘾，吃相夸张，但谁也不笑话谁。如果不是开大会或去县委、县政府办事，我更乐意待在村里，给工作队省了油钱，还省了零花钱，因为村里没有能花钱的小卖部，镇上的小商铺花不了几个钱。去县城办事，来回皆是匆匆忙忙。我倒是一直惦记着山城下的黄河。

县政府离黄河并不很远。出大门右拐，顺着山路一直向下走就可以看见黄河。但黄河边没有我的工作，我一个人去黄河边，队友就得专门坐下来等我，一起去又似乎不大合适，我们是来驻村工作的，又不是来旅游。再说，路上遇啥意外，也是有可能的事。每次往返县城都答应自己，忙完一定要去看黄河，但无数次的答应都在心里想一想的过程中算是兑现了。行驶在山路上，能远眺黄河两岸的千沟万壑，车内憧憬、遐想意念中的黄沙纷飞、波涛汹涌也算作安慰了，时尚地说那叫"云游"。提醒自己，黄河可不能这么随便看的，要心怀敬意，要专程探访。就这样，五年的时光，弹指一挥间，我竟然没有机缘专程看它。这成了我心里的一个梗。

感恩的是机缘，它妙不可言。2019年9月，我居然两次专程看黄河。一次是上旬，一次是下旬。

黄河水

镜头下的黄河、大桥、香炉寺

上旬，有一天在县城办完事准备回村里，接到了老同学崔艳的电话，问我是不是刚才在县政府门口，她骑电动摩托车驶过大门口，想确认一下。"是咱佳县城小还是咱俩忒有缘？"我还没说完，她就挂断电话。我拉开门径直走到大门口，她就在那里笑嘻嘻地等着我了。

崔艳是佳县人，我的高中同学，她家就在城边儿上。儿子在西安上学，她就周内县城，周末省城，奔波在双城之间。有一天，她收到儿子的大学录取通知书，第一时间在微信里告知我。我同她一起喜悦，感受着来之不易的幸福。我家里的芝麻饼、马蹄酥和手工挂面这几年没有断过顿儿。每次收到她托人捎来的食物，我就认为我是真的见到了她。睹物思人，也就是如此了。她说："今晚别走了，明儿一早你再回村里，也不误公家事。这几年都是听见你声音见不上你的面儿，好不容易咱俩今儿见上了。再说，过两天要送孩子上学，你忙得像陀螺，又不知甚时间才能见上你。"说着，便发动了摩托车，拉我坐在后座上。

她从后视镜里看着我，问我想去哪儿。她知道我很少在佳县城里溜达，就带着我骑行穿越街头巷尾，街道两旁小树、行人、商店都慢慢移在我们的身后，高中时代我们一起骑自行车的过往岁月就闪在眼前，恍如昨日。我搂着她的后腰，双脚自然踩在踏板上，享受着这份久违的闲适，暂时忘记了驻村的艰辛和生活的不易。直到她又问："想去哪儿呀，亲？我们不能就这样闲逛着吧？"我才理了理思绪，从往昔回到当下。

"我想去看黄河！"我不假思索说出心里喊了多少次的话。

"傍晚河边有点凉。"

"我不怕。"

只见她把摩托车停靠在路边，整理了一下头上的小红帽，看了看摩托车的余电。

"估计电量差不多，但要做好返程时我们可能要推车步行的准备。"

我头向上一扬，用无所谓的眼神告诉她，我不怕。她一定不知道我的笑里还藏着窃喜呢。

快到云岩寺的半路上，我终于看到了传说中的佳临黄河大桥。我们停好车，欣然步行。大桥横贯东西，如龙似虹，连着路，也连着陕晋两省人民的心。桥上人来车往，奏出和谐音符。我俩像悄悄干坏事的小孩子，蹑手蹑脚，双脚踏在农户家的屋顶，看对面的景，拔屋顶的草。我按捺不住喜悦，冲着黄河大桥喊了出来。一旁的老同学笑我"城里娃"没见过"大天"，一边忙自责道："你来佳县五年了，我都没有带你看黄河，我的失误，我的失误！""别这么说，黄河我还是看过的呀，只是没有掬一捧黄河水嘛。"

城中的道路不平坦，但佳县人早已经习惯了这样蜿蜒盘旋的出行，三拐两拐，拐进的是幸福，拐出的是奋斗。贫困县穷，穷则思变。勤劳的佳县人远比你想象中的更智慧、更努力，沿黄公路开通的重要意义仅是展示一路奇美的风景和开发旅游资源吗？不！还有脱贫攻坚、陕北黄土文化。扶贫扶志扶智，还扶出了陕北农业、文化、能源等等与关中甚至是晋陕之间的产业发展和联动。如果有幸见证了这几年的山、人、城和水、电、村，你定会感慨万千。一句话，佳县人民，跋山涉水，得来不易！一路缓缓而行，满山"银蛇"飞舞，由小到大。正准备掏出手机记录这美妙的时刻，一摸兜，手机忘带了。我从老同学的兜里掏出她的手机，任性地拍。她在后视镜里看我开心，我负责在后视镜里扮鬼脸搞怪，所有满足全在脸上。

天色渐渐暗了下来，公路两旁的树显然被太阳晒出了疲惫，微风吹过时，看它们的确是想休息了，叶子耷拉着发出沙沙的请求。电动摩托车停靠岸边，我们奔向黄河。这是我在佳县第一次如此亲密接触黄河。双手捧起黄河的水，亲吻吮吸，一种经过泥沙沉淀和过滤后的甜，像极了雨后刘家峁村里的味道，黄河的风抚摸着我们的脸，柔柔的。我登上快艇，咔嚓留影，清楚地听见黄河向我问好吟唱的声音。天空的颜色是我至爱的、迷人的、典型的蓝黄色，远处的夕阳正把这片黄土地照得满是金黄。黄河的水面有无数个太阳漂着，波光粼粼。时而弹跳如丸，时而形为银鱼，真是好看。远处房屋林立，连成凹凸有致的积木；树木成林，站成几行微笑致意。巨石嶙峋，仰望苍天，展示着岁月斑驳的风貌。此刻的黄河两岸，人和树成了剪影，最后一抹蓝黄色的余光也极不情愿地退去。

依依不舍，返程吧！电动摩托车真的是没多大劲了，行驶的速度越来越慢，爬到半山腰的时候，公路两旁的灯亮了，天边的星已开始闪烁。老同学说，摩托车没电了，我们真得推着它走了。我终于藏不住那份小窃喜，"扑哧"一声笑出声来，正合我心意哪！我轻快地从后座上跳下来，早巴不得徒步夜行了。她在一旁不停地冲我坏笑。

分别的时候，崔艳邀请我去家里住一宿。我想着第二天早上她要做早餐、送女儿上学，不要打乱家里的正常节奏，婉言拒绝了。再说，我的车停在县政府院里，小萍妹的办公室可以住，一早起床直接开车就回村里了。我们握手告别。她说，冬天我们再去看黄河。事实是，从县政府大院返回的路上，我便开始憧憬下一次看黄河了。

回到住处后，插座上充电的手机一直在响。我冲进去，刚接听却断了线。打开一看，天哪，共有27个未接来电，微信留言67条。我心里七上八下的，惶恐不安，赶紧回电话。原来，小萍妹以为我开车走了，晚上一个人开车，电话不接，音信全无，真让人担心。越是亲近的人，越不操"好心"。不接电话，就胡思乱想，是不是出啥事了？她四处打电话，居然还找民警求助了，正准备摸黑到公路边找我去。我一边自责贪恋风景、粗心大意，一边也为小萍妹、慧姐和婷妹她们打爆电话的牵挂与担心"幸福"着。每个人都喜欢被人记挂着，最真的在乎往往就是这些小点滴、小感动、小确幸。人生漫长，一声嘘寒问暖、一次紧张担心，都足以暖我余生。世间最好的默契，不过是听着耳边的走心的"叨叨"任面庞滚淌着暖心的热泪。我逐一回复了所有的未接电话和微信留言与信息。

第一次在佳县看黄河，印在我记忆里的是静谧和安然。沿黄公路掠过额头的那缕清风是来自黄河岸边泥沙的问候，是黄河水与我的耳鬓厮磨；这风是老同学的陪伴，是朋友因我不接电话的担心。原来，居住在佳县的黄河从不曾拿我当外人看待，我也从不敢怠慢了她。

（下）

上一次，老同学以主人的身份带我看黄河；这一次，我以主人的身份带同事看黄河。这话听起来似乎有点拗口。

同事马亮，性别同我，女。性格同我，乐天派。从早到晚乐呵呵，笑起来眼睛眯成一条缝儿。9月下旬，她带着我喜欢的酸奶、奶茶、曲奇、面包、坚果等，一个人一把方向赶着"马车"风雨无阻、蜿蜒盘旋一百多千米，出现在我的面前。

这是我第一次在驻村地迎接一位专程为我而来的同事。同事是什么？大家都明白，就是一起共事的同人。我和她不仅是同事，还是乡党。亲不亲故乡人，甜不甜家乡水。即使各自在生活和工作岗位上忙碌，见不上面，也会在微信、电话里问候、想念，偶尔交流彼此的生活趣事和读书心得。榆林市西沙柳营路上有一家餐馆叫"家的感觉"。老板是清涧乡党，经营各种清涧特色小吃。我俩得空见面的第一顿饭，必去那里找回"家"的感觉，那儿有我们最惦记的煎饼汤、饸饹面和炸油糕。同在西安的日子，会结伴去城郊踏春、秋游，或在咖啡馆、书吧里泡上两三个小时。一来二往，感情日渐深厚。同事加乡党，亲上加亲。她一直纳闷和好奇的是，苏丽是如何在这片贫瘠的土地上一待五年，还书写着诗与远方……

所以，她来了，是不期而遇，也是如约而至。她说她只想一个人安静地在我驻村地里真实地感受属于我的朝来暮去、日月星辰。

亮亮从车上一一取下城里带来的食品，郑重地像要宣布什么一样："如果你在城里，我会认真地送束花给你。而你，身在乡下，那就带一些村里没有的食物，给这个馋嘴猫小小满足！除了面包，其他的小零食都可以放一些时日呢。"亮亮认真说话的样子很可爱。虽久不见面，但细致贴心，时不时给你的小温情一点也没打折扣。外出旅游时，不忘为我寄一枚盖了当地邮戳的书签，或带回一罐红糖、一个充满文艺气息的笔记本，或是一支唇膏、一盒奶茶，笑盈盈地把诗意送到我的家中。

进门后，她把随身斜挎的包挂在床头，指着我的床说："从学校出来再没有住过架子床了。今儿个我要好好陪你一个晚上，也陪我自己一个白天。"刚还在想，我这办公室兼宿舍住宿条件不好，上厕所还得出门走百米以外呢，怠慢了不是？本打算晚上去县城给她订个房间来着，一听这话，我就把话咽了下去。她站在 DIY 装饰的墙面前问我："你怎么可以这么可爱？"见我疑惑，她指了指贴在床头的我与村民的几张合影说："笑得真纯，真接地气！"随后吐着舌头指着屏保上我的照片说："这妞儿叫什么？眼神好熟悉！""真服你了，电脑桌上有香熏盘、沉香盒，哦，天哪，还有摄影画册、小说、毛笔、宣纸、蓝牙音响……终于知道你这个小女人耐得住寂寞的秘籍了，苏儿，你真是惊到我了！"

她不问晚餐，我不说早餐，有什么吃什么。村民刘如汉给了我几个夏玉米煮锅。亮亮有口福，这可是村里最后一茬、仅有的几个玉米了，再要吃玉米就得吃秋玉米了。蒸红薯、熬瓜汤，我们狼吞虎咽，破了淑女吃相，连啃带喝，锅见底了。

夜幕降临，我们在村里的太阳能路灯下聊天、散步。我同她讲着这里的山石草木、路井灯人。我讲得动情，她听得认真。就像这雨后的路，潮潮的、亮亮的；风，轻轻的、香香的。但村里的夜晚却也静得吓人，没多久，只能看见南头刘如汉家院子里的那盏灯了。

进屋，开灯，电脑和音响也开着，随机播放我曲库里收藏的歌。放着音乐，敷着面膜，她坐在办公桌前看我给贫困户刘付生的女儿刘媛媛制作的成长相册，我蹲在地上洗袜子。我一边洗漱，一边给她讲述那些照片的拍摄背景和故事，直到隔壁小赵的鼾声响起，我们才意识到夜深了。睡在上铺的她，前一秒还与我说着话，后一秒就进入梦乡了。

这一夜，虽然只睡了四个多小时，但我是从梦中笑醒的。

亮亮醒了。她好像说话了，没有听清说的啥。我习惯每天清晨睁眼先盯着上铺的床板发呆几分钟，然后起床、叠被、洗漱，再到厨房为队友们备早餐。早餐之后，出门、爬山、徒步、晨练、入户、工作。晚餐后，微信里与家人道晚安。突然一大早听到有人同我说话，睡眼惺忪秒变精神焕发。

打开电脑，播放音乐。我拖地，她抹桌子。窗外的阳光钻进来听歌了。两杯冲好的"猫屎咖啡"热气氤氲，这到底是在城里的星巴克，还是在偏僻的刘家峁村，已分不清。

今天上午，我有工作——入户走访。马亮陪着。

我带她去驻地办公室对面山上的刘招才家。刘招才是非贫困户，夫唱妇随，日子过得敞亮。院内夫喂羊、妇养鸡，院外夫犁地、妇锄草。春天里，桃花、梨花、杏花争奇斗艳，每片叶子都在笑着。树旁种的草莓，在保鲜膜里一个劲儿地挤着往上蹿。夏季，院外核桃树结了果。青的苹果，黄的梨，压弯了树枝。深秋时，院内农具摆放整齐，三孔石窑的门上会挂上玉米和干红辣椒，窗台上晾着花生、芝麻和南瓜子，窗台下筐箩里晒着枣子和豆子。冬天，正窑对面油毛毡搭成的简易房里堆放着黑炭、柴火，

第三章 脚随心动

冬天的黄河

夕阳下的窑洞

还有老刘喝完的酒瓶子。印象中的世外桃源，就在老刘家的四季里。

老刘手巧，做过木匠。他不仅木工活儿好，泥瓦水暖也是拿手好戏。啤酒瓶底打洞埋在土墙里，从家里引出电线，穿过酒瓶，挂在院外的树杆上，院外就有了路灯。我每次去贫困户刘埃才和刘鹏飞家走访，必要经过老刘家。每次路过，总会有新的发现。小院外的土墙又拍了几铁锨新土；每根烧火的柴棍都劈得大小长短均匀；垛堆的玉米高粱秆又高了不少；门前一块庄稼地里，架柿子的护杆儿高度几乎是等同的。我想，他对待每一株柿子苗都是一样的爱意，盼它们一样地疯长、一样地挂果；土豆红薯要开始刨了挖了，筐子要重新打结实了；黄瓜绿了，茄子紫了，南瓜花开了，豆角胖了，白菜和莲花白都包心了。

每次看到我，老两口总要拉着我去家里聊天。五月端午杏子成熟时，老刘提了一筐杏去找我了，那时我请假看病不在村。今天他专门说起这件事，非要让我拾一纸箱梨子才罢休。我知道，如若不收这些吃食，老两口心里定会难受，定会固执地认为我们之间生分了。我时常也想表达心意，给他们从市里带一些糖棋子、小点心之类的。他们倒也不与我客气，有时会让我帮忙在城里打问亲友的杂事、粮食蔬果的价格。今天，他们想请我帮忙查一下户口本上家人年龄纠错的事，我给户口本拍了照，记到日志上，给他们说回城我去找一下户政处的同事，看有无解决的办法。农民是最通情达理的，他们连说："不忙不忙，等你得闲。"马亮一直安静地看着、安静地听着老刘和我的对话，偶尔会礼貌地同他们微笑示意、打招呼。从老刘家出来时，马亮一个劲地啧啧赞叹。

"夜不闭户，以前就是字典上的四个字，现在刘家峁村里这是真事儿！"我对她说："每天早上我推开窗，就能看见对面山峁上两位老人扛着锄头劳动的身影，脑畔上忙完，再去院子外的庄稼地。他们的身影就像一张会动的剪纸窗花，贴在我的眼睛里。有时我会站在驻地办公室的院子里，看上半天，不舍得进屋，我觉得这是村里最美的画。"亮亮确信地点着头说："你的驻村工作既有真情实感，又充满诗情画意，真是了得……"

刘家峁村的人特讲究，家里来了贵客，饭桌上必上饺子。俗话叫"揣元宝"，饺子下锅从锅底浮起来比作日子起来了。在我的老家清涧县也有这样的风俗。物资匮乏的年代，节日包顿饺子是庆贺。现在生活条件好了，什么时候想吃就什么时候包。只是村民和驻村工作队把时间看得都像宝贝一样稀罕。村民把包饺子的时间给了土地，自个儿灌上一暖水壶稀饭，热几个馒头，就下地了。驻村工作队把时间给了村民，虽然我们不是徒步健将，但多走一户，就多了解一些他们的需求。我们把包饺子的时间给了贫困户，煮几个玉米吃，两个西红柿就算一顿饭了。今天，我一定要为专程看我的同事马亮包一顿饺子。如今，有几个人愿意陪你在这贫困村里，不怕蛾蝇蚊蛙，不怕狂风暴雨，在未干透的砖房里陪你睡一宿架子床？我心存感激。

早晨地里拔来的大白萝卜，剁些猪肉加点葱。大厨刘向利和面揉面，泡粉条切西红柿。秀举一看要改善伙食，外衫一脱，光着膀子只留背心，擀起皮来，有模有样。厨房里四个人像过节一样，锅碗瓢盆撞，热热闹闹笑。亮亮满足地吃，我们踏实地乐。午饭后，我们在车子后备厢装满市局民警订购的杂粮和土鸡蛋，每一件都贴上民警的名字。亮亮眼睛又眯成一条缝，"呀，这是送货上门哪！"秀举说："当然了，我们实行三包服务呢！"

我翻开柜子，找了上层搜下层，实在没什么可送给她的，想在合作社买点杂粮，被亮亮拒绝了。镇上的麻花和糖饼是我喜欢的，那是儿时的味道。我和亮亮从小在清涧县城长大，饮食喜好相同。清涧人爱吃的各种饼，枣饼、糖饼、五香饼，各样都买些，镇上实在也寻不到什么稀罕东西可以给她了。我看她盯着红高粱米看，就称了几斤，再配点黑豆钱钱、萝卜老干菜，直到后座大大小小的塑料袋分堆放满，我的心才踏实。村里待久了，待人接物也随他们了，一米一饼都是心意。

虽然吃着黄河枣，却只触摸过一次黄河。我决定带亮亮去看不一样的黄河！我执拗地认为，佳县的黄河是红色的。

我和亮亮穿过大块黑、黄、白色的砂石，跳过了红绿相间的鹅卵石，布面一般的黄泥和白沙映入眼帘。我们脱掉鞋袜像孩子般活蹦乱跳着，黄河岸边的泥沙软绵绵的，你动它笑，你笑它晃，一会儿泥沙便长了皱纹，一道一道的，你踩它几脚，它便像打了除皱针，瞬间就平整了，煞是有趣。

快艇棚里坐着几位穿着工作服的人，招揽着生意，呼唤我们去坐快艇。管事的说："不玩没事，你们想要在游艇上拍照是免费的。城里人怕晒，赶紧先到这里来遮遮阳、凉快会儿。"你瞧，黄河人家的实在和淳朴，无处不在。

雨后的黄河水有些涨了，湍急处，水声也高了。热情的黄河水拍打着沙石，连水草浮木都变成了指挥棒，为我们唱着迎宾交响曲，此刻，我的心中涌出无穷的力量。大自然真是太神奇，黄河仿佛记录了一个行者的一部奋斗史。水石撞击的前板激昂，展现了行者历经千辛万苦获得成功后平静、感慨，继而大声疾呼喜悦豪迈的心声；中板是浪声反复有力回转的音乐和旋律，行者仿佛回想起自己面对几多磨难，不屈不挠奋力跋涉的过往；后板的黄河水又转入悠扬轻盈的曲调，胸中生起无限希望，充满无穷力量，面对不平坦的未来昂首阔步继续行进。这难道不正是我们所赞赏的那个品格吗！再看黄河，水色更黄了，沙带着土，土沾着沙，静处生花，闹处跳浪。

我们静静地看着黄河水周而复始的涌动，各自思绪万千。

又走了一段，看到黄河两岸成片成片的枣树上挂满红了眼圈的枣子时，亮亮突然明白了我为什么要说佳县的黄河是红色的了。听着黄河水生长的枣树是红色的，讲着神泉堡故事的黄河人家是红色的，听着《东方红》成长的万物生灵是红色的，黄河边勤劳智慧的佳县儿女是红色的，黄河流淌

的水是红色的，黄河石发出的光是红色的，红色永远是幸福的、鲜活的、充满希望的。

寒来暑往的六年，听雪落下的声音，看雨滴敲打着门窗，双脚踏过荒野与荆棘，心怀坦荡，仰不愧天，俯不愧地，人在旅途，坚定行走，不管永远有多远。我早已把独自驱车在山路上的七拐八拐当成享受；看夕阳西下，沐晨之曙光，我也早把风声雷电视作鸟语花香。我确是看见了黄河的面目，确是闻到了黄河的体香，确是感受了"黄河精神"。大河滔滔，奔腾不息，凝聚了黄河儿女干事业的热情。我们砥砺前行，拼搏奋进，坚定决胜全面小康的信心和决心。

幸福农场

　　有人说，佳县的扶贫农场是老百姓的"幸福农场"。为啥？先做一回幸福的农夫，再一探究竟吧！

　　自脱贫攻坚战打响以来，全县324个行政村全部建立村集体经济组织，重点发展种养加产业，贫困户嵌入产业链，按照"东枣西果北蔬菜、旅游畜牧杂粮中药材"产业布局，依托"3+×"产业，推广"村集体合作社＋龙头企业（能人大户）＋农户（贫困户）"模式，因地制宜发展种养加产业、乡村旅游、光伏电站等多种模式的扶贫农场（工厂）。目前，全县已建成7个扶贫农场和1个扶贫工厂。有了党建引领，产业扶贫的钱袋子越来越鼓。咱老百姓获得的是实实在在的满足感和幸福感。

　　我们都知道，高质量的脱贫体现在贫困户的收入上。那我先从佳县县委、县政府"坚持党建引领壮筋骨，狠抓产业扶贫鼓袋子"的"555"说起。"555"是佳县开展基层党建工程的一个活动：建设村干部、第一书记、驻村干部、产业带头人、道德模范等"5支队伍"，创建基层党建、脱贫攻坚、产业发展、美丽乡村、社会治理"5面红旗村"，实现党建引领中心工作、党建品牌创建、乡村振兴、壮大村级集体经济、激励保障等"5个突破"。这"555",提升了基层党组织的组织力,建设了基层战斗堡垒。目前已评选出 25 个"五面红旗村",吸引了 194 名大学生担任村支部书记和村级后备干部,他们个个喜笑颜开,争先恐后。这样的情形,我在校园里学生会竞选时看到过。这些受过高等教育的娃娃们,把心中的诗和远方放在了《东方红》故乡。他们把心安到了正强劲崛起的新兴工业县,力出在了文化旅游大县,脚踏在了中国红枣名县。

好吧,就算担上"打广告"的名,我也心甘情愿。身为佳县驻村干部,为大家推介、宣传佳县,义不容辞!

王宁山扶贫农场位于木头峪镇王宁山村。木头峪镇是沿黄观光路上一个充满文化底蕴的传奇古镇,"王宁山模式"是木头峪的一张亮丽"名片"。王宁山全力推进"三变"改革,大力发展扶贫农场,依托闲置土地、厂房等集体资产和荒地、旅游等闲置资源,采取合理流转、承包租赁、股份合作、托管服务等形式,持续壮大村集体经济组织。扶贫农场巧妙地把贫困户嵌入产业链,构建"党建引领、龙头带动、科技增效、产业支撑"长效增收机制,推广"村集体合作社 + 龙头企业(能人大户)+ 农户(贫困户)"模式,以红枣加工业为主,延长特色产业链条,让贫困群众通过进场务工、入股分红、土地流转和参与经营等方式,挣薪金、分股金、拿租金,推动贫困群众就近就地就业,培育一批创业致富带头人,提升带贫益贫效益。县委书记刘生胜在农场调研时提出:"要不断强化绿色、循环、可持续发展理念,全力推进佳县红枣全产链发展。"农场在这一理念的引领下,着力打造"有机红枣—发酵红枣原浆酒系列—酒糟—原生态红枣黑毛土猪肉—发酵有机肥—有机红枣"生态循环产业链,实行农村产权制度改革,农户以土地、人口折估量化入股集体合作社,由合作社统一管理,建成优质有机红枣示范园,实施林下经济种植。酒业合作社启动红枣原浆酒、果酒、醋饮、浓缩汁现代化生产线，带动小作坊设备生产。养猪合作社建成原生态红枣土猪养殖基地、振锋合作社建成林下散养土鸡基地，饲料是从酿酒作坊收回的酒糟。建成"佳米驴"养殖场、光伏发电站，收益颇丰。农场里的农夫们虽然忙得不可开交，但这样的好日子过得也舒坦。走出农场时，听一位老农说："熬（方言，意为累、疲劳）是熬了，熬得开心，小日子越过越有劲！"

谢家沟扶贫农场位于佳县方塌镇。早听说这里有大棚果蔬园、酿酒加工厂、有机杂粮园、山地苹果园、葡萄园，还有光伏扶贫基地、农业托管基地，但因人忙事杂，心虽动，人未至。周末下午，我和几位朋友约好前去参观。几个人对大棚果蔬园很感兴趣，一座占地45亩的双膜拱棚种植基地和31座大棚像画了格子一样，整整齐齐排列眼前。山地苹果园的果子挂在枝头，颗颗诱人，还没张嘴，口水已流到肚里。再看看葡萄园，粒粒饱满，紫衣护身，舍不得摘它。听果农说，收益可观，一亩地的葡萄能卖1万元呢。谢家沟的农场里最牛的是农机合作社。合作社里拥有深松机、旋耕机等大中型机械48台，被授予"国家级农机合作社"称号，以家庭承包经营为基础，村里的旱、坝地推广全膜双垄沟玉米种植，采取统一品种、统一密度、统一机覆膜、统一施肥、统一机播的"五统一"耕作模式，仅需两天的时间就能完成。农业部办公厅公布了2017年全国农机合作社示范社名单，谢家沟农机合作社就在其中。

赵大林扶贫农场，是在整合村集体经济合作社资源和扶贫产业资金基础上成立的。近年来，村里因地制宜发展以畜禽养殖为主的扶贫农场。村集体投资新建养牛场，购买肉牛，全部入股养殖专业合作社，村集体每年可获股息。2019年村集体收益达16万元，累计带动86户243名贫困群众脱贫，贫困发生率降至0.63%，实现整村脱贫退出。但县委、县政府仍然关注、关心着这些脱贫退出村，不管是新建红枣加工厂、拦水坝工程，

刘生胜书记（左一）调研佳县有机红枣生产基地

佳县县长杨政（右一）在农场了解农场发展情况

还是发展大棚蔬菜、光伏产业，一个项目也不少。尤其是充分利用林下土地资源和林荫空间优势，在酸枣林下套种中药材远志，发展林下经济，并与榆林市广济堂医药连锁有限公司签订购销合同，实现双赢。

向阳湾扶贫农场里最让我着迷的是"枣木菌菇"。陕北地区雨水较少，昼夜温差大，生产的反季节香菇90%以上都是花菇，一年四季均可出菇，每棒能多产2—3茬，多收干菇2—3两，每棒收益6元以上。利用枣木为原料生产出的优质红枣香菇肉质厚实，花型品质等级较高，味道鲜美，香气沁人，营养丰富，富含B族维生素、铁、钾、维生素D原（经日晒后转成维生素D），味甘、性平、高蛋白、低脂肪，深受消费者喜爱。废弃枣木统一由村集体收购用于菌棒加工，村内食用菌种植基地日消耗枣木7—10吨，食用菌的废料菌丝蛋白含量较高，简单加工成有机菌肥，用于枣园施肥，既充分利用了农业废弃物资源，又减少了树木砍伐及资源浪费，实现了生态和经济效益双丰收。小农场释放大能量，一排排枣木菌棒整齐排列，一朵朵肥美的香菇茁壮成长，工人们采摘、烘干、装袋、运送，往返忙碌的身影成了向阳湾村最美的风景线……养殖业、小杂粮产业、中药材、光伏产业齐头并进，扶贫农场也为越来越多的人所知晓，甚至还有群众主动联系要来农场参观、劳动。

峪口扶贫农场最牛气的产业，当数艺术小镇文化旅游业了。艺术小镇重点发展集文化创意、餐饮旅游、休闲度假为一体的艺术休闲产业，是文化艺术振兴乡村示范点。峪口村有1200多年手工造纸历史，目前仍有村民依旧沿用传统手工造纸工艺，形成了峪口特色的非物质文化遗产。峪口艺术小镇核心艺术区、民宿手工作坊区、古村遗址黄河码头区和峡谷观光区的四个艺术区将陕北特色民俗与现代时尚艺术结合，成为佳县乡村旅游的"网红点"。去年腊月我去艺术小镇参观时，着实被具有国际化艺术感觉的小镇震撼到了。美术馆、窑洞博物馆，《爱丽丝梦游仙境》中善良可爱的"渡渡鸟",致敬中国传统文化精神的《高山流水》,默然林立的"人民"系列,紧张对峙的《狼来了》,无语问苍天的"原罪"系列……仿佛直接对话国际艺术大师。

有一天,我在电视上看见县委书记刘生胜对观众说:"佳县将按照'城乡统筹、区域协调、全域发展'思路,充分挖掘沿黄文物古迹景观、黄河山水风光、千年枣林风情、民间原生态文化、红色革命史迹等五大类旅游资源,着力打造以白云观为主的文化民俗游、以泥河沟千年古枣园为主的红枣之乡生态游、以黄河水上乐园为主的秦晋峡谷风情游、以毛主席转战线路为主的红色革命教育游、以赤牛坬陕北民俗为主的民俗文化体验游五大旅游板块。"作为扶贫干部,当以佳县旅游为荣。一幅"全县是景区、处处是景观、村村是景点"的全域旅游格局的画面尽在眼前,我恨不得告诉全世界,快来佳县一游为快。

前几年,我去米脂赶亲事。当地亲戚说,佳县赤牛坬村有个民俗展馆很漂亮,值得一去。听说馆内展览了上千只老布鞋,是村民们煞费苦心从各地收购所得。早些年,赤牛坬的村民们就从最基础的捡石块、收购陕北民俗手工艺术品开始,一步一步打造这个远近闻名的民俗乐园。

刚到门口,就见到一位衣着朴素、拿着扫帚清理院落的男人对进园子的每一位游客都笑脸相迎。原来,他是赤牛坬民俗文化村的高根强总经理。熟悉的乡音,拉近了我们的距离。他热情地为我介绍这里的景点和特色小吃、下一步的发展思路。他喜欢听游客提意见,你提一条,他记一条,他渴望听到意见的眼神,令人难忘又心生敬佩。他说:"游客不满意,是因为管理不好、配套设施跟不上。你们提意见越多,我越高兴。一条意见一块糕,管你们吃好!"果真,我们提了两条建议,他大方地送了一盘糕。其实,我们不是想占高总"两块糕"的便宜,他也知道我们并不是贪心"两块糕",说者真诚,听者真诚,唯有真诚最可贵。他从领导秒变导游,给我们一路解说，一路介绍："赤牛坬村是传统文化教育基地、艰苦奋斗教育基地和爱国主义教育基地，是黄土文化、农耕文化、黄河文化的宣教中心，是黄土高原丘陵沟壑区摄影写生采风基地，是服务榆林及周边城市居民的后花园、后粮园，是中国最美的乡村旅游胜地。"我们边走边听，身边几位朋友啧啧赞叹，说下次要带家人来这里观光度假。

高总还带我们品尝了陕北传统食品中辈分最高、情分最重、最享尊荣、最显高贵吉祥的美食——枣糕。赤牛坬"千人枣糕宴"是每年春节活动中必吃的一道民俗大餐，让游客大快朵颐，回味悠长，成为陕北传统饮食文化的一大亮点、一大品牌。良心商家一定有良心顾客。高总的眼里，游客不分年龄，不分性别，不分职位，只要你进了园子，都是贵宾。那天，我留了高总的电话。招待从外地回来亲戚朋友同学，我都打电话给他，他一如亲人般地介绍、接待。

赤牛坬扶贫农场是以乡村旅游为主的扶贫农场。赤牛坬村 2015 年被评为中国美丽乡村，2016 年被评为全国 AAA 级旅游景区。农场不仅艺术范儿十足，还吸纳村内劳动力参加实景剧演出，为贫困群众优先提供后勤、环卫等就业岗位，兴办农家乐、餐馆货摊、游戏娱乐。旅游务工增收，经营增收，分红增收。毋庸置疑，这样的农场只会越来越红火！

王家砭光伏电站扶贫农场位于王家砭镇，总占地面积 300 亩，总规模 8.7 兆瓦，总投资 5655 万元，涉及王家砭、刘国具等 4 个镇 36 个贫困村。该项目于 2019 年 10 月 7 日开工，10 月 31 日实现并网发电。项目采用的隆基单晶硅光伏组件是国际名牌产品，具有转换率高、经久耐用的特点，获得国家"领跑者"技术认证。项目建成投运后，预计年发电量为 1218 万度（每兆瓦年发电 140 万度），按含税上网电价 0.75 元/度计算（每度电国补 0.4465 元，供电公司标杆电价结算 0.3035 元），年收入 913.5 万元，扣除 7% 运维费，纯利润为 849.5 万元，可带动 1629 户贫困户增收致富。

东方红扶贫工厂，是在整合榆林市东方红食品开发有限责任公司资源和扶贫产业资金基础上成立的。榆林市东方红食品开发有限责任公司创建于 2005 年，位于佳县王家砭镇柳树会村，拥有种植基地、苦菜采集基地。主要生产杂粮、杂粮挂面、手工挂面、小米锅巴、山野苦菜、苦菜茶等。2012 年以来，获得"无公害农产品产地"认证，"五女贞"品牌被评为陕西省著名商标。2013 年，公司被授予省级农业龙头企业、市级农业园区的称号。2016 年，获得"有机种植基地"认证。2017 年，公司被科技部授予"国家级星创天地"称号。2018 年，公司开发出小米锅巴产品，与上海禾燕实业有限公司合作发展有机种植基地 2000 亩。2019 年，公司荣获 3 个 QS 认证，"五女贞"牌香谷小米荣获陕西省名牌产品称号。杨政县长自信满满地讲："东方红扶贫工厂是佳县深化'三变'改革，持续巩固脱贫成果，推动脱贫攻坚与乡村振兴有机衔接的重要载体，是佳县发展壮大村集体经济，带动贫困群众高质量脱贫的强力支撑，也是佳县小杂粮乃至陕北特色农业走出山区，融入消费扶贫大格局的重要桥梁。"

一组组数字的背后，是县委、县政府领导和干部们发展理念的升华，是佳县 27 万老百姓的集体智慧和辛劳付出。农场的蜕变，是陕北黄河儿女的骄傲与自豪，也是我们脱贫攻坚产业扶贫结出的硕果。

如今，县委、县政府团结带领全县人民，围绕建成"世界一流高端光伏产业基地、中国优质有机红枣产业基地、丝绸之路最具魅力沿黄生态文化旅游产业基地"，形成"百亿园区、百亿枣畜、百亿文化旅游"三大目标，全面实施"园区带动、枣畜富民、旅游突破、城乡统筹"四大战略，迎难而上，砥砺奋进，干成了一批打基础、利长远的大事实事，县域综合实力大幅跃升，各项工作迈上了新台阶。佳县被省委、省政府评为"2019年脱贫攻坚成效考核综合评价好的县市区"，被市委、市政府评为"年度目标责任制考核优秀县区""全市信访工作先进县",连续五年被评为"精神文明建设先进县"。

扶贫农场,富了乡亲,美了乡村。农场里的农夫是幸福的,他们的快乐也是可以"加工"的。您看看,目前全县累计建成 7 个扶贫农场和 1 个扶贫工厂,提供就业岗位 1355 个,带动 6.1 万名群众增收。今年正在新建桃园则沟酸枣园等扶贫农场 13 个,榆佳经开区肉食品加工、陈家泥沟饲草料加工等扶贫工厂 4 个,预计可提供 4000 多个就业岗位,带动 18 万名群众稳定增收,324 个村集体年均收益可达 10 万元以上,其中谢家沟、王宁山村集体年收益可达 100 万元以上。如果说,"过家家""QQ农场"是我们在网络世界最珍贵的回忆,那么,大美葭州的 7 个"幸福"农场和 1 个"快乐"加工厂是我们 27 万葭州人现实生活里最珍贵的宝藏。听完我的介绍,我不相信您能管住自己的腿脚!不信?您来一趟,"宝"你满意。

注:文中部分资料及数据均由佳县县委、县政府提供。

 ## 见字如面

我庆幸自己终于学会了用农民的语言说农民的话，用农民喜欢的方式做农民的事。我庆幸自己终于懂得了真正的善良是平等，是给予受助者的人格的尊重，是发自内心的一视同仁，而不是自上而下的施舍。细思量，这些蜕变，是驻村生活磨砺后的芬芳，是扶贫工作经历过的铿锵。

经过了上厕所下不了脚、洗澡不方便、虫蝇蛾蝎成群恐吓、旧木板床霉烂潮湿等一系列的困扰后，我完全适应了农村生活。竟可以在粪车经过时仍端着碗吃饭，可以把妖蛾子们当伙伴，可以在吱吱作响的木板床上酣睡，还可以同村民一起在农田收庄稼，在院子扭秧歌。脱下城市里的时尚衣服，跟着村里的大姐们卷裤腿、戴草帽，一双旅游鞋走泥泞、迈谷场。我开始喜欢大山，好像整个山头都是我的，我知道这不叫贪婪，是满足感和归属感。白天，我徜徉在广阔的天地间，与山梁梁上微风吹拂下的野花野草对话，倾听草木的理想；入户、走访，与村民们聊农事，拉家常；办公、码字，在文字的世界里信马由缰。夜晚，我仰望星空，回到儿时的童话里；闭门拉帘，听音乐、跳健身操、看书、焚香、品茗、冥想一样也不少。当然，每晚铺开宣纸临帖练字是必修课，偶尔写得兴奋，半夜不睡创作一两幅作品，沾沾自喜。

然而，也不是每个孤独困苦的夜晚我都能战胜。有那么一段时间，我经常对着夜空发呆，每一颗星星都像结了霜。白天的风不再轻柔，雨滴也不再浪漫。我蜷缩在架子床上，前所未有的空虚和落寞袭来。这样的时日截止于收到遆高亮先生的个人书集《唐宋散文钞》那天。

遆高亮先生，先得从他的姓名说起。姓稀罕，遆，以形观意，有帝王势。字其鸣，号仰止阁主人。人与姓一样，特别。总有人问他，怎么字库里打不出"遆"字来？他先笑一声才开口说话："你的字库和我的字库不一样，往后翻就能找到'遆'字了。"先生系陕西华阴人。他喜欢拉板胡、吼秦腔，好读书，也刻闲章、玩佛珠。时常组织秦腔自乐沙龙，似是戏剧界人物，偶尔弄个聚会，与众友煮茶闲聊。但先生供职于公安系统，是一位地地道道的老公安。既是我上级部门领导，又是众多弟子喜爱的"顽主"。他下学上达，上善若水；他博学多才，善诗词文赋；他出入四书五经，聚"锋"会神；他临读与研习，坚韧不拔，艰苦卓绝。观其外貌，天庭高而亮，面善；看其神色，一脸喜感与自信。然真正让他在全国扬名立万者，既不在官场，也不是办案，更不是拉板胡，而是多体齐备风格独具的书法也。

2005 年的陕西省公安系统首届廉政文化书画展上，我结识了遆高亮先生。当年，我代表榆林市公安局获奖作者前去参展。展览结束后，在带队领导李锁成（今省作协李子白）先生的引见下，我和焦建华等人有幸与遆高亮先生于城南一茶社席地而坐。起先，我只敢低头喝茶，听众人与他谈古论今，从书法到曲艺，再到历史和文化。后来，先生大概是看出了我的拘谨，主动找话题与我聊了起来。他说此次全省参展的作者中，只有我和西安的吕华二人是女民警。言语间宽厚随和，侃侃而谈，直到我由拘谨转成无拘无束。几个小时过去了，大家聊兴仍浓，都不舍离去。高亮先生

第三章　脚随心动

一时兴起，以茶代酒喝下三碗陈年普洱，加之子白先生的力荐和提携，我沾着大长安帝都之光，当天就被先生唤作徒儿，铺纸洗笔磨墨。

在中国，传统的师徒关系仅次于父子关系，即俗谚所谓"生我者父母，教我者师父"，"投师如投胎"。建立如此重大的关系，自然需要隆重的风俗礼仪表示郑重，加以确认和保护。我和建华行三叩首之礼，然后跪献烟酒糖茶四色礼敬听师父训话："尊书德守章规，勉励徒儿做人要清白，学艺要刻苦。"拜师，是我做过的最为神圣和庄严的一件事情，先生也是我除父母之外唯一行跪地叩首之礼的人。古希腊的亚里士多德曾经说："吾爱吾师，吾更爱真理。"只可惜，亚里士多德并没有建立和延续师道，而比亚里士多德早一二百年的孔子则成为世界上最成功的师道源头。"古之学者必有师。师者，所以传道授业解惑也。"那么，吾师，遑高亮也。我想，这一定是上天赐予我的一种机缘与馈赠。

先生"玩"性十足。书法、摄影、音乐、读书、抽烟、饮酒、品茗、打牌、闲聊，正"邪"俱玩，名堂繁杂。但在书法上用心费时最多，自由驰骋。其楷书，因字立形，依字取势，计白当黑，静中寓动。小字似蝇头，大字如立柜，点画间见功夫。隶书运笔方圆兼备，动中求稳，稳中多变。行草书自由舒心，疏处可走马，密处不透风，挥洒自如。几十年来，在众多同事、亲友中，因其善良、谦逊、耿直、风趣，获得"德艺双馨"之名，实至名归。他身兼中国书法家协会第四届评审委员会委员，中国书法家协会第五、六、七届行书专业委员会委员，中国国家画院沈鹏书法精英班成员，全国公安书法家协会副主席，陕西省公安文联常务副主席兼秘书长等职务，陕西"成德书院"执行导师。

他的书法作品曾荣获首届中国书法"兰亭奖"创作提名奖，公安部第八届"金盾文化工程奖"艺术类一等奖，"翁同龢书法奖"提名奖，二○○九年度《书法报》·书法海选"兰亭诸子奖"第一名。诸多奖杯和荣

逯高亮先生在写字

第一次在先生的工作室写字，八尺整张

誉并没有俘虏先生那颗谦逊好学的进取之心，那颗扶持一起出道入行老友的仁爱之心和严厉要求弟子学书的诲人不倦之心。当我为日常的工作、生活、家务、琐事、读书、养生、健体、艺术品鉴等等该如何分配、统筹时间才能避免矛盾冲突而困惑苦恼时，先生身体力行，早已在微信师友群里或分享三更时的创作，或总结某沙龙同道交流的讲授经验了。先生远比我们想象中的更勤奋更谦逊。

功底的扎实和笔力的稳健不是靠理论，要靠实践。人性善良的激发，不是靠道理，是靠阅历。毋庸置疑，先生的善良和功力都是在一分一秒、一笔一画中积累出来的。我时常想起几年前的"平安是福"，这是先生在我患病时亲笔相赠的四个字。见字如面，热泪盈眶，它长久地温润着我的心灵，坚定地激励着我的前行。字如其人，人如其字。连名人大家在老师的书法面前都要艳羡而长叹，我等敬仰之情就更不必言说了。

师母是西安市某所中学高级老师，每每在先生的工作室里遇见她，不是在端茶递水，就是在研墨铺纸，身上一袭优雅温婉旗袍上搭着真丝披肩，气质贤惠端庄。这样的场景让你仿佛穿越到民国时期。先生育有一子，喜踢球，也写字，这是文武双全中理性与感性完美结合的延续。2016年孙女闪亮登场，幸福大家庭，皆大欢喜，万事如意。那年，省厅还为备战国展举办了一期培训班。黎明时分，只听得楼道里的脚步声，原来是先生与众弟子挥毫泼墨后兴起，烫酒煮茶，夜话古今。可是，自从获得部、省级奖励后，我就慢慢把书法功夫都还给老师了。

如果现在称先生为师父，我自感羞愧。

这些年，先是为患有哮喘顽症的女儿奔波在全国各地。为此，先生为吾女送来牛蒡粉，用来辅助治疗，提高免疫、强身健体，这原本是别人送他调理身体之物，他自己舍不得吃一点，全都用在我的女儿和我的身体上了，减轻了我的精神负担。这几年，因参与脱贫攻坚工作，大部分时间在村上，辗转奔波在农村与城市之间的我，研习书法的时间越来越少，也狭隘地认为先生不愿再关注我了。一日晨，我将书法练习作品发在朋友圈，没想到他第一时间在微信里点赞鼓励，并留言嘱我：农村生活单调，正好可以练字修身养性。先生又道："你这个年龄段，正是单位的中流砥柱，家中的贤内助。书法是业余爱好，一定要权衡好工作、家庭和业余爱好的关系，保重身体最重要。"这一句，说得我泪水塞满眼眶，心底的暖流直冲喉咙。我才懂得，先生从未放弃过我这个学生，他一直在默默地看着我前行。

缘分就是这么妙不可言，先生的生日与我的生日仅差一天。他是农历九月十六，我是农历九月十七。前年，我和几位好友为先生庆生。他几杯美酒下肚，拉起板胡，开吼秦腔，虽不是很专业，但略显沙哑的唱腔中传递着浑厚饱满和浓浓的沧桑之感，让我这原本不喜戏剧的人心潮激荡，情不自禁，击节叹赏。每年腊月，先生自是提前写好春联给众友赠送，再邀诸亲友前来团聚，吹拉弹唱，品茗吃酒，好不自在。因为工作在榆林，我不常去长安城里看望先生，但遇传统节日，会寄些陕北特产表达心意，先生看在眼里，也记在心上，常常嘱我不要乱花钱。

如今，我手捧先生相赠的《唐宋散文钞》《逯高亮小楷书〈千字文〉长卷》《逯高亮书法作品集》等书籍，尽管只身处在农村宿舍，却再也不见了孤独与寂寞。一页一字，墨香纸韵，皆是激励和鼓舞，一得闲即泼墨铺纸临写。或烈日炎炎，或阴雨绵绵，或晨起日课，或灯下夜课，坚持实临。2018 年 11 月，繁忙的扶贫工作之余，我创作的书法作品《位卑不敢忘忧国》在全省公安系统纪念改革开放 40 周年书画展中，获得了二等奖；12 月，我的摄影作品《脱贫攻坚警民共建》入选公安部"翰墨绘平安"全国公安文联书画摄影展优秀作品展。

2019 年 3 月，先生嘱我临习《苏孝慈墓志》。从观察字的撇捺点画到字的间架结构，再到整篇章法以及气息运势，先生亲临点评。我驱车到渭南蒲城博物馆观石拜碑，先生愿为我辛苦觅得的拓片赐跋，这是我的幸运。腊月的一个周末，刚准备将习作带去，到先生那里讨教、还书。结果，一个电话，我被召回驻村地。驻村地信号时断时续，各种杂事也时有发生，桌前我的毛笔与墨汁，润一点枯半天，不得不停笔……结束一天的迎检工作，晚上打开微信：先生信笔写给我的九行九十字评语、两行十二字落款以及红色两印，满是理解、疼爱、叮嘱与鼓励；再看章法，浓淡相宜，字里行间生出情绪，如师者，父母心也，当是珍藏的书法佳品；学生看了一遍又一遍，铭记在心。感恩吾师，在前行的路上如灯塔照亮了道路和行人，还温暖了笔墨纸砚，这还是我的幸运。

先生的朋友圈干净、纯粹、温暖、正能量。除了有关书法艺术的图文，涉猎美学、文学、史学、哲学诸多学科的好帖子，还有为人处世、爱岗敬业、赛事启事等方面的内容，完全是一个微型手机图书馆，永远学不完、看不尽。我们佩服他对书法艺术执着的追求，佩服他旺盛的精力，更钦佩他对待工作的敬业和在艺术上的精湛修为。他对学生的练习作品，从不夸大也不忘勉励，注重对弟子各方面的艺术素养培训。他严谨也严厉，他和蔼也可亲。一幅作品里一个字没写好，指出后再不会看一眼，必须练到他过眼点头才是；但他也会坐在你的身旁，手把手对帖临字，一笔一画，偶尔举个生动的例子让你加深对某个字、段落、墨色、章法布局的理解。

近几年，先生偶尔会转发我撰写的书法心得文章和一些扶贫工作先进事迹在他的微信朋友圈，这是莫大的鼓励和认可。前些天，成德书院举行"书法之星"微信人气评选活动。我自知笔力功力尚弱，名次也不代表什么；但作为学生，态度上重视，行动上积极参与。一边埋头忙《光景》的写作，得闲看着每天的票数上增，心里既高兴又惭愧，第三名的好成绩，是我背后强大的亲友团在鼎力相助的结果。我告诉先生评选结果时，先生竖起大

隋蘇孝慈墓誌銘

此石刻於隋仁壽三年
正方形邊長八十三厘米共
三十七行每行三十七字清
光緒十四年夏出土於陝西
蒲城縣現藏於該縣博物
館公元二〇二一年秋余曾與
警方諸友前往環謁並複
贈原石拓片十張歸後輯
贈壽友多人此石楷法已臻
完備而成熟乃北碑佳作
楷範護中之代表作品
余自幼喜楷法歷代楷書
經典皆心追手摹略沉於
藏者故常思先賢風尚以
勵余之不懈
弟子蘇麗從學十餘載
誠懇自勉執管又輟已浮
之沉靜疏朗己亥年夏性
踊城專訪此石所習有嘉又
緣同於故蘇姓名方求得
此揚以玲藏余喜而題之
庚子桃月　逷高亮

逷高亮先生为《苏孝慈墓志》拓片题跋

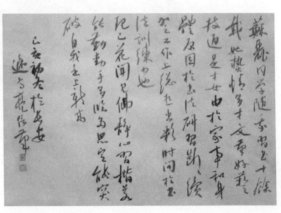

逷高亮先生给我的习书评语

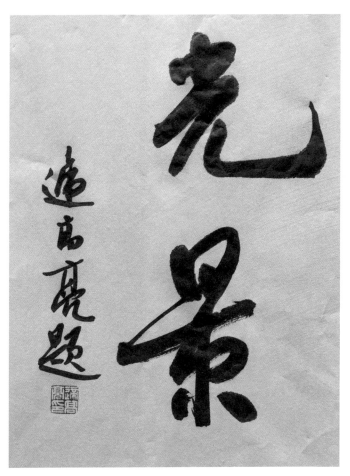

遆高亮为本书题写书名

拇指。斗转星移，春秋六载，笔情墨趣，与字相伴，我坚持在那间集宿舍、书房、办公室于一体，仅3米宽的砖房里研习书法，笔头蘸饱墨汁，书写内心的情绪。心有逄高亮先生的引领，身有书法精神的鼓舞，平时为贫困村的孩子们讲解毛笔和硬笔的写字方法，每年春节为村民及驻村工作队书写春联。艰苦的驻村生活不但没有削减我对书法艺术追求的信心，还唤醒并激发了我少时对文学、音乐、摄影、哲学等学科的爱好和兴趣。村里的天、地、人、一切生灵都成了我镜头中的"模特"，幻化为我文字里的"对象"，我一发不可收拾地与他们谈起了"恋爱"，如胶似漆，朝夕相处。

晨练步行山间，戴着耳机听歌，我给每段路、每棵树、每朵花起了名字，拍照，给喜欢的歌曲配图，制作歌词海报；午后读书，苏轼、萧红成为我顶礼膜拜的"大神"。受二位的影响和激励，在声带治疗、不能发声的日子里，书法已然成为我的精神支柱，只要得闲，一笔一画治愈我饱受疾病煎熬的身躯。尤其是55天完全噤声的集中治疗期，我为萧红写的诗发表在《青年作家》杂志，软笔抄写14万余字的《呼兰河传》在亲友间传阅。我望着这密密麻麻13个线装手抄本《呼兰河传》，一撇是思，一捺是念，皆从笔来；横画是甜，竖钩是乐，一点一折，都是坚定。东北作家张天芒感动地说："我相信，萧红女士地下有知，再无不甘。"我也第一次因为自己是执着的铁杆儿粉丝而涕泪纵横，感动不已。

声不能发，但手可动、腿可迈、脚可移。阶段疗程开始后的闲暇时光，我一副"哑巴"样儿，周内在刘家峁村工作，周末奔跑在西安、榆林的"樊登读书会""苏东坡读书会""红楼梦读书会"和艺澄书院、荷风书苑等等，听讲座，学国学，交益友。购物、停车写纸条，吃饭看病付款用手机，和村民沟通打手势、用笔头。2017年除夕前一天，历时一年半，由我编写的28万余字的《苏氏家谱》终于排版印刷，父亲感慨且骄傲地当着族人面儿说："女儿丽丽，身是女儿身，心是壮士心！"是的，我的内心逐渐丰盈，精神也随之愈发振奋。

扶贫工作给予我的不光是挑战与磨炼，更多的是成熟和沉淀。起先，扶贫只是我的工作。后来，扶贫成了我的信仰、追求和事业。如果说东坡先生和萧红女士是我精神世界里的"神"，那么递高亮先生是我在文学、音乐、书法、摄影、哲学艺术领域的"仙"。诸位"神仙"长久地滋养着我的心灵、丰富着我的人生。他们像风，吹走我陷入沼泽时的困惑与疲惫；他们像雪，美化了它所覆盖的一切。尽管驻村生活困苦，工作、家庭也时有艰难，但古人的"四记"（《小石潭记》《醉翁亭记》《岳阳楼记》《桃花源记》）和时人的坚韧、笃定、自在、奋发却始终陪伴着我，给予我与苦同行、与难同乐的心境。苦难像雨，落在地面上，溅起朵朵水花，好像绽出了一个个朝你微笑的酒窝。不管是大雨倾盆，还是小雨延绵，它们都曾漫过我的脚底，汇集在一起，像一条条小溪流入地下。先生亦如雨，如春雨润物，如夏雨清凉，如秋雨饱满，如冬雨无声。"士有百行，以德为先"，我忠实于先生，忠心于书法，忠诚于事业。我畅想着书法艺术可以在农村绽放的未来，无比渴望着村民受之影响，时刻用知识武装自己的当下。

习近平总书记的"人民至上"蕴含深意。"一切为了人民，永远是党的初心与使命所在"。任何艺术皆来自人民，源于生活。老人代表过往的历史，我们尊重且传承他们的优良传统；孩子是时代的未来，实现智力扶贫，将扶志与扶智相结合，用真心和真爱在脱贫攻坚的战场上挖掘这强大且隐藏的力量，举足轻重。农村是广阔的天地，心有多大，舞台就有多大，劲有多足，梦想就有多近。格物致知，感慨万千。往后，必在敬畏中前行。唯愿：待脱贫攻坚战胜利收官后，容我"操千曲而后晓声，观千剑而后识器"，再挥笔见字如面！

第四章

穷若是病，爱可以治

给刑警队队长配了"对儿"

贫困户刘鹏飞，1984年农历正月十五元宵节出生在刘家峁村。正月十五出生，浪漫地说，叫人约黄昏后，月上柳梢头。可在陕北民间有这样的说法，所谓初一、十五皆是硬日子。我想，大概与月亮盈亏有关吧。鹏飞圆溜溜的脑袋圆溜溜的眼，曾经聪明活泼，人见人爱。5岁那年，爸爸骑自行车带他赶亲事。鹏飞坐在自行车前大架，后座上载着他的母亲刘竹迎，母亲怀里还抱着鹏飞的妹妹刘飞玲。一辆自行车四口人，拐弯时失重跌倒，鹏飞最先摔下来，当时只是耳朵出了点血。之后的生活中，吃喝玩耍并无异样。7岁时，突发高烧，口吐白沫，浑身抽搐，邻里亲戚都说他是羊角风。服药几年，家人发现他逐渐反应迟钝、痴呆、智力减退。带他去医院做脑电图、心电图等检查，也查不出病因。

　　一家四口，全靠鹏飞父母二人种地打粮为生，身上背着女儿，手里拉着儿子，与农田为伴，刚刚解决吃饱穿暖的问题。转眼间，鹏飞和妹妹已成年，可以帮父母种地务农。2006年，鹏飞与乌镇王家畔的王红梅结婚了。村里寻常人家的生活就是起床、吃饭、干活、睡觉。婚后的鹏飞生了儿子，

第四章　穷若是病，爱可以治

马锐支队长偕妻子与贫困户刘鹏飞的母亲和儿子合影

次年生了女儿。鹏飞的父母抱上了孙子，喜上眉梢。但看着儿子反应越来越慢，行为障碍越来越明显，就带他去医院做了核磁共振。鹏飞父母不愿意相信的事情还是来了，医院出示给他们的诊断书是冰冷的：鹏飞被确诊为脑萎缩。

天上的冷子（方言，意为冰雹）打谁脑（指脑袋）上谁受（方言，意为接受）。如今当头一棒，打得一家人不知所措，万念俱灰。一心扑在田地里的父母，痛恨当初只顾养家糊口，忽视了儿子的发育和成长。母亲刘竹迎除了下地，还兼职当起村里的民办教师，想多收入一点给鹏飞看病问医。父亲刘福泰继续埋头种地，铁锨把儿上刻留着他磨出血泡的印儿，锄头翻过的地里流淌着他的热汗，还有无言的泪水。本以为儿子结婚，生儿育女，孙子健康活泼，可以享受天伦之乐了。但现在，种地干活挥汗如雨，疲倦后席地而睡，也忘不了他们的儿子丧失生活能力和劳动能力的事实。怜悯穿心，陪伴也许是最好的治愈。为脑萎缩的儿子带孩子成了两位老人的主要任务。2015 年识别低保贫困户，致贫原因是残疾无劳动能力的可以参加新农合和大病医保。把他列为贫困户，村里人毫无异议。

命运从来不问贫贱，不问富贵。"天不得时，日月无光；地不得时，草木不生；水不得时，风浪不平；人不得时，利运不通；昂米一家，从不得时。"这些话，鹏飞母亲叨叨得多，自言自语久之，竟变成了顺口溜。2016 年，鹏飞父亲刘福泰查出胃癌的消息，让一家人仅存的那么一丁点希望的小火苗也熄灭了。生活变本加厉地向刘竹迎讨债，她的精神几乎崩溃、坍塌。刘竹迎骂自己生不逢时，叫天天不应，叫地地不答。她哭着睡，醒了哭，梦里都寻着生活的梯子。左脚刚踩上，还没站稳，梦就醒了，梯子也不见了。她琢磨着，辞掉教师没了收入，做了教师自家农田要荒了，没粮吃啥？没钱喝啥？贫扎根，穷繁殖。她是有点文化的人，知道生活不养懒汉。还好女儿在榆林城里开起了理发馆，光景过得比哥哥鹏飞要敞亮一点，不添负担，偶尔给哥嫂还有所帮衬。刘竹迎与儿媳的肩膀上既扛着生活的压力，也架着生活的梯子，两个女人从此撑起家里的天。陕北女人坚韧不拔，穿过爱恨悲喜，把浑身的劲儿全使在了田地的锄头上、使在了缝补衣物的针线与顶针间。她们俩不再去追问是谁导演了这场戏，也不管戏的对白怎么无力，为了一家人的生活，婆媳二人余生做牛做马都愿意。

2017 年，结对帮扶干部——榆林市公安局刑警支队支队长马锐走进了刘鹏飞家。马锐大哥第一次从村里回来，日记本上这样记录着：贫困户刘鹏飞，乌镇刘家峁村村民，全家 4 口人，房屋 5 间，住房面积 150 平方米，耕地面积 8 亩，人均耕地面积 2 亩，家庭简单实用家具及生产用具基本齐全。现有主要劳动力 1 人，家庭经济收入主要依靠种植获取。户主：刘鹏飞，33 岁，小学文化程度，智障二级残疾。妻子：王红梅，33 岁，小学文化程度，在家务农。儿子：刘杰楷，10 岁，在乌镇中心小学就读，女儿：刘杰一，6 岁，在乌镇中心小学就读。面对鹏飞一家的过往和现状，因与刘鹏飞夫妇无法沟通交流，帮扶措施落实十分困难。

作为刑警支队支队长的马锐大哥，心里始终装的是保护群众生命财产安全。没有上下班，没有节假日，仅有的剩余精力本该给家人和自己，但现在他给了贫困户刘鹏飞一家。

刘鹏飞的两个孩子上学，母亲租房照看孩子，一年房租费 1500 元，马大哥掏腰包资助；鹏飞田地里长出的玉米、谷物等农产品除去自家所用，剩余的马大哥统统收购；马大哥东奔西跑，为刘鹏飞办理残疾证，申请残疾人困难补助 4600 元；为鹏飞家销售小米，收入 400 元；第一季度生产经营收入 620 元；低产枣树改造政府补贴 5000 元；给两个孩子争取教育帮扶补助 1750 元。中秋、春节等节日，马大哥带上月饼、米面油以及衣物去探望，并为孩子们送上压岁钱。通过驻村工作队、马大哥的结对帮扶和政策性补助，刘鹏飞家 2017 年收入达到 14070 元。

马锐的帮扶心得这样写道："消除贫困，实现全体人民的共同富裕，是中国特色社会主义现代化建设的根本目的，是社会主义的本质要求。""扶弱、济困自古以来是中华民族的传统美德，源远流长，体现了我党全心全意为人民服务的宗旨。"他说："通过结对帮扶，我深刻地认识到，精准扶贫工作，在做好物质上帮扶的同时，更重要的是要做好思想扶贫。生活困难的人在压力面前缺少信心，思想处在低谷，失去自立自强的精神，缺少长远打算和苦干创业的精神。首先帮他们挺直腰杆，思想先站起来，再鼓励他们克服困难，自力更生，不等不靠。输血不如造血！"好一句"输血不如造血"！马大哥点出了精准扶贫的精髓。后来，他的文章编印在《榆林市公安局结对帮扶专刊》被同人们传阅学习，大家内心由衷地敬佩。

为彻底改变刘鹏飞的贫困现状，加快脱贫致富步伐，根据省、市"联村联户、为民富民"行动有关文件要求，驻村工作队和村两委召开会议商讨刘鹏飞家的帮扶计划。我们先对致贫原因进行了分析：人均耕地面积少，种植品种单一，没有经济作物；家庭劳动力少，文化素质低，接受农业科技和新生事物的能力较弱，收入依靠种植或外出务工为主；家庭户主刘鹏飞常年患病，医药费压力大；两个孩子均年幼，拖累较重。针对原因，结合实际，我们与结对帮扶人马锐共同制订了合理的帮扶计划：不定期地为家庭成员进行心理疏导，帮助他们重塑信心；积极宣传低保、五保、粮食直补、农村合作医疗等各类优惠政策；给鹏飞进行医疗救助，办理相应的门诊慢性病补偿，减轻其日常医疗支出负担，防止因贫弃医；为两个孩子实施教育扶贫；赠送春耕化肥。结对帮扶干部马锐以及工作队经常入户了解其家庭的变化及发展情况，做到及时排除遇到的困难和问题。我们都明白，对刘鹏飞家的帮扶是一个长期的过程，不能一蹴而就，也不能靠单纯的输血解决贫困问题。之后几年结对帮扶的日子里，刘鹏飞享受着医疗救助、两个孩子享有教育扶贫，家里的粮食有了固定的帮销渠道，再加上鹏飞和妻子偶尔帮别人打杂，零零碎碎的收入加起来鹏飞家终于脱贫了。为防止其返贫，驻村工作队、村两委和马锐紧跟扶贫政策，时常鼓励鹏飞一家人。刘竹迎心里最明白不过，党的政策好，政府执行好，工作队关爱多，帮扶干部走动多。一封封感谢信写了又写，一句句感动话说了又说。

其实，早在2016年，马锐大哥就已结对帮扶佳县乌镇张家沟村张连东、张奴小和张月信。张连东是张家沟村村主任，因买车跑货运亏本致贫。马大哥用两天时间将连东的情况做了详细了解。沟通中得知他想建一个粉条加工厂。马大哥跑前跑后，帮助他在佳县政府以支持中小企业发展申请到10万元的起步资金，帮他迈出脱贫致富的第一步。后来，带动张奴小、张月信等贫困村民脱贫。张奴小一直在外打工，家里开销都靠他在外打工的收入支撑，加上小孩上学的费用较大，他的生活越发贫困。马大哥通过与佳县教育局对接，解决孩子上学费用问题，还开导他学新手艺，找到工资收入稳定的工作，帮助他渡过难关。张月信妻子常年有病，高额的医疗费用导致了他的贫困。马大哥为近80岁的老人申请了大病医保，并资助了部分医药费用。

马锐大哥不仅对贫困户刘鹏飞一家关怀备至，对驻村工作队也关爱有加。他在榆林买了新鲜蔬菜和水果、猪肉羊肉，来看望我们。脱贫攻坚路上的你我他，携手向前。

看人挑担不吃力，事非经过不知难。经历过，才知道。好人做好事——踏实！马锐大哥的踏实，在他帮助过的贫困户的心坎上，在驻村工作队的眼睛里，在老百姓的口碑中。

我把与红梅的合影照片送到她的手中，红梅把蒸好的红薯拿给我吃。鹏飞的父亲刘福泰递上了妻子刘竹迎写给马锐大哥和工作队的感谢信，我读着读着，感动的眼泪模糊了字迹。我才知道，他们制作锦旗送给马锐大哥，却被马大哥悄悄藏了起来。他们把信交给我，想让更多的人知道做了

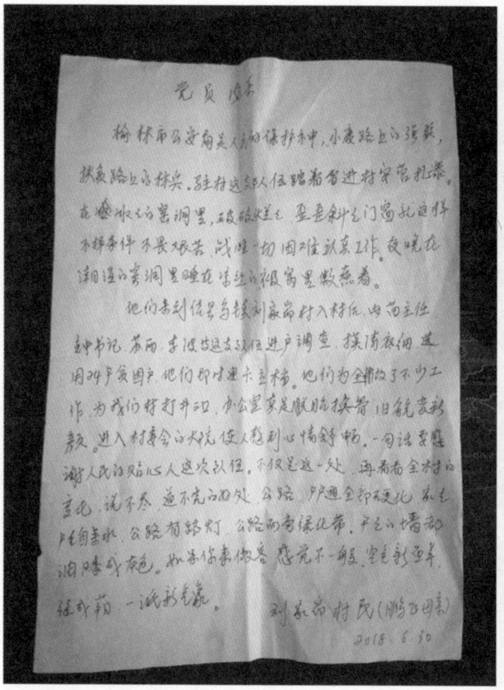

刘鹏飞母亲的感谢信，字里行间都是感动

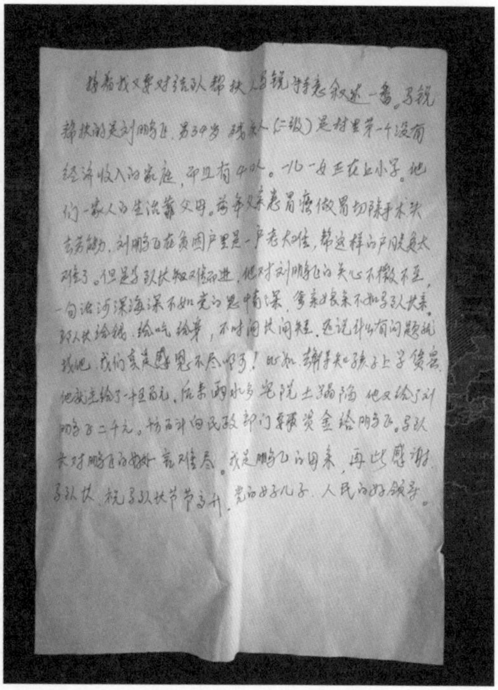

好事不留名的马锐支队长。我把信拍照微信发给马大哥，还准备发市局工作群记录展示。结果他说，留资料就好了，别发。我第一次自作主张、没听他的话，把照片发在工作群，收到点赞无数。

无奈是一阵风，吹到哪里哪里凉。2019 年刘鹏飞的妻子王红梅被鉴定为四级智力残疾。鹏飞和妻子双双智障，父亲做胃癌手术，两个孩子的亲情只能来自奶奶。刘竹迎用身体撑起全家的天，用不服输的精神铺就脚下的路。她额头深深浅浅的皱纹、掌心的死皮和渐渐驼着的背上，书写着人世间的悲喜剧。生活，到底该经历多深的痛才是终点，请给我答案。她说："鹏飞虽然脑萎缩，但个头大，有力气，干活儿没问题。红梅肯吃苦，既听话也懂事，这些年来，她虽然遭罪不少，但基本生活没问题。请政府放心，我们不拖大家的后腿。刘福泰手术后，恢复也不错，相信一家人的苦日子过去了，接下来迎接我们的只有好日子了。"

这是我听过最真诚、最朴素、最坚定的农民语言，也是我见过最坚强、最动人、最美丽的陕北母亲。

午饭后，太阳把黄土地照成金色，梯田也披上了轻纱，羊儿借道欢跑，村民拉牛碾糕米，老人端杯露笑颜，孩儿寒假满园跑。鹏飞的女儿刘杰一到我办公室的院子里玩，我一眼就认出了她。我拿出从家里带来的新被套让她挑。她挑了橙色花朵图案的给自己，挑了格子小熊的给哥哥刘杰楷。我想把一瓣坚强的心给精神残疾的鹏飞，留一瓣温柔的心给他的妻子红梅。我在心里合掌祈祷，愿孩子们盖着我送的被套，健康快乐地成长。我与竹迎大姐相对无言，我看她手里提着的葱和红薯，万分感动。任岁月冷暖，我们都心怀慈悲地活在这个世界上吧，藏着柔软，拥着感恩，只因所经过的每一天都是限量版的好光景。

幸福是什么？是我看见鹏飞和红梅开心地笑，是竹迎大姐梦里的梯子……燕子呢喃，庄稼满地，阳光明媚，轻风拂来。

刘懒汉蜕变记（上）

刘家峁村有个出了名的"懒汉"。他的窑洞坐落在村北头的小山峁上。窑洞门窗变形、窗纸被风吹得忽闪忽闪。今年的门帘上挂着去年的尘，前年的春联和去年的春联，一上一下，透着风吹日晒后老旧发黄的年味。窑洞里的墙皮被灶台的烟熏得乌黑、布满裂痕。裂缝间挂着的残缺的蜘蛛网，随着蒸汽一晃一晃的。土炕的东头乱七八糟堆着几个旧纸皮袋，黄的、白的、绿的。有化肥包装袋、面粉袋，有的字迹已磨得看不清了。搪瓷盆、不锈钢盆见底皆是污垢，横扣一个、竖趴一个。野广告宣传单自由地散在炕边，南北不分，东西不管。炕的西头是一床从不整理的被褥，早上起来是什么样子，晚上还是什么样子，主人的胖瘦只看被窝的大小形状便可知晓。家里最亮眼的是墙上塑料胶条粘贴的大红色精准脱贫贫困户明白卡。如果没有这抹红，我真的无法从窑里感觉到有人出没，整个窑洞看上去像一个荒着的老屋，没有一点温度。我找不到一件值钱的东西，连老鼠都搬家了。如果一定要找，是那个暖水瓶？不，也许是那口年久日深的黑色老缸。

"懒汉"家的户口本上只有"户主"姓名一栏有三个字：刘学山。学山无妻无子，孤家寡人一个。村里有人叫他"夹山"，也有人喊他"山"。他说他是自己的山，要学着做别人的山，所以取名叫刘学山。一个连电路接到家门口也懒得去接灯泡，宁愿摸黑过日子的人，怎么可能变成让别人依靠的山？要知道，他家里唯一的电器是那把老式手电筒。驻村工作队入户走访，四支队伍商讨帮扶计划，汇报市局扶贫领导小组办公室后，决定对其进行产业扶贫。王殿玺是榆林市公安局党委委员、政治部主任，作为市局精准扶贫工作领导小组办公室主任，他主动要求把村里最难"啃"的贫困户"懒汉"分给他结对帮扶。我们与学山沟通："你种植玉米，我们争取产业扶贫补助，局里给村民免费发化肥，政府代交合疗费，回头给你找份看大门的零活儿干，增加收入，还管吃住。趁你外出打工，我们再把窑洞给你拾掇拾掇，改造一下？"他听完扑哧一笑，连着摆手找借口说，自己年纪大了，怕给人家看不好大门，丢东落西，反倒被怪罪，遭罚款处置，惹是生非。王主任说："你不愿出去看大门，那干脆就在家好好种玉米、土豆，我帮你销售，咱慢慢脱贫，可行？"他一脸茫然，黝黑的皮肤褶皱间充满了冷漠。他吸了口烟，吭吭两声，漫不经心地挪了挪身子说："土豆够我一个人吃就行了，玉米那东西也卖不了几个钱，种什么种，老胳膊老腿都不好使唤了。我身无分文，却活得舒服着哩。"

　　学山没多少文化，小学毕业就开始了他的务农生涯，务了60来年的农，仍然是一人一被，一碗一筷。村里人劝他找老伴，他说找老婆麻烦，不如"一个人吃饱全家暖"自在。好姑娘看不上昂（我），不好的也不白跟咱，要穿金要戴银，咱没有。即使掏命挣来钱买些银子给娘们儿戴上，倘惹人家跟上能给金子的人跑了怎么办？上哪去寻？找个二婚带孩儿的吧，怕担不起那责，说话还得对付着娃娃们，轻重不好拿捏，到头来白出些力。嗨，不想操这心，以前没找伴儿，以后也不打算找了，黄土埋到脖子上的人，不当这种糊脑尻（方言，意为傻瓜），快停停身给阵（方言，意为快安静

刘学山的旧屋

刘学山的新屋

地待会儿）……他讲起话来一套一套的，说起理儿也头头是道。既像一个看破红尘、撕碎流年的出家人，又似一个没心没肺的老玩主。顽固得让你没有丝毫与他做任何交流的想法了。村干部无奈地苦笑着，真没什么话可回应，驻村干部帮扶的热心也被他凉了大半截，我不禁打了个寒战，大家淹没在压抑的安静中。

破旧的院子，杂草丛生。学山默默地吸着烟，烟圈在春天的空气中随风晃动，脚下开了洞的鞋子，仿佛在风中诉说着过往辛酸。他深吸了一口气，抹了把鼻涕笑着说："人老了，鼻涕也经管不住。"然而，王主任却没有一丝埋怨，他一句话也不说，只给学山点了根烟。学山的烟抽完了，王主任继续递烟但不说话。太阳顶头了，烟抽了半包，见王主任半晌仍不开口说话，学山急了，不耐烦地说："你快不要扶昂（我）了，有吃有喝就行，不贫不困，甚也不缺，甚也做不了！"王主任闭口不谈扶贫的事，掐了烟头，同学山讲起了他儿时在山上放羊的趣事。多年搞思想政治工作的王主任办法还是多，一听聊农事，都是家常话，学山终于打开话匣子，也同王主任讲起了他的故事。

学山的父亲去世早，母亲成了家里的顶梁柱。六个孩子的吃喝拉撒全靠母亲种地、纺线织布、捡干草、摘野果来维持。物资匮乏的年代，吃饱穿暖是奢侈的事儿，上顿有饭，下顿有汤便是好日子。学山有3个哥哥、2个姐姐，他是老幺。一家7口人挤一孔窑，一盘炕上睡7个人。母亲夜里挨个儿抚摸六个孩子的额头，数地上孩子们的鞋子，流了多少泪，兄弟姐妹都装作没看见。父亲走了天就塌了，他们再也没有大声说过话，肚子饿了就睡觉，梦里有白面馍馍吃，还有挂面汤喝。村里人打劝母亲再嫁，多一个人帮衬，但她都婉言谢绝了好意。她说，牛大腿和羊小腿拧不到一起，家里孩儿多淘气，怕挨后老子（继父）的打。

学山的母亲是个要强的人，很少麻烦别人，纺线线的车越转越快，地里的锄铲越动越有劲，幸好，大哥二哥已渐渐成年，为母亲分担家务与农活。穷人的孩子早当家，大哥娶了媳妇，在村子的西头打了孔土窑算是安了家。政府招收铁路工人的消息传来了，村里人看他家日子实在恓惶，就救济照顾刘家老二当工人。当了工人挣工资，姑娘们排队找能吃公家饭的丈夫，媳妇也好娶，母亲喜出望外。一年后，两个姐姐成年，早早便嫁了人，三哥也成了家。学山的母亲算是熬出来了，对着学山父亲的墓碑说，五个孩儿都成家了，就剩个老生生（方言，意为老幺）吃饭不是大问题了。

学山小时候的棉衣裤都是哥哥姐姐穿剩的，好一点儿的衣裤母亲陪嫁给了两个女儿。三个哥哥当年轮换穿旧的衣裤早磨成了破布，母亲将它们打成了袼褙做成布鞋、鞋垫。到春天换单衣时，母亲把学山身上的棉衣拆开，挖出棉花，一夜缝合给学山改成单衣穿。到了冬天，母亲连夜把存放两季的棉花再次装入单衣里，第二天早上棉袄又缝回来了。从春到冬，学山就那一身衣服念完了小学。贫穷的童年记忆里，学山与兄弟姐妹都是听话的孩子，没爸的孩子胆更小，既不多事也不多嘴，省着劲帮母亲干活，守本分一心一意和母亲过日子。母亲一个人把六个孩子拉扯大，算是刘家族人的大功臣。但母亲早年独挑重担、积劳成疾，晚年陪伴相处最多的是老幺学山了。学山一直未婚，也许有此原因。尘归尘，土归土，没有悲伤，只是思念。学山的母亲终是与埋在黄土里的父亲团圆了。

学山习惯了一个人的生活，农忙时，他偶尔去姐姐家帮忙，但过不了几天他就不愿待了，姐姐老管教他，听着烦，还是觉得在自家的"老窝"里自在。在哥哥家小住几日，亲人多说几句关心的话，他也听着别扭。亲情在他这里渐渐变得寡淡，晚睡早起没人管，想吃就吃，想喝就喝，自然养成了自由散漫的生活习惯，独来独往，一个人哭一个人笑……学山讲这些过往的时候，仰头一声笑，但笑里藏着些无奈。印象中的刘学山，去镇上赶集只是为了买烟买酒。午后他喜欢蹲在地上看老伙计们捉老麻子、下棋。偶尔遇到两口子打架的，他嘴里愤愤地叨叨着："打到的媳妇揉到的面，打！打！好媳妇是打出来的！"

时间可以包容一切，掐烟、点烟，或沉默不语，或滔滔不绝，王主任和学山聊着天，抽着烟，一包烟的工夫很快也过去了。从前来学山家总觉得时间过得很慢，但今天，时间就在抬头与低头间溜走了。主任知他喝酒抽烟身懒，便将"计"就"计"。临别的时候，掏出200元给学山，让他买烟抽，安顿他少喝酒，不给自己"身体"惹事，不给村里添乱。学山死活不接，推搡拒绝。王主任说，这不是帮扶，是给老哥的烟火钱！男人嘛，你抽我的烟，我也抽你的烟嘛……晚春的一个周末，我与王主任提着米面油又来到学山家。一进门王主任就说："学山，我回家来了。"学山正蒙被睡大觉，听见王主任的声音，忙从炕上爬起来，趿拉起鞋。王主任环顾四周，门窗还是那门窗，炕上破破烂烂，零七八碎一大堆，地上杂物乱放，连个站脚的地儿也腾不出。他边帮学山收拾屋子边对学山说："学山，你看咱家里乱七八糟，我回家来，都没地方坐。等天稍暖和一些，我帮你把房子翻新一下吧。"学山一怔，打个踉跄，疑惑地看着我们。没了之前的麻木和冷漠，从炕头开了包烟递给王主任，拿了洋瓷碗给我们倒水。他把地上的纸片捡起来整理，"家里烧柴火，少不了这些零零碎碎的纸片片点火。"说着把大一点的厚纸片撕成小块，放在灶炉旁边。也许，他想把从前的不礼貌撕掉吧。他缩颈低头，两只手在头上乱抓，乱糟糟的头发里头皮屑全抖出来了，一脸歉意，再没有吱声。

之后的日子，王主任忙局机关年度考核的事情，就委派我们上门"观察"他的动向。他经常打电话给学山，适时调整扶贫思路。学山仍然不同意整年外出打工，但他一直记着王主任给他的200元钱，他不愿意欠人情。他告诉我，临近腊月，准备上山打野兔给主任吃。我和晓健多次劝说旧房改造的事儿，他也没有回应。刘希东是村主任，离学山家不远，做了饭好心喊他过来吃，他还执拗得不行。希东妈妈摊鸡蛋饼送家里去，学山一定要在希东家找点活儿干完才吃掉鸡蛋饼。其实，学山他是个不爱占便宜的"硬汉"呢，如果喊他帮忙掏土犁地，他干完活儿才愿意端起碗吃你家的饭。村里的人心都好，知他一个人，也喜欢叫他干活，这样他就不用在家做饭了，添一双筷子的事儿。他不想离开村子，他喜欢在自家的窝里待着。那只学山给它喂食的野猫已成家猫，家里烧暖了炕，冬天的时候，老猫卧在炕沿陪着他。

我在想，到底是学山早就看穿了生活的本来面目还是他习惯了这样的贫穷？他理想中的幸福就停留在一汤一米之间？他想象中的幸福模样是什么？幸福味道又是什么呢？这些年，他经历了什么？他到底想要什么呢？也许，只有门道猫洞里出入的猫知道。也许，还有天上飘着的几朵云知道。回头再看看学山那张沟壑一般沧桑的脸，生命变得真实又虚幻。看来，阳光四溢的天空也照不亮学山的心。我不敢对学山咬牙切齿，只有感慨万千。很多东西，一如既往地重要，也不再言说。如果生活可以重新设计，我想给学山设计一个温暖的家。爱妻陪伴，膝下子女围绕，养鸡种粮，遛狗喂猫。厚实的土地，整洁的院子。

如果只是如果，莫非他早就释然了"人前一杯酒，各自饮完。人后一片海，独自上岸"？有了半杯酒便再无贪图，不强求幸福且暗自庆幸孤独？一连串的问号在我的脑海中回旋。如果真是这样，我只有一个愿望：祈祷他是深海里那条只有七秒记忆的鱼，一条自由自在游泳的鱼……

 刘懒汉蜕变记（中）

　　夏夜月光溶溶，照得人心也跟着发亮。驻村地办公室房顶的灯，如外面天空悬着的明月。我们仍然为刘学山不同意旧房改造的事情发愁。到2020年稳定实现扶贫对象"两不愁三保障"，是中央确定的目标（"两不愁"即不愁吃、不愁穿，"三保障"即义务教育、基本医疗、住房安全有保障）。刘学山2017年纳入低保户，吃穿不是大问题，一个人种粮够一个人吃，四季换洗的薄厚衣服也都有。显然，他已经不属于义务教育序列，平时很少生病，市公安局为刘家峁村村民购买医保。学山现在住的房间，安全有隐患，住房安全达不了标，他就永远也脱不了贫。无论我们怎么心急，怎么想办法，他就是不表态。想到下午王殿玺主任打电话说周末再来村里说服学山，我们既不好意思面对他，也不好向政府交卷，看着学山的房子，实在是"惨不忍睹"。

　　去学山家的路上，王主任告诉我们，你们想办法一定要让学山多开口说话，多说话咱就能知道他心里的需求。像咱们平时办案一样，你越不说话，对方越着急。说白了，咱们要打的是心理战术仗呢！我们相视一笑，豁然开朗。王主任当初组建驻村工作队的时候，就叮嘱过"农村是块大天地，基层最锻炼人，要学会说农民话、做农民事。可不敢认为他们落后，他们落后的只是生活条件。农民的智慧全是经历出来的"。这些话，我一直铭记在心。

前几年我当工作队队长的时候，工作中一遇到难题就向王主任请教求支招。王主任总说同一句话：多走、多听、多思，没有调研就没有发言权。正如他所说的那样，平时局机关工作繁忙，开会也多，接、打电话的时间都少得可怜。他只能抽周末时间来村里调研、检查。除了学山家，他还随机去别的农户家走访。一来了解村民对驻村工作队工作情况的反馈，二来了解民情民意。他先听汇报，再去征求村民意见。所以，我们不怕检查。检查多、问题多，整改也多，业务能力提高快、经得起检查，工作自然务实。2016 年，王主任曾在佳县脱贫攻坚考核总结会上代表先进驻村单位做经验介绍，会后市级驻佳县扶贫单位还向他请教，他的回答很简单：走访、再走访，检查、再检查。每每我取得荣誉的时候，王主任那句"成绩不说跑不了，问题不说走不了"经常提醒着我。他还说，幸福的确是奋斗出来的，坚冰深处春水生。每每我面对无奈的时候，他的话总能默默激励着我。

局领导体恤工作队的难处，王主任也曾受过风湿的害，怕几年下来让我们患了风湿病。所以，他筹措资金为我们修起了彩钢房，安了空调，改造了厨房。不管是炎热的午后，还是寒冷的早晨，王主任频繁出现在村里基础设施项目、修路、打井、补坝现场，出现在年度汇报总结的会议室、访贫问苦的农户家中。村子的经济收入、贫困户的困难、庄稼的收成、驻村工作队的生活，他都熟知于心，时常用行动暖着大家的心。王主任在刘学山那里，是最好的倾听者，很少发表意见。等他做决定安排工作的时候，我们打心眼里服他。

这次来到学山家他还是不说话，开始动手了。掀开被子、翻开褥子，

赵星谭（右一）、叶嘉宜（左一）　　赵星谭与叶嘉宜给刘学山送"福"字
与刘学山（中）合影

第一任结对帮扶干部王殿玺为刘学山赠送相框　　第二任结对帮扶干部杨睿平看望刘学山

揭开锅盖、打开纸箱。"中午吃甚呀，夹山？"学山一笑："嘿，你还知道我的小名了？"王主任说："我甚也知道了。兔子呢？咱一起做肉吃呀！你看，家里坐处也没有，一锅一灶、一盆一碗、一勺一筷，哪有条件请我吃肉呢？"王主任当着学山的面儿说："你们几个赶紧的，明天就开始买锅办灶，改造房子，修好我还要住呢！"随后，王主任又递烟给学山点上，拍着肩膀说："你看人家这些娃娃也不容易，放着家里的舒适条件，抛家弃子地来到你们刘家峁村，么（没）明么（没）黑地为你们出力，也没少跑咱家吧？房子收拾好，我们给你暖窑来，咱喝酒吃肉。"学山再也不好意思回绝主任和驻村工作队的一片诚意了。

盛夏，乡村的清晨没有城市里那么炎热，听着鸟叫，嗅着清风，学山也不睡懒觉了。他每天早早起床看着工队为他修缮房屋。午饭后，我们去他家核算第二季度收入，带话给学山，王主任又要来看望他，并查看施工情况。听说王主任要来，他急急忙忙从院子里取下洗晾干净的衣服换上，他想穿得干干净净去见王主任。听着王主任的脚步声近了，他从院儿里走出来递烟迎接。王主任说他最近肺部发炎咳嗽，不敢抽烟，并劝学山以后也少抽烟。学山说："么（没）事，咳嗽是好事，把痰都排出来了。"说着便哈哈大笑起来。看着学山终于换上干净衣服，主任笑着说，看夹山终于舍得换衣服了！学山回："你的衣裳白得耀人眼，我能不换了？"

学山终于愿意主动和王主任谈心了，互相都留了电话号码。攀谈中，王主任得知学山吃水不方便，立即派晓健书记统计周围饮水户，安排打水窖。几天后，他给学山打电话："工作队看得把水窖打好后，我立马给你压管接水。"看着王主任又是联系修缮窑洞的塑料扣板，又是安排打水窖，学山终于坐不住了，他主动买来水泥、沙石自己动手改造，他的姐姐也来帮他做饭打理家务。王主任看到学山的手被水泥腐蚀溃疡，又托村主任帮忙找来工队，加快完成旧房改造。趁天热风头大，窑洞干得快，他可早日入住。临别时，王主任掏出 1000 元现金交给学山，让他购置生活日用品。学山再也没有拒绝，他懂得这些钱背后的感情，明白了生活的美好是付出与感恩。他想用自己的行动，用自己的改变来答谢王主任的真情。

入秋了，旧房换新颜。房间内还添置了"四大件"：冰箱、洗衣机、电视、电饭锅。学山住在新房间里说："我要去山上'套'些野味，请王主任回家来，咱们暖窑时候吃，你们驻村工作队的人也都要来！我现在每天要扫院子，收拾家，不能再让新家具落灰了，再不勤快，就是给王主任脸上'抹黑'呢！"王主任虽然是市局领导，但他从来没有因为分到这样的贫困户而有半句埋怨，为人和蔼可亲，善良友爱。他穿梭在贫困户与单位之间，放弃了周末的休息时间，来看望帮扶户和驻村工作队。他用真诚感动刘学山，使贫困户从思想上有了转变，从被动到主动，从懒惰到勤快。王主任一次性结清了 6500 元改造房屋、打水窖的工程款，还为学山找到了保洁员的工作，并告诉学山有困难就找他。晓之以理，动之以情，王主任用真诚、宽容、理解和友爱打动了刘学山，也激励着他身边的每一个人。

我总觉得刘学山像他地里种的卷心菜，裹在外面的，是没心没肺的碧绿，孤独的滋味只有他自己知道，当你一层一层地剥开后，才能看到他细腻如水的内心。

2017 年农历腊月二十九，我与同学贺继慧带着各自的孩子来到村里。城里长大的孩子，不缺吃、不缺穿，出行有车，冷热有空调，他们眼里的贫穷皆在书上、电影电视中。他们无法想象，城里的一杯果汁、一杯星巴克、一张电影票、一支润唇膏，在农村竟然买一袋面和米；他们无法想象，贫困户年人均纯收入低于 3075 元，只是脚上的三双运动鞋。女儿童童刚上高一，贺继慧的儿子豆豆是大一的学生。我和继慧早想带孩子到村里看看现实版的"贫困"，体验生活。那天早上，孩子们用各自的压岁钱买来牛奶、饼干、烤馍片和春节零食大礼包，塞满了车子的后备厢。

童童半年前的暑假曾到过村里，这次她像是带有目的一样，这瞅瞅那看看，掏出手机拍个不停，观察村子的变化。豆豆是第一次来村里，一切都是新奇的、不可想象的。跟他讲村里的故事时，要么低头不语，紧咬嘴唇，要么发出"哦，天哪"。我带孩子们看学山原来的住处时，他们透过烂了的窗户纸看窑里的情形，他们屏住呼吸站在寒冬的旧门破窗前，贫被看得雪清，穷被记在心里。童童和豆豆习惯于都市宽阔的大道，却不曾走过只有一双脚宽的羊肠小道。孩子们确实受到了触动，并不介意鞋面沾的尘土，不在乎落满全身的灰。看着他们小心翼翼挪脚走的样子，着实可爱。

孩子们送上新年的礼物，贺继慧拿出一些旧衣物，满满地放了一炕头。学山没有想到的是，腊月二十九，竟然有两个城里娃娃专程来看望他，唱《草原上升起不落的太阳》《隐形的翅膀》给他听。女儿将写好的"福"字捧在手里递给学山时，学山眼泪汪汪，这是我第一次看见他眼中的泪。窑洞里一切瞬间都静止了，只有地上的那只猫在喵喵叫。学山把"儿孙满堂"体会了个仔细，左看看豆豆，嘴里不停叨叨：胖个楚楚好小小（男孩），右看看童童，夸她长得"标致"、俊个蛋蛋。"昂（我）的窑里还一直么拉（没）来过娃娃。么（没）想到，昂（我）刘学山还有这么一天了？！"昨日孤零零一个，今天孩儿一左一右，学山脸上从不曾有过的笑容，明媚了寒冬，也感染了众人。出门前，学山提着一大包核桃塞在孩子们手里叮嘱：昂（我）么（没）甚给你们的，这是自己种的，吃核桃补脑，学习可是费脑哩！穿白羽绒的童童和黑棉衣的豆豆搀扶着学山老人在院子里合影留念，朴素的冬日里，像是点点素墨描摹着光阴、描摹着冷风。

冬日虽寒，我心尤暖。

 ## 刘懒汉蜕变记（下）

　　红黍饭盛在碗里的时候，天上的老黄风格涌涌地送来黑云一片。快下雨了，我放下碗，出门收了院里晾晒的衣服和被褥。学山扛着铁锨手提一袋玉米送到我办公室，他脚上裂口子的鞋终于换成了"耐克"运动鞋。我指着鞋，"舍得换新鞋了？还穿名牌了？"他摸摸头憨笑："名牌不名牌，嘻不哈（方言，意为不懂），你们给的旧的也是好的！那烂鞋（方言读hai）夏天凉快呀，不买凉鞋嘛！地里干活新鞋糟蹋了！玉米才掰的，新鲜着呢，你赶紧煮得吃了！"正说笑着，我的电话铃响了，学山嘿嘿一笑："咦，歌儿还好听了！"电话是同学贺继慧打来的："没想到豆豆寒假到村里体验生活收获大了，他撰写的《贫乡记事——刘家峁村扶贫考察报告》获系主任大赞，校园公众号都刊发了。"

　　豆豆在吉林大学读哲学专业。此次乡村行，对他触动颇大。返回榆林的路上，继慧让我歇着，她是司机，我坐副驾。我和豆豆随意聊天，也想了解他此行的感受："豆儿，感觉怎么样？"他用食指扶了扶架在鼻梁上的黑色眼镜："苏阿姨，学山大爷牛啊，身外是'自然之道'、不修边幅，衣服挡风避寒；心内是'流动的水'，温润如溪，冷暖不偏不倚！"我拧了拧自己的耳朵、摸了摸耳垂。如果不是亲耳听到，我真不敢相信，这是大学一年级学生说的话。豆豆将中国传统哲学的"道"和西方哲学的"爱智"完美结合，独特的思维模式，真让我这老阿姨自叹弗如。老话说"长江后浪推前浪"，我说"前浪死在沙滩上"，心坎四个字直蹦：后生可畏。想想他写出备受学院关注的调研文章，一点也不惊讶了。但继慧与我分享孩子成长蜕变的喜悦时，我没有按捺住成年人该有的稳重，扯着嗓子在房间里欢呼。兴奋地给学山说："豆豆好娃娃，喜事、喜事，豆豆获奖了！"学山做出很不配合的慢腾腾。他抿了抿嘴嘟囔："你家的也不赖！"我当真是窃喜着，昨晚上童童给我发来微信，寒假刘家峁乡村社会实践的报告也受到学校老师表扬。看来这俩孩子当初"各怀鬼胎""各有所谋"！

　　学山比以往又勤快了许多。村里的个人卫生责任区打扫得干干净净，从来不需要我们提醒。他说："牌牌上写着昂（我）的名字，地上脏了，让人一下（方言读 ha，意为看）就晓得是'懒汉'刘学山，丢人了！"新的驻地办公室平房盖好了，他张罗着大伙儿齐上阵来帮忙。他从彩钢房里把办公室用品、生活灶具、桌椅板凳……一件一件用绳子捆好、背上，来来回回无数次。拆旧的、装新的，墙上打钉子、院里撑铁丝、清理杂草、收拾杂物。我在镇上买来镜子不会安装，他叫了隔壁的秀举帮忙一起安好镜子。秀举找来膨胀螺丝，学山举着镜子，边安边说："男人不用镜子，女人爱美，房子真不能没有镜子！"村里召集村民大会，他再也不会最后一个到场，早早来到办公室看有啥活儿可干。2018 年 6 月，在"刘家峁村讲文明、树新风、争先进、当模范"评比活动中，刘学山被评为"季度卫生奖"。10 月，刘学山又被评为刘家峁村"脱贫模范"。这是他第一次拿着"红本本"站在领奖台上，"红本本"如今在他家里最显眼的地方摆着，他的"懒汉"绰号也从此消失了。

刘学山

我也从没有吝啬过鼓励和信任学山。与他聊天，我有意识地说一些话，尽量不让他察觉："过去的苦难和不顺遂，咱不怪罪，没几个人顺溜的；现在社会好了，政策好了，但家家有本难念的经，还有人过得不顺心。你看你，睡到自然醒，饿了有米面油下锅，渴了自来水龙头一拧，大碗接大口喝。顺其自然过光景（过日子）就是你最好的生活。"学山点着头，端起茶缸，憨憨地笑着。中秋节时，我从家里带了月饼、面包和水果送到学山家。他推搡，"昂（我）老了，你们年轻人负担重，更需要营养，放下你们慢慢吃么！"送我出门时，我看见女儿写给他的"福"字还在门窗上贴着。他急忙说，娃娃写的，我不舍得揭掉。之后的每一个春节，我写好春联给他送去时，女儿也一定会写"福"字送给刘大爷。我偶尔也会不打招呼进院子看他做饭、清理家的样子，给他留些影像资料。上次送他相框时，他说那是最金贵的礼物，他从来都没有照过相。后来，我只要看到他时，就掏出手机给他拍照。吃饭的、走路的、闲聊的、抽烟的、获奖的……后来，我把照片整理做成影集送他时，他端着看了半天说了一句话："尔格（如今）不看，工作队走了，我则么好好想你们也！"前几日，我把给他拍摄的小视频用手机简单编辑，等下次见到他时，看他在"微电影"里的样子。

　　2019年5月20日，因工作需要，刘学山的结对帮扶人调整为榆林市公安局综合执法特勤支队支队长杨睿平。那天，新上任的政治部主任史克兢召集结对帮扶干部和驻村工作队专题学习了市委印发《关于深入开展问题整改全面提高脱贫质量的意见》，陕西省人大常委会副主任、榆林市委书记戴征社在全市脱贫攻坚工作推进暨考核整改部署会议的重要讲话，还有市政府党组成员、市扶贫办主任王志强在全市脱贫攻坚问题整改专题会议上的讲话。史主任明确要求：《意见》和讲话，是当前及今后一段时期，推进工作的重要制度保障。新调整的结对帮扶干部要迅速进入角色，与贫

161

第四章　穷若是病，爱可以治

困户多沟通、多互动，驻村工作队继续保持良好的工作作风，加大帮扶力度，确保市局脱贫攻坚工作再上新高。当天的会议结束后，我们便带着厚厚一沓学习资料，匆匆返回村里。整改任务多、时间紧，立马召集村民，要学习新政策、新要求。杨支队很热心，出门时，他加了我的微信，做点准备想一半天就去村里看望他的结对帮扶户刘学山，让我发地址位置。

第二天，杨支队像走亲戚一样，米面油带齐还不忘大包小包。他留了学山的电话号码，打开冰箱看，揭开锅灶瞅，炕上瞧瞧，地上望望。走出门，窑上窑下，环顾半天。从那天起，杨支队看学山比他回府谷老家看父母的次数都多了。下乡办案后，他拐弯来村里，难得的周末时光也给了学山的午后和日暮。仅仅半年，杨支队风里来，雨地里走，找亲戚、联络同学，想方设法，把学山家的窑洞脑畔垫土做了防水，整院铺砖，还把旁边的两孔小窑也翻新了。学山对着新安装的不锈钢大门，照见了自己的人影影，笑容从心而来。村里人看着学山家整洁的院落，都说学山好福气。王主任、杨支队把能做的都做完了，富贵门也给你安上了，再做甚呀！让工作队的娃娃们给你介绍个老婆就圆满了！学山说话的声音终于大了起来："没有王主任，我还在沟里住着了，哪可能搬在山上了。没有杨支队，我的大门安不上，院里的砖也铺不上。他俩哪都好，就一个共同毛病（方言读 bi），早起饭不吃、晌午饭也不进，急得昂（我）来……老婆？老婆则是不找了，谁说也么（没）用！"大伙儿笑成一团。

刚入夏，我患了急性肠炎去镇上看医生。碰巧遇到学山在镇上买烟。他给我一偏方，把蒜烧热烤熟吃了管用。我刚回到办公室一会儿，他就拿蒜给我送来。我做了西红柿鸡蛋面片正准备端碗，看他进屋，便邀请他一起吃。他担心面片不够，扒拉了刚盖住碗底的几片面。我拿着笊篱多舀一些面片在他碗里，又加了一勺西红柿鸡蛋打卤。他边吃边推，直说够了够了。吃完面，他盛了碗面汤说，这是他第一次吃城里人做的饭，真香。我的眼泪突然不听我的话，吧嗒吧嗒落到了碗沿上。我转身抹了眼泪，去找炒锅，试着他的方子。锅烧热，干烧蒜，蒜味在厨房弥漫。学山打了个饱嗝，放下碗说，今天是吃美喝美了！烧蒜治拉肚子之妙，不信你看着！我嗯了一声，想，一定会的。

学山不是小心翼翼过日子的那种人，他对一切都持无所谓的态度，无所谓也是他的无所畏。我不具备他这样的无畏与豁达。"穷富不当紧，么（没）毛病（方言读 bi）就好。"他漫不经心的言语里总蕴含着丰富的人生哲理。"活得太清楚，反倒是最大的不明白。"没错，学山就是院里的那颗卷心菜，外面包裹的是没心没肺的碧绿，即使时间放久卷层干皮出来，但菜心依旧是温润如水的。秋去冬来，学山依然一个人拿着扫帚边扫边行，走在冰雪覆盖的大地，身后的脚印迅速被风雪吞噬。雪下得太厚了，扫把干脆扛在肩上，换成铁铲。学山一边走一边回着头："周末千万不要忙得回，雪太大，山路不好走，好好在村里待着，家里有洋芋，回头打两只野兔收拾干净给你们送来！"

冬去春来，学山继续抡起镬头锄头，在田野里翻着他的一亩三分田。每次看到那微微驼着的背、饱含着辛酸和奔波的背影，都让我有一丝丝无名的疼与痛。学山很少大喜大悲。有时，别人的欢乐会变成一种他不愿意品尝的痛苦；偶尔，旁人的疾苦也有可能成为他不情愿感受的快乐。兜兜转转的六年时光里，他充满矛盾、复杂的神情时常令我冰冻愉悦，也随时融化悲痛。什么是幸福？也许，他从未品尝过。也许，就在他的慢慢悠悠和破破烂烂里。他的幸福不是席梦思床，也不是蚕丝被褥，是那块草席、毛毡、粗布炕单，那里有他童年所有的温暖与回忆。少年时代的生活经历，曾让学山养成胆小、怕事的性格，他从不害人也不主动帮人。成年后的他，发现一个人生活也蛮不错，不用看谁的眼色，不用为了谁而委屈自己，得过且过、无拘无束，就是一直滋养他的小幸福。

　　览尽风雨苦亦甜。屋顶的雪化成雨滴下，天上的云飘过露出的那抹蓝，我看见了，我相信学山也都看见了。"爱出者爱返，福往者福来"。无论是王殿玺主任还是杨睿平支队长，他们与刘学山结对帮扶的这段时光里，泥土的芬芳和富饶还原了，心底的踏实与欣慰也再现了。精准扶贫是对生命的帮扶，是土地与人的感情，是流经佳县的黄河水与人的感情。大爱无言也无疆，每个人的善良与真诚都在时间的长河里温情流淌着……今天是世界微笑日，我给学山打了电话，说怎最近不见你了。他说："昂（我）尔格（方言，意为现在）咋是活成人了，有了不锈钢大门，走上两三月，院子安全，也不担心牲灵（牲畜）糟践，最近咱切搅（方言，意为来往）得少，我去姐姐家帮外甥做事去了，一两天回来咱们见昂。"学山笑声里的故事，从来没有完结，就像我们的生活，每天都有喜悦与惆怅在更新。但在光影交错的记忆里，学山深邃且豁达的眼睛，也许是我们每个人永远追随的星辰。

穷若是病，爱可以治（上）

刘付生是乌镇刘家峁村贫困户中最苦的，给他捐助一座金山也没人眼红。村里人都这么说。

刘付生于 1951 年农历正月二十七出生在佳县乌镇刘家峁村，有两个姐姐，一个弟弟。4 岁时他罹患小儿麻痹症，还没有来得及长大，却要在后遗症右脚内翻足、靠脚背走路的肢体残疾中度过一生。27 岁时母亲病故，十年后，父亲也离他而去。可是命运从来不问主人是否有能力再接受更大的伤害，小他 4 岁的弟弟因病抢救无效离开了人世。刘付生的大姐嫁到乌镇拓家硷村，没过几年病魔也夺走了她的生命。惨剧不断发生，在刘付生的记忆里，天是灰的，树是灰的，连门窗上糊着的纸也是灰的。在幸存的姐弟二人世界里，只有对疾病的恐惧。他们唯一的奢望是，活着。

1997 年 3 月，46 岁的刘付生与佳县官庄乡贺家沙玛村小他 7 岁的贺女子结婚。贺女子幼年时因脑炎治疗不及时，导致精神残疾。农村人的谋生手段比较单一，种地是他们主要维系生活的方式。刘付生虽然身体残疾，但干农活早已是家常便饭了。红薯土豆什么时候种，玉米谷子高粱啥时候收，都在日出月升、风起雨落的观察与摸索中无师自通。贺女子智力障碍，但腿脚利索，行动自如，结束了风一样的四处流浪，嫁给付生总算有个归宿。原来的混口饭吃是她最基本的需求，现在浑身的力气使在农田农活，女儿身干男人活，并没有难倒贺女子，为付生搭把下手没一点问题。

每个家庭都有各自的过法，他们的活法离不开农耕。起床下地，归来歇息，吃饭睡觉，只为活着。尽管新世纪到来，全世界人民着盛装饮美酒举杯共庆，但刘付生与贺女子的生活似乎还停留在旧社会。他们当下的日子，无非是锅上放木叉，叉上坐瓷盆，蒸玉米馒头，玉米糁熬饭。过"好"日子，大概是有饭吃，不问饱；有衣穿，不问暖；有屋圪蹴，只求避雨挡风。而理想中最好的日子，该是活着且不生病。他们习惯了贫穷，经历着沧桑，接受命运，从没听说过"富裕"二字。就连脑畔上那棵杏树也低着头，靠天地雨露生养的枝头开不了几朵花，自然也挂不了几颗杏子。两个苦命人，白天下地干活务农，像被风吹落的杏花瓣飘零在厚重的黄土地，偶尔再被一阵风吹得满地扑腾；夜晚抱团相互取暖，似暴雨洗礼、摇摇欲坠挂在枝干的两颗连头枣，要掉一起掉。他们的爱情，是寒冰融化的无声温暖，是人生百态的独自品味，是历经艰难坎坷后的柔软与倔强。

2005年农历五月端午，刘付生的儿子刘峰出生了。贺女子精神残疾，只管生，不负责养。抚养孩子的任务落在付生一个人的身上。幸好乌镇古城村有个叫"敦儿"的年轻人每天到刘家峁村送牛奶。从每斤一块二毛钱喝到每斤两块钱，付生费了好大的劲，不知道攒多少卖粮的钱。但穷人家的孩子生命力顽强亦旺盛。峰儿从小听话懂事，聪明伶俐，只要有牛奶喝、有面糊糊吃，他就不哭不闹，一个人睡、一个人玩儿。2009年农历九月十五日，刘峰的妹妹刘媛出生了。小姑娘生得俊俏，高鼻梁、大眼睛，像个洋娃娃。村里人说付生好福气，一儿一女活神仙。可付生的内心，喜愁相伴。喜的是，中年得子又得女；愁的是，不见细粮、只有粗粮的日子已

刘付生家的旧房

刘付生家的新房

经不能保障一家四口人的基本生活。他照顾了孩子，就照顾不了地里的庄稼和家中的妻子。因为没有固定的生活来源，常常是吃了上顿没下顿。昨天面糊就黄瓜，今天挂面煮白菜，没油水的饭吃了饿得快，为了省饭他减少活动。可娃娃们只顾跑跳，饿了要吃，渴了要喝，不能在成长发育期让兄妹俩食不果腹。白天他是强作欢颜的奶爸，夜里他是黯然神伤的孤魂。一个男人从未有过的自责和愧疚在付生内心深处打了99个死死的结。

我第一次见到刘付生，是2014年的秋天。杂草丛生的小院里唯有那一棵枣树叶绿得欢实。贺女子外出未归，9岁的峰儿与5岁的妹妹媛媛用一根木棍抬着一筐秋玉米从田里喘着粗气回来。两个孩子晒红的脸颊透着灵气，满足地将"收成"一箩筐倒在地上，正准备拾掇再去第二次"秋收"。付生说，孩儿们都长大了，能帮着下地干活了。那天归来后，我的心里便生了梗，找再多的树洞倾吐也无济于事。之后的入户和走访我悄悄地去，趴在墙头，躲在树后，生怕他们发现。我不知道自己这样的行为，到底是什么样的"企图"，我就是不愿意让他们发现我。那年冬天，我又一次去付生家。窗有棂无纸，透着风，门有框无板，漏着雪。快要散架的门和窗，藏着土窑洞拼命想要保守的秘密，我担心窑洞随时坍塌，看着门前悬挂着的枯草梢儿和在微风中摇摆的蜘蛛网，我连呼吸都强迫停止，一口大气吐出，窑洞仿佛就要被吹塌似的。

窑顶的泥皮掉落在地上，石头岔子都露出来了。旁边的小房没有门，房檐上红色横批"财福双全"是多么醒目的讽刺！房内除了杂物，就是那张放在地上的桌子，看上去是峰儿和媛媛写字用的。小院的高粱秆玉米秸围起的栅栏不见了，石头和泥浆护成的土墙上插满了用来防盗的碎玻璃。那玻璃透过太阳光发出耀眼的光芒，却没有给我带来一丝丝的安全感，相反，每一片都横在心上，戳得我出了门也拔不出来。无法想象与我同在蓝天下生活的四口人，是如何在这一孔半的旧窑洞里打发日常的喜怒哀乐和春夏秋冬。他们的眼睛里是一眼能望见底的孤独，嘴巴里含着的是欲言又止无尽的哀愁。

村里人似乎比我们更耐寒，只穿一件红色毛衣的媛媛紧紧拽着父亲的衣襟，付生也只穿着一件旧的夹克衣，领口磨出毛边的那抹深蓝色，越发清晰。而站在窑洞里看望慰问付生一家的我们，冷得穿着棉袄还加着外套。说话的热气飘在每个人的眼里，我看着这雾气升腾在窑顶，渐渐散去。许是家里从没有来过这么多人，媛媛不时地用小手掠一掠额头的刘海儿，天真的眼神里透着好奇和坚定，她上下打量所有的人之后，目光最后停在了我警用多功能服的铁扣上。那铁扣被窗户里透进来的光照得发亮。我正准备伸手摸摸媛媛的小手，她倏地将手放进付生的衣兜。付生的儿子刘峰躲在人群后，怯生生的眼神逃避着所有人的目光，像冰冷的寒光照在我的内心深处。低矮的个头，穿过大人们胳膊肘、腰腿胯间的空隙里找寻着什么？峰儿忽地碰巧与我眼神相撞时，便迅速闪过，慌乱地左看右看，再低下头，捏着衣角。我至今无法忘掉峰儿当年眼睛里透着的那种无辜与不确定。

母亲，是峰儿和媛媛心中的一个名词，仅此而已。贺女子是个可怜人，两次十月怀胎，吃糠咽菜，孕育生命。生了孩子，但孩子们躲着她。这是情理中的事儿，孩子们怕她突然发病，怕她突然不见，也怕她突然出现。我去付生家时，也被贺女子惊到过，她突然从窑外进来，要夺我的手机玩，你若离她近一点，她会下意识地将你推开，人的自保意识其实是本能的。只要有人来探望，付生就把贺女子支开，生怕娃娃们难堪。说实话，像她这样能顾及自己的吃喝就不错了，周围人对她是没有任何期望的，她知道自己活着，旁人晓得她活着。两个娃儿的童年，全部散落在山峁上、荒草丛、庄稼地、泥泞中。父亲一边拼命地干活儿，一边用绳子照看着俩娃儿，怕他们跌着、摔着。拴着绳子爬滚的那盘土炕，是兄妹俩的乐园，炕上旧衣服、旧鞋子、手电筒、搪瓷缸是他们儿时最珍贵的玩具。兄妹俩的记忆里，穿衣吃饭是父亲，外出陪伴是父亲，砍柴烧火是父亲，睡前是父亲，醒来还是父亲。父亲是娃儿们的天、娃儿们的地、娃儿们的一切。付生也是贺女子的全部依靠。

每个人都有"精装"和"简装"两个版本。付生见众人的时候是精装本，整洁的外衣下藏不住里层旧衣衫的补丁和线头。他独自一人时是简装本，打满手工补丁的衣裤下，那双一张一合裂开缝的军绿色胶鞋不知道要把余热发挥到啥时候才算功德圆满。付生扛着锄头用汗水浇地，挥着铁锨翻旧泥新，拿着铲铲挖野菜，端着盆盆捉蝎子。他曾被毒蛇咬过，也被蝎子蜇过，他说这是以毒攻毒。寂寞、疲劳、艰苦、迷茫、无力都会令人的情绪无法控制，付生需要排解和发泄，可他从不流泪，他把所有的"毒素"给了说话越发结巴的自己，给了那些蛇和蝎子。

付生和家人都喜欢简装本的自己，穷得彻底，贫得自在！一家人的生活被恐惧束缚、被黑暗笼罩。那间亮着昏黄灯光的窑洞，仿佛是一个收容悲伤与绝望的容器，满满地盛放着四口人的眼泪与疼痛，他们的身体和心灵饱受伤害和煎熬，他们活在不敢喘气的小心翼翼里。我理解贺女子作为母亲无力的"悲哀"，体会着她无辜地被"抛弃"；我也心疼着付生作为父亲无声的"嘶吼"，品味着他不幸的"遭遇"和生存的艰辛。在无数个让人眼睛发酸、心灵痉挛的夜晚，我无法释放压在心头的无力感。这样的贫困家庭，我们想使出千方百计却又束手无策。但有一点我确信，活着就是勇敢。

穷若是病，爱可以治（中）

刘家峁村民风淳朴，村民祖祖辈辈勤劳善良，友爱互助。大家同情付生的境遇，理解他的难处。东家有面给面吃，西家有米舀一碗，你出一把力，他使一把劲，帮付生把两个娃娃抚养长大。2014年识别贫困户的时候，刘付生因残致贫，村民全票通过。2015年贫困户数据清洗建档立卡时，付生享受贫困低保户待遇，村民又一次全票通过。村书记刘锦春和村主任刘希东都很照顾付生一家，只要村里有合适付生的活儿，都给他干，多补给几个银钱。"可怜人"，是他们经常挂在嘴边的刘付生的另外一个名字。

初夏的午后，天上的浓云黑压压一片，像要把人和村庄都要吞掉似的。眨眼的工夫，妖风四处流窜，树枝上的叶子闹哄哄地摇摆，地面上的花花草草却咧着嘴幸灾乐祸地嘲笑着人们的狼狈。顷刻间，豆大的雨水珠子狠命地撞击着窗玻璃，雨水急慌慌地赶着往窗台下流，我正拿抹布塞在窗台缝隙处，锦春书记的电话来了："付生因没钱租新屋，旧房腾不出，雨越下越大，房子漏雨、掉土，很危险。希东主任、会计员刘宝田费尽口舌也没用，他就是不肯搬。看你们能不能做做思想工作？"我和党琴得知消息，

拿上雨伞赶往付生家。

付生家的炕上没有一床像样的被褥，几块破旧的毯子和半块露着虫蛀了的旧毡，诉说着往日岁月的悲伤，也消磨着人的意志。灶头上的那口铁锅既蒸煮又煎炒，一物多用。家里的桌椅板凳，既是储物的柜子又是吃饭的餐桌。地上堆着的纸箱里全是捐赠来的四季衣物和鞋子，棉衣、短袖、球鞋。窗漏屋冷，墙缝裂口，满地的泥皮跌落的是揪心，付生孤零零地站在地上，像一个无助且麻木的孩子，他盯着窑顶继续落下的土，低头沉吟。没有母亲疼爱的两个孩子，一个倚在炕边手里攥着湿了的书本，一个靠在桌前捏着衣角不知道手往哪里放才显得不多余。他们惆怅和忧郁的眼神侵入每一个人的心脾，令人没法呼吸。锦春书记以及周围人焦灼的目光快要烧掉盖在桌子上的那块塑料布。党琴弯腰拾起地上的杂物，归整到桌前，拍着峰儿的肩膀，她没有克制住情绪，眼泪瞬间模糊了镜片。母爱之天性，早已涌动不已。我一把将媛媛搂在怀里，眼泪像断了线的珠子滴在孩子的额头。媛媛抬着头眨巴着眼睛，用沾满泥土的小手抹掉我脸上的泪水时，我哽咽着，尝到忧伤。

我和党琴心有灵犀，同时望着对方："咱到镇上走一趟！"孩子们不需要同情，需要帮助，需要爱。这是普通人的良知，是两个母亲心底的声音。我们找来尺子测量土炕的尺寸，先给他们做一床大褥子，购置一些生活必需品，再与付生说搬房的事儿吧。现在让他们搬，搬什么？草席一动就要散架，毛毡怎么移？半块够吗？我们还是分头行动吧，村干部留在屋里陪着付生一家，归整日用杂物，人手不够随时联络其他村民帮忙拾掇。我和党琴先去镇上一趟，正要出门，时任驻村第一书记的乌镇乡政府干部曹改梅闻讯也赶到付生家，还带着两床军用棉被和贴画、学习用品。前几日我们一起商量教育扶贫的事情有了喜讯，刘峰在寄宿学校可以获得就餐补助了。但这样的好消息，并没有让付生脸上有一丝笑意。那张粗糙干裂、饱经沧桑的双手抡着铲子，恨不得在地上铲出一间屋子来。

付生不是不想搬，他愁的是往哪里搬。再看看家里那几件破桌烂凳旧镜，又有什么可搬的？他搂过两个孩子，两只手在孩子们的肩膀和背上抚着摸着，想为他们插上翅膀却无能为力。窑顶的土落着，门窗的雨水往家里流着，万一房子塌了，这可是人命关天的事。不行，坚决不行，无论如何，今天想尽一切办法都得让付生搬出来。

付生不同意危房改造，他没钱就没底气，也不愿意让我们几个女人家操这份心。当我们把危房改造国家补贴的好政策给他讲清楚时，他说："我搬，我现在就搬，再难再苦也得先从危房里搬出来。"付生望着这一堆大大小小的袋子，跛着的脚原地踱来踱去，不知如何是好。他深吸一口气后，咬了咬牙，卷起袖子，扎紧地上的黄豆袋子，踮起脚尖把墙上挂着的锯子、笸箩取下来，再往柠条筐里塞大大小小的瓶瓶罐罐。铁皮洗衣盆里放着杂七碎八，笤帚、钳子、剪刀、锤子、斧子……孩子们看父亲动手了，赶紧将炕头的衣服塞在泡沫箱里，字典书本全部拾掇进纸箱，就几分钟他们的全部家当归整就绪。我知道付生没钱搬房，掏出几张百元钞票当作新房租赁费递向他，但他死活不要。我理解付生，一个男人、一位父亲的尊严全在这些举动里了。党琴赶紧接过话："付生，你们的新被褥，明儿就缝好了，我和苏姐明一早到镇上去取，看你还需要啥不？"付生一急，说话又结巴起来："你们把、把超、超市也快买到昂米（我们）家里了，还要甚了！"雨过天晴，夕阳西下，付生腾出的旧房开始修缮。

我们买了镇上最好的棉花和棉布，最好的被罩和床单，最好的枕头和枕巾，最耐用的锅碗瓢盆，最漂亮的毛巾、牙刷，最可爱的书包、笔本纸刀，一针一线，一筷一勺，只要我和党琴眼里能看得见的，他们能用得上的，统统买回来。后备厢满了，后座上的糖饼、麻花同车子一路颠簸，从塑料袋里散了开来。我拾起落在地垫上的糖饼吹了吹，抠掉外皮，留着我

我给媛媛辅导作业

刘峰和刘媛提着杏子来看我

我给媛媛和峰儿剪完指甲，他俩依偎在我怀里

我和媛媛的近照

们吃，袋子里的那些是干净的，拿给付生家的两个孩子。雨虽然停了，但泥洼里的水却飞溅得高，我们急切地想回到付生家。车子拐弯进村口时，车厢的 CD 正传来《假如爱有天意》的曲子，我双手合十，感谢上天让我们有机会去爱这一家人，一切都是最好的安排。

旧房里，几乎没有什么值钱东西了，唯一让我舍不得的是两个孩子满墙的奖状。我们小心翼翼把奖状揭下来，和孩子们一起整理后贴到过渡房的墙上时，改梅早把贴画也贴在墙上了。付生拉了新电线，装上了新的灯泡，我和党琴将新的被褥铺在炕上，12 斤棉花做成的褥子软绵绵的。看见新铺新盖，卡通图案的枕套毛巾，孩子们在炕上欢跳着，简陋的房间里也顿时弥漫着暖意。媛媛用小手轻抚我前额的头发，摘了我的太阳镜戴在她的脸上，乐得开花一样。我以为，那晚一家人睡得踏实。后来听付生说，孩子们把我们买回的东西，一样一样整理，一件一件摆放，高兴激动得一宿没舍得睡。

付生虽立身农耕，但尊师重道，酷爱学习。谁识得字、家里有书，他就帮人家干活儿要书看。这些年，他自学了不少农业知识，也学得了一些生活窍门。我指着他用矿泉水瓶制作的组合调料盒称赞时，他说，那是娃娃们捡回来的。两个孩子为了给家里省钱，周末时拾破烂，啤酒瓶、废纸箱都拾回来，主要是村里再没啥捡的了，不然的话，所有的旧物，他都能变废为宝。被人需要是付生最开心的事儿。村里挖土垫房、扫尘清灰的事他都第一个出现。他还掌握电路基本常识，村民架线拉电的事经常找他。只要我们提及付生，媛媛总是自豪地说："我爸可厉害了，他是村里的大电工，无所不能，啥都会干！"媛媛也许不知道，我时常被她清澈的眼神和乐观自信的样子打动，当年兄妹俩抬着筐子在地里的笑声永远地刻在我的记忆里，从未褪色。

时间永远是最好的答案。5 岁的媛媛虽是个爱美的小姑娘，可是少了母亲的陪伴和教育，她的生活习惯只停留在父亲抚养下的吃饱穿暖。头发散乱，指甲不剪，漂亮脸蛋下的脖颈藏着汗渍，有时能搓起泥卷儿来。我打了盆水放在凳子上，让媛媛平躺在床边。媛媛的头发得多洗几遍，头发打结，发丝都缠在一起了。我用洗发水加水轻揉她的头发，手指头肚儿轻轻按捏，顺便给媛媛清洗耳垂和耳朵背面。估计她从来没有清洗过这些地方，揉搓半天，耳部都泛红了。我按着捏着，泡沫快要散开时，媛媛说她怎么感觉瞌睡犯困了。我笑了笑，告诉她，这是手指按摩头部，大脑放松的缘故。媛媛闭着眼睛，微笑地享受着。

我又一次将洗发水打起泡沫，抹在她头发上。这次泡沫更丰富了，几个泡泡跑上媛媛的额头，她又问我，什么东西这么香？我这才知道，孩子是第一次使用洗发水。我的手在媛媛头上来回轻抚揉搓，眼睛泛酸，竟然生出泪花来。自从驻村开始，我特别容易掉泪。我有时厌恶自己的感性，有时也喜欢自己的善感。善感不仅仅指容易伤感，它还是善良的感知与回应。我噙着泪继续在媛媛的头皮上打圈按捏，她开心地玩起了额头上的泡沫，我在镇上给媛媛买过泡泡筒吹着玩，里面的泡液用完了，媛媛手里玩的泡沫倒提醒了我。用清水给她冲了两遍后，又抹了护发素，再把头发吹干，孩子的头发顺顺滑滑，一股樱花香味袭来。我在泡泡筒里面挤了几滴洗发水，她闻着香，继续吹泡泡玩。孩子天真的笑容和纯净的心灵，一次次地坚定着我的信念：扶贫必扶志，先从孩子做起。

峰儿在学校考了好成绩开心地跑来与我分享时，我正在给媛媛剪指甲。峰儿突然一言不发，悄悄地站在我的身旁。见他两手握拳，只用大拇指夹住奖状时，我忽然明白了峰儿不说话的原因。我掰开他紧握的拳头，为他逐个修剪了指甲，并用牙签挑走了指甲里的污渍。我告诉两娃儿，穷不会扎根，通过努力可以改变，但好的卫生习惯必须坚持。往后，咱们衣服、头、脸、手都洗得干干净净，收拾得漂漂亮亮，精精神神，好吗？峰儿咬着嘴唇重重地点着头，媛媛自己扎起了"朝天冲"的小辫儿，剪刀手一出，"OK"一声就跑了！

贺女子智力残疾，经常自言自语。你看她坐在凳子上闭目养神，可是突然会大喊一声，你以为她叫你，她却说她做了个梦。只要看见你拿手机，她就会和你抢，但你给她时，她说，我和你要了么，真以为我要呢。得知峰儿和媛媛从来没有喊过贺女子"妈妈"时，我心里突然硬生生地疼。孩子们能为贺女子舀饭倒水都算难为他们。峰儿和媛媛从小生活在缺失母爱的家庭环境中，孩子们看似强大的外表下其实包裹着一颗渴望被爱且极其脆弱的心。他们看似开朗活泼，却偶尔戴着"假笑"面具出现在众人面前的样子，我很心疼。他们过早地感知人间冷暖，过早地成熟和懂事，总让我惶恐不安。有次厨房里剩了一碗臊子面，在大家再三说服下，媛媛才拿起筷子吃了起来。吃完饭，她就去洗锅刷碗。我让媛媛不用管，她说她不能白吃别人的饭，要付出劳动心才安。听完话，我内心五味杂陈。

他们越是这样，我心里越是难过。怎么才能让这俩孩子敞开心灵去生活？他们的身体健康、心理健康、疾病求助、教育成长等等一系列的问题深深印在我的脑子里。贫困家庭长大的孩子，要想摆脱贫困，唯有殚精竭虑，不断努力。我把峰儿和媛媛叫到屋里，给他们讲述我当年生孩子的经过，告诉他们做母亲的不易。人没有母亲又何来生命，哪会到世上看花听雨，感受美好？过了几日，付生清理村里道路时对我说，孩子们喊贺女子妈妈了。这一声"妈"，仿佛打通了贺女子的智力障碍，一夜之间，那残缺的人生豁然圆满了，她开始到处给儿女搜寻吃的玩的，若是你敢对着孩子们吼上两声，她就会疯了一样，抡起棍子追你跑……

暑假的一天，我刚进村入户回到办公室就看到桌上放的杏子和媛媛的日记本。媛媛写给我的日记里虽有错别字，但我内心最柔软的地方被这个小姑娘的真情戳到了……我看完日记，深深地感受到这孩子有一颗懂得感

恩的心。我改出错别字，写了寄语在本上。刚合上日记本，媛媛和哥哥就跑来找了。我看媛媛一身新衣服，上面棱角还在，手里又提了一袋子杏。"阿姨说过，穷富不要紧，女孩子要讲卫生，所以见你的时候，一定要洗干净手和脸，再换上干净的衣服。"媛媛咧着嘴满脸的自信，伸出小手让我检查卫生。我问她怎么又提一袋杏啊，之前的还没吃完呢。她说："你们办公室人多，我怕你回来吃不到呀！"

有天晚上，我家叶先生把一件旧皮衣在保养店保养后拿回家，说是让我带给付生，还找了几件旧夹克给峰儿。女儿童童递给我一个大提包，里面装着字典、课外图书、旧衣服托我带给媛媛妹妹。我把衣物装在给媛媛的红色拉杆箱里，媛媛喜欢红色，箱子她以后能用得上，笔记本和夹克衫给峰儿。两个娃娃开心坏了，媛媛穿上童童姐的玫瑰花裙子在地上转圈，峰儿套上夹克衫在镜子前左看看右看看。付生穿上皮衣，容光焕发，他摸了摸脑袋，不好意思地说："这辈子还没有穿过这么高档的衣服。"大热的天也迟迟不肯脱下皮衣，他抬起了头，紧闭着双唇，突然房间里寂静起来。原来，付生想让我给他拍照片留念，这是他第一次主动要求我拍照。他结巴着说："你们一家子的恩、恩情，我是、是报、报不、不完了！"

9月开学时，付生想让媛媛住校。一来他可以有大量的时间和精力干活，二来媛媛寄宿学校，政府还有就餐补贴。可是8岁的孩子怎么住校？钟晓健书记得知情况后，多次与校方沟通协调，说明了付生家的特殊情况，学校最终答应媛媛寄宿了。"孺子弱也，失母则强"。从小就得不到母爱的媛媛入校后，很快就适应了学校的集体生活。对于她来说，学校的生活环境比家里要好得多。吃饭按时按点，饮食搭配合理，作息时间规律。她聪明可爱，手脚麻利，学习勤奋，老师和同学们都喜欢她。

正值秋收，刘付生因交通事故住院了。周末的田地里，12岁的刘峰独自在操作微耕机，他忙碌的背影再次触动着我的内心。穷人的孩子早当家。周内，刘峰在学校学习；周末，回家既照顾妹妹，还下地干农活儿。他必须学会照顾自己，照顾身边的人，早早地扛起属于自己的责任和使命。峰儿一直以身残志坚的父亲为荣，积极阳光地面对贫苦和坎坷。峰儿明白，命运掌握在自己的手里，耕地有收成，荒地不长苗。他在学校得奖状了，学到新古诗，等等，都要与我分享。

刘付生的结对帮扶干部是警务督察支队支队长张智。张智的老家正是本村，自然对村里人有特殊的感情。天冷送棉衣，天热送凉鞋，开学送书包，假期送图书。即使外出下乡办案，也不忘记给付生电话问候。"常回家看看"是张支队长能做的事。2017年底，在驻村工作队和张支队长的帮助下，付生享受到政府产业帮扶的好政策，补助微耕机一台，增收产量，加快种植进度。某企业聘他当保洁员，以增加收入。危房改造补助5万元，新修房屋三间，他们一家终于有了安全住房。结对帮扶单位榆林市公安局为全体村民代缴合疗，购买春耕化肥，免费体检……付生家的天终于要亮了。

时光走了，真情还在。兄妹俩的四季冷暖依然牵动着我，付生一家的喜怒哀乐也走进了我们家的生活。有一天，媛媛突然在我耳边悄悄地问："以后，可不可以喊你苏妈妈？"

第四章 穷若是病，爱可以治

 ## 穷若是病，爱可以治（下）

无论远方有多少坎坷，我是铁了心要带一双儿女向前走了！

2018 年农历腊月二十九，我与同学贺继慧带着各自的孩子来到村里看完刘学山老人径直来到付生家。豆豆不敢相信，他脚上一双运动鞋是刘峰兄妹一年的就餐补贴，炕头泡沫箱就是兄妹俩的学习桌。对于峰儿和媛媛来说，到家里看望他们的大多是叔叔阿姨。媛媛把豆豆上下打量看了个仔细，倒让豆豆有些不自在了。站在一旁的峰儿却怯生生的，低着头，鞋子在地上蹭来蹭去，不知所措。那眼神正是我初次见他时的目光，不确定的、忧郁的，又是令人无法忘怀的。孩子们沟通起来还是快，城市里长大的豆豆和童童都不认生，大方地和他们聊学习、聊生活，但大多是学校日常、寒暄问候，生怕哪些话无意间触及兄妹俩的痛处，毕竟不像我长期和他们在一起感知多一点。豆豆细致包容，心是实诚的，说话也是小心翼翼的。豆豆和童童教他们唱草原的歌，缓解些许不自在，兄妹俩仿佛已经骑马驰骋在向往已久的草原上。次日就是大年三十，我们拿出"福"字、对联、零食大礼包等新年礼物递在付生手里时，继慧几次想从包里掏钱给两个孩子，都被我按了下来。我理解继慧的好意，可我更了解付生一家的精神需求。

2019年正月初五，我和贺继慧带着豆豆和童童再次来到刘家岇村。经过一年的学习成长，两孩子更成熟了，他们商量好要送爱心小课堂给峰儿、媛媛和小玩伴们。我召集就近几家的孩子到我的宿舍，简单布置后，豆豆开讲历史故事，童童负责手工剪纸课。他们先讲课，然后当堂抢答，根据题目的难易分别取一、二、三等奖，答对拿奖品，奖品是豆豆和童童提前用各自的压岁钱买来的学习用品。爱心小课堂的意义是鼓励村里的孩子积极参与集体活动，尤其是和陌生人一起互动，增加孩子们的主观能动性和自信心。看见峰儿、媛媛、豆豆和童童四个孩子格外亲昵，我和贺继慧的心里坦然且明亮。小课堂结束后，房间里的大人和孩子们一起唱《新年好》，整个屋子看起来像一所乡村小学的教室，又是唱歌又是跳舞，站在一旁的大人们也仿佛回到了自己的童年，沉浸在欢乐中。剪纸作品贴在窗户玻璃上，它们像春天萌生的新芽，让整个冬天都生动起来。峰儿没了胆怯，习惯低头说话的他，捧着自己用努力换来的奖品，灿烂的笑容掩饰不住他的激动和喜悦。贺继慧握着我的手说："苏儿，我终于知道为什么村里的孩子们管你叫苏妈妈了。"

没过几天，峰儿给我发来媛媛学做蛋炒饭和炸油条的照片。我让我家叶先生和女儿看，让父母看，发给亲友同学看，恨不得让全世界的人都知道我家媛媛越来越自信，越来越勤奋。小姑娘终于明白了为什么总让她帮我擦桌子拖地了，不是因为苏妈妈给她吃喝穿戴，她就该用劳动报答。而是想告诉她：女孩子学会洗衣烧饭是生活的基本技能！独立自强，不给别人添乱这才是教养。孩子需要引领和陪伴，给予足够的关心和爱，让她身心得到健康发展，我想把她5岁之前所缺失的母爱和教育全都补上。

媛媛对未知的一切都感兴趣，总在不动声色中暗下决心，默默使劲，

181

第四章　穷若是病，爱可以治

一点都不像 10 来岁的孩子。我知道她从没坐过小轿车，有天清晨买菜便喊了她去镇上溜达。征求付生的同意后，我就带着媛媛出发了。一上车，她就摸着坐垫说，这个垫垫又软又绵，但比不上苏妈妈送给我家的褥子绵！我似乎只听到"苏妈妈"三个字。小机灵鬼顺理成章地实现了喊我"苏妈妈"的心愿，还表达了她的感恩之心。

车上音响正播放女儿童童录制的 CD，唱到《大鱼》时，媛媛居然也跟着哼唱起来。她说，这个好像不是周深唱的。我说这是童童姐姐唱的。她瞪大眼睛："啊？太不可思议了！我还以为是歌星呢，童童姐姐太厉害了！"说完，她咬了咬嘴唇，瞬间转为安静，扭头向窗外望去，两只手不停地抠着坐垫。我明白，媛媛的窗外所见，不是城市的繁华，是万物肆意的生长，是无遮挡的自由。过了一两分钟，她恢复了刚才的情绪，又跟着唱了起来……我赶紧接了话，你看你多厉害，都学会自己烧饭了，今后是饿不到你了！你要喜欢唱歌，苏妈妈回头给你也刻一盘。她的眼睛笑得眯成缝。

从镇上买完菜，我带她去了超市，让她挑选自己爱吃的零食，帮峰儿也选一些。能看出来，她有些不情愿。我正好趁机给她讲些道理。媛媛很倔强，我同学给她买来零食，她坚决不要，失了礼貌不说，当时还让人家有些尴尬。我懂媛媛的心思，穷人家的孩子自尊心太强，她一边渴望被关爱，一边又与自己做着对抗。我摸了摸孩子的头说："今天苏妈妈第一次带你出来，母亲给孩子买点小零食很正常。以后遇到别人真心实意送你礼物的时候，你要先谢谢人家，不要脖子一拧说不要。你们家现在有困难，大家捐款捐物都是好意，等以后你自己强大了，也要帮助那些你能帮到的人。情义不在贵贱，在心意。"媛媛的眼睛转来转去在思索着什么，之后坚定地点着头。教育无处不在，但得恰到好处。著名哲学家雅斯贝尔斯曾说过，"教育的本质是：一棵树摇动另一棵树，一朵云推动另一朵云，一

新冠疫情期间"娘仨"的合影

刘媛送给我的项链

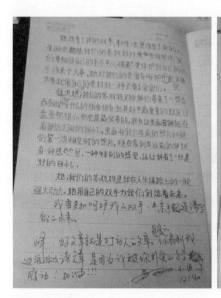

刘峰的日记本

个灵魂唤醒另一个灵魂"。

媛媛不是贪心的孩子，给自己选了一包薯片，给哥哥选了一盒小蛋糕。出门时，她说想买雪糕吃。媛媛吃着一个，手里给哥哥带一个。我心里暖暖的。顾不得多说话，我怕这份暖意把孩子给哥哥的雪糕融化掉。刚开车门，身后的媛媛又跑进商店，我顾不上锁车门，赶紧跟了进去，她着急甩开我的手，拿着黑色小发卡要买给我。媛媛说："看见苏妈妈梳头时找不到卡子了……"我一句话也说不出来，当着孩子的面儿，哭成泪人。

第二天，我从乡政府办完事回来，媛媛突然从办公室后墙蹿了出来，扑通一声单膝跪地。她像变魔术一样，从背后捧出一大把野花来。用旧塑料纸包装、线绳扎好的花束在阳光下变得格外漂亮，媛媛那双眼睛像一汪清水，让我忘记了室外的酷热。"苏妈妈，这算惊喜吗？"说完，她又魔术般地从手里变出一串用纸片制作的心形项链，项链上写着："苏妈妈，我爱你。"我端详着这串特殊的项链，将媛媛揽在怀里，孩子发丝上的汗味竟然变成此刻的清香。"你一直都在给我惊喜！"所有的欣慰皆流淌在这些细碎里。媛媛点滴的改变与成长，似夏日的清凉，沁人心脾。

峰儿要上初中了，他被录取到县城中学。县城距离村里要一个小时的车程，周末他回刘家峁，我回榆林。见峰儿的时日越来越少，但我心里其实最惦记的是他。媛媛性格开朗，喜怒常形于色，情绪来得快去得快，嘴上会表达，心里也能沉得住。但峰儿不一样，9岁开始下地干活，13岁就成了家里的主要劳力。一双稚嫩的手在田地里被打磨得骨关节外凸，像成年男子的手，被杂草划破的血口旧伤没好，新伤即来。我摸着他的手，心疼不已。峰儿"假笑"着说没事，男娃娃家不怕这些！我告诉峰儿："今后一定好好爱惜双手，它不仅拿铁锹，最重要的是握笔杆！"后来，他写过一篇日记，题目叫《谁会关心我这双不容易的手？》，一看到题目，再坚强的人也会被这个疑问句所触动。

峰儿勤工俭学，利用周末捉蝎子卖钱，经常在山上挖"远志"（中药材野胡麻）挖出、洗净、晾干再拿到中药房卖钱。悄悄攒足800多块钱后，他买了辆自行车。这样，去镇上给家里置办东西再不用爸爸开三轮车送他了。上中学后，峰儿每周往返学校要20元的车钱。付生每周给儿子30元的车费，多出来的10元是让他买牛奶补充营养的。但峰儿每周回来10元一分不少交给付生，不多花一分钱。他说学校的饭花样多，每天吃饱饭一点营养也不缺，父亲年纪大了更需要补充营养。为了让付生少一点生活负担，我家叶先生每到换季时，把新旧衣服打包托我带给峰儿。峰儿身上的衣服几乎全是穿叶先生的，读到大学之前，应该是不用买衣服的。

　　2020年疫情期间，我在村里值班。每天早晨6点就看见刘峰和刘媛在驻地会议室读书、写作业。晚饭后，付生陪儿子和女儿继续"蹭网"上课。他家里没有拉网线，一部手机，儿子、女儿轮流上网课用。一旁的付生拿着峰儿的地理、历史课本看，静静地陪伴着。漆黑寒冷的夜晚，会议室里白炽灯的光愈发显得冷清，照得人心发慌。我站在窗外看着他们，不忍打扰只有心疼。偶尔，他们会学习到深夜。村里静得出奇，付生左手牵一个，右手拉一个，三个人渐渐消失在浓重的黑夜里。疫情当下，他们静心扎在书本里努力奋斗的身影，明媚了这段艰难的时光，相信孩子们的坚持不会被辜负。

　　回到家里，我对叶先生、童童讲述峰儿和媛媛蹭网学习的事情。叶先生沉默片刻说："把咱家的电脑送给孩子们吧！"童童为这样的决定做出"比心"，还找了U盘，让我一并带给他们。叶先生找来技术员给电脑重新做了系统，我将这几年和孩子们的合影也全部拷贝到电脑里。电脑安装好了，Wi-Fi费还没有着落。全年720元的包年费用，我本可以全部付清，但我最终只给了付生500元钱，我想留点费用让付生结，付生需要作为父亲的尊严。最高兴的是峰儿，逢人便说以后在家就可以上网课

第四章　穷若是病，爱可以治

了！可是，我万万没有想到，当叶先生带着地球仪、U 盘、茶叶和几大包衣服来到付生家时，峰儿在众人面前突然痛哭流涕，无法控制情绪。我不知道孩子遇到了什么事情，更不知道是哪里出了问题，这是我从来没有见过的峰儿。我的心提到嗓子眼，心里的那面鼓咚咚咚敲个不停。

峰儿扑到我怀里，第一次紧紧抱着我，仿佛要把这些年的委屈和难过一次性诉说。颤抖的身体是他孤独的释放，哭泣声里全是倾诉："苏妈妈，我们家穷，妈妈有病，也有被旁人笑话的时候。从来没有人真正感知我们内心的痛苦，只有你们一家人，掏心掏肺地爱我们。"我还没有缓过神来，付生也哭了，一个近 70 岁的老人眼泪从面颊淌下，这是我六年以来第一次见付生掉泪。

我极力克制着自己的情绪，不让孩子在这个时候看见我落泪。我想永远地抱着孩子，抱着这个缺乏自信、过度敏感的孩子。他那些强装出来的笑容，我一眼望穿。身为一名人民警察，曾负责过单位的心理健康工作，也接触过一些心理学方面的老师。我一直固执地认为，能进行自我心理疏导的人，才是精神上的强者。如何用一颗母亲的心去修复他和媛媛内心的创伤，让他们自然而然地向着开朗、积极的方向靠拢，我用了 6 年时间。查阅过大量资料，研究过不少案例，我曾经试图打开孩子的心门，却不愿意让他们察觉到这种刻意。但每个孩子的情况不一样，那些案例只能参考。

从我见到峰儿的第一天，我就从他的目光里感知到各种强烈的渴望。他直面父母的身体残疾、直面家庭的贫困潦倒，他渴望被尊重、渴望温暖、渴望平等，却常常在没人的时候偷偷哭泣。他痛恨自己不够勇敢、不够坚定、不够努力。面对这样的孩子，只有一点一点走进他们内心，才可以给予他恰如其分的爱，引领他们健康成长。贫困家庭的孩子需要温暖与关爱，残疾人的孩子更需要心灵的呵护和滋养。

2020 年芒种前的周末，我带着闺蜜莹莹去付生家看俩孩子。进屋的时候，峰儿放下手里的书起身为我介绍同学。同学叫高少源，也是乌镇人。看到少源也穿着我家叶先生的衣服，我很欣慰。峰儿懂得了与人分享。他自豪地对莹莹讲："疫情期间，苏妈妈送来的电脑，网课学习一天没落，让我沾大光了。这次期中考试，年级排名前进了 15 个名次，位居年级第 50 名了，班主任说有望冲刺市重点中学。"莹莹竖起大拇指，为孩子鼓劲。为了不影响孩子们学习，我和莹莹、付生坐在另一间屋里聊天。付生提起前几日峰儿在学校又得奖的事，脸上的骄傲与欣慰遮住了沧桑。

从前的苦难烟消云散，未来的幸福正在路上。刘付生一家是幸运的，赶上了好时代，享受到国家的好政策，遇见了那么多愿意帮助他们的好人。这是中国脱贫攻坚战的一个缩影。付生一家四口人终于告别了晴天满身土，雨天两脚泥的生活环境。贴满奖状的墙上是峰儿和媛媛没有被辜负的努力，新进屋的冰箱、洗衣机、电视、现代家具、厨房灶具是未来生活的陪伴。智力残疾的贺女子一见我，又是倒水，又是让吃饭，还给我起名叫"苏民警"。我为刘媛制作了成长影集，200 多张照片记录孩子 6 年来的学习和生活。付生终于可以放心地把三轮车交给峰儿独自驾驶了，15 岁的峰儿可以撑起家里的一片天……爱是贫困学子求学之路的陪伴，爱是贫困家庭重建家园的信心，爱是治愈贫穷的良药。

生命的温度，不就是给岁月包浆的温度吗？我们一家人都无比坚定地想去做一些有温度、有意义的事。母亲为媛媛送去新棉鞋，父亲给峰儿带了保温杯，叶先生和童童成了付生家的常客。我更想给峰儿和媛媛那份本该是彩色的童年记忆，刘家峁的土地虽曾生长着贫穷，但石头旯旯里也能生出馨香的兰花花来。

生活也许就是田地里的那台微耕机，一行脚印两行播种。我是中间的那行脚印，左边是峰儿与我的一次次握手，纯净有力量；右面是媛媛与我的一声声击掌，清脆而响亮。我们走出家门时，峰儿指着杏树花说："苏

妈妈，你不是喜欢瓶瓶里插花花吗？稍等一下，我上去给你摘两枝。"我担心土壤刚解冻，虚土危险，又不好拒绝峰儿的好意："别摘了，花花开在山上，这个春天才更漂亮，杏熟了咱们还可以多吃几颗杏子呢！"峰儿不假思索，脱口而出："苏妈妈，那我把整个春天都摘给你！"我突然觉得站在我面前的峰儿是个浪漫的诗人，心中生出的感动任它从里到外地蔓延开来，将这份甜蜜和柔软涂满心房。

愿良知和人性不离不弃，愿世间美好与爱环环相扣。

第五章

岁月如歌

 **礼 物**

脱贫攻坚进入收官之年，驻村工作队除了日常工作外，市、县、乡三级党委、政府的各种学习、培训活动随之也多了起来。加之新冠疫情的影响，公安部门疫情防控和配合任务接踵而来。新局长邱祖满到任后，各项工作抓得紧而又紧，贴近实际，严管细控，督导检查，如陀螺一般，转动在各种会议、调研、检查现场。扶贫工作更是紧锣密鼓。

邱局长送给我们的"见面礼"，在全市公安系统正科级领导干部会上，请大家观看某市公安局警示教育片《被遗忘的初心》。短片从两个"场景"（表彰大会现场和暗访组）引入矛盾，用中、长景以及特写镜头交代案件过程，当案件点评与分析的字幕出现后，又引出问题的延伸，最后，情景还原、配乐钢琴曲响起时，短片结束。当时，我的脑袋里只有八个字：过而能改，善莫大焉。随即，邱局长切入会议正题——"识时务，查不足，顺潮流，抓整改"。他面相和善，目光坚定，声音有力。从中国共产党员的初心到人民警察的宗旨，从"文化自信"再到"铁的纪律"，他把铮铮铁骨的硬汉警察形象，用根植于内心的文化修养，诠释成儒雅谦和的学者风范。我没有觉得是在机关会议室开会，分明是在高等学府的"大讲堂"里聆听专家教授的精彩演讲。边看边记，边听边想，密密麻麻，疾书奋笔，竟写了8页16面的笔记。我内心喜悦无比，警队文化的春天来了，种下希望，生根发芽。这份礼物，是要把头顶的蓝天、脚下的黄土地走通透呀！

庚子清明节前一天，市局驻村工作队为村民发放春耕化肥，安排节日值班、祭祖防火事宜，工作到很晚。我和晓健书记、队员李波都没有回家。次日上午，我们正往车后备厢装局里民警预订的杂粮、鸡蛋等农产品，邱局长一行四人，轻车简从，突然出现在我们面前……简单说明来意后，他们便在晓健书记的办公室与我们攀谈开来。一杯水、几个凳，谈工作、聊生活，从司空见惯中发现"事"，在言语之间用"心"而谈。我们丝毫没有感觉是在检查工作，明明就是家有亲戚来探访。上山烧香祭祖的村民陆续归来，村民们在院子里打扫卫生、烧火做饭。一锅滚烫的小米粥、一笼热气腾腾的杂粮馒头、两碟萝卜黄瓜拌小菜，便是邱局长和大家的工作午餐。我们边吃边聊，简单的午餐却吃出我们久违了的家的味道。午饭后，邱局长又与驻村干部一一进行交流，了解实际情况，听取意见建议，并对下一步产业扶贫工作进行了具体部署。车子开走了，渐渐消失在远处，局领导的话语却依然洋溢在耳边，他们带来的米面粮油和几大箱新鲜水果整齐地放在院子里，温暖着众人的心田。这份礼物，是大家庭的烟火气，抚的是素人心。

刘家峁建村以来，就有传统手工制作粉条的技术。村民以山区无公害优质洋芋为原材料，经搅拌、打浆、和面、沸水漏条、冷浴晾条、打捆包装等工序，制成不含任何人工色素无矾的纯天然绿色食品。粉条口感劲道、爽滑、方便速食，成为当地百姓来人待客饭桌上必不可少的"专利"。邱局长这次专程来村就是想听听大家的意见，鼓励村民、脱贫模范，说服村两委带头，驻村工作队协调，兴建粉条加工厂。在市局领导班子脱贫攻坚巡视考核整改专题民主生活会上，邱局长谈到了"老刘家"手工粉条加工厂。他提出把粉条加工厂作为市公安局产业扶贫项目的重中之重加紧推进，粉条一经产出，我们民警首先带头吃，让老百姓吃得放心，把加工厂发展成市公安局扶贫产业的一张响当当的名片，按照未来市场需求，国际化的标准，从成品加工到外包装，植入陕北饮食文化理念，上规模，创品牌。这样一来，即使市局驻村工作队撤离，粉条厂也永远地活跃在商业市场。邱局长把高深的道理、前瞻的发展理念用"家常话"说出来，又将"寻常话"上升到一定的理论高度来定位、认识、把握。

没过几日，邱局长批准了驻村工作队去山东考察购买设备的工作请示。设备到位后，邱局长一行再次来到驻地刘家峁村粉条加工厂项目建设现场，就加工厂申请办理食品生产许可流程、生产车间布局、工艺和生产流程等关键控制点进行指导。并对粉条商标注册、外包装设计以及企业文化建设等谈了自己独到的见解。他要求驻村工作队协助加工厂负责人严格按照《食品生产许可现场审查通则》要求，确保食品生产加工车间符合食品安全管理标准。对在建厂办证过程中遇到的困难和问题，一定要出谋划策，帮助顺利通过现场审查勘验及时建成投产。目前，粉条厂建设正在有条不紊地进行中，这是邱局长送给刘家峁村、市局驻村工作队以及榆林市公安局全体民警的礼物，这才是脱贫攻坚收官之年最丰厚、最闪亮、最特殊的献礼。

 **同行者**

　　八月盛夏，蝉声阵阵，笑意盈盈。一场百计千谋让贫困群众过上好日子的脱贫攻坚战在榆林这片热土如火如荼地进行着。380万塞上儿女创造着一个又一个奇迹：全市产业扶贫、就业扶贫、生态扶贫、教育扶贫、健康扶贫等等一系列措施，全面贯彻实施。创新扶贫扶志"6+6"工作走在全省前列；推出"榆林爱心GO"网络认购平台，形成"互联网＋"消费扶贫模式；村集体产权制度"榆阳模式"推向全国，佳县"红枣羊"插上"云翅膀"红遍互联网；"四重保障、医养结合"等政策举措受到国家卫健委高度评价；全市社会各界、各个行业的扶贫干部在农村大舞台上历练、成长，体会到脱贫户努力奋进的勇气和力量和发自内心的满足和幸福。贫困户自强不息，依靠勤劳双手，脱贫致富，真切感受党的好政策带来的关怀与温暖，喜上眉梢。见面问候，餐桌聚会，不提扶贫，不开口，不提扶贫，不动筷。"你在哪儿扶贫着了？""你扶贫几年了？""我家亲戚也在扶贫""扶贫工作确实辛苦"……

　　2018年、2019年连续两年，由榆林市委组织部、榆林市扶贫办主办的"幸福扶贫、光荣脱贫"讲故事比赛的成功举办，为全市风劲潮涌正扬帆的扶贫事业锦上添花，每一朵浪花开在了扶贫干部们的心中。能在4.5万驻村干部队伍中被抽调全程参与活动，并担任故事会主持人，我既激动又光荣。从前的警营活动，观众席全是熟悉的警营蓝，而这次的观众席是不同行业的制服色和社会各界的参与者，主持风格截然不同。

从优化最科学的评分标准、比赛规则、奖项设置到主持词以及串词的起草、修改、审定，会场布置、桌签、麦标设计，我们反复讨论，精雕细琢，累并快乐着。本以为，只有警营的工作不分昼夜，没有上下班，但市扶贫办两次抽调、两个月的工作，颠覆了我原有的认知，我被这支队伍鼓舞、感动着。三餐变两餐甚至只吃一餐，加班加点是他们的家常饭。夜深人静，每层楼的办公室灯火通明，灯管在发烫，会议室、办公桌成了他们不离不弃的伙伴。你以为是浓咖啡、浓茶支撑着的夜？不，绝不是这么简单，每个扶贫人心里都聚一股劲！好在每天上午10点钟办公室墙上的广播里传来为工作解压的轻音乐，让人疲倦全无，这样人性化的管理机制，令人心生敬佩，也满怀信心。虽然每个科室都肩负着全市脱贫攻坚工作的各项重任，但大家在讲故事活动中倾心尽力，支持配合，以至于分不出来谁是领导，谁是干事。

从警营走到贫困村，我由一名宣传民警变成驻村干部，再从驻村工作队走进演播厅。参加比赛的优秀帮扶干部与模范脱贫户从工作岗位向田间转换角色，也走进演播厅。两届故事会，经过县级预赛、市级复赛和决赛的紧张角逐，决出名次的获奖选手们再分成两组进行全市巡讲。六场比赛，行程两千多公里，历时两个月，这是我在警营之外，作为业余节目主持人参与的时间最久、范围最广的一次工作经历。选手们抱着必胜的心而来，主持人的价值在于把选手的故事引出、传递。想办法缓解从未登上舞台的贫困户的紧张和压力就显得至关重要了。"眼中有人，腿上有泥，心中有情"，一场有温度的故事会，在南北两组巡讲中开始了。老百姓说，巡讲团是一面旗帜，每到一个县城，战士们便摇旗呐喊，齐敲战鼓。我无比坚定地认为，这不是一场单纯的巡讲，是良师益友的相遇、相知，是脱贫攻坚战线"英雄"们的会师。他们既是参赛的"选手"，也是这场战役中的践行者、见证者、记录者。称他们为"英雄"，当之无愧。

折明明，2018年第一届故事会一等奖获得者。他来自绥德县石家湾镇沙滩坪村，5岁因车祸导致腰部以下失去知觉。6岁时，父亲外出办事时遭遇意外去世。一场接一场的不幸让这个本不富裕的家庭陷入绝境。明明再也不能像别的孩子那样背着书包上学，他的童年只能在炕头上度过，外面的精彩世界于他来说只是一叶窗的天地。母亲一边种地一边照顾年幼的他和弟弟，一家人眼睛里只有一地剪碎的忧伤。2015年，明明的妈妈又被查出了癌症。我们很难说清命运到底是什么，也许是周围人的一声叹息，也许是明明心中求生的渴望。折明明是残疾人，这是不可改变的事实，他要担负起养家的重任，这也是事实。爱是治愈疾病的良药，爱是所有前行路上的力量。明明在母亲的泪眼婆娑里懂得爱，在爷爷田间弯腰种地养家的背影里感知爱，他终于打开心门，在互联网上开启了他身残志坚的奋斗人生。

帮扶干部得知明明会手工编制串珠工艺品，多次上门鼓励他精进技艺，编制更多手工产品。明明一边在网上看视频学习，一边设计产品。不管是简单的小挂件、小饰品，还是精致的纸巾盒、笔筒等手工艺品，都成了村里村外的"抢手货"。在互联网的助力下，明明的手工艺品有了属于自己的新机遇。为了让更多的农村家庭妇女、残疾人和贫困户学会一技之长，在产业扶贫、社会扶贫的好政策的鼓舞下，他成立了绥德县民间工艺农民专业合作社……当他坐在轮椅上讲述这些脱贫故事时，评委给了明明最高分。2019年，折明明作为全国残疾人脱贫先进典型出现在各大报告会现场，他的脱贫故事成了互联网的热搜，他的名字在人们心中叫响。虽然我再没机会见到明明，但他正自由地挥着隐形的翅膀，无所畏惧，翱翔蓝天。正如我在当年比赛的舞台上为明明许下的愿那样。

刘建贵，男，1989年5月出生在佳县峪口乡谭家坪村。2010年因脊髓损伤导致下肢瘫痪，2016年被识别为贫困户，2018年主动申请脱贫，退出贫困户序列，成为自强励志、勇于脱贫的典范。他是佳县首例残疾人自主脱贫的贫困户，也是第二届故事会的冠军得主。

刘建贵本是一名汽车修理工，积极阳光的他，深得老板的喜爱和同事的尊重。2010年正月，他感觉背部疼痛难忍，经过多番就医，最终被诊断为硬脊膜外脓肿，手术后醒来，他发现自己双下肢没有任何知觉，瘫痪在床。得知父母准备卖房支付十几万的手术费用时，他抱着父母放声痛哭，双手捶打着胸口说儿子不孝。就在刘建贵绝望之际，政府送来救济，残联主任送来慰问金，给他讲了很多残疾人自强励志的故事，唤回他对未来生活的美好向往，也坚定他自力更生、奋斗人生的信心。他不愿意就这么度过余生，于是痛下决心，一定要站起来。在康复锻炼站立和迈步时，他把自己绑在树干上或三轮车上训练。自强战胜了怯懦，从能挂双拐行走，到学会开车，他用了六年。

2016年，刘建贵家被识别为贫困户。但他认为，自己还年轻，一定可以靠自己的努力养活自己。于是，在驻村工作队的帮扶下，他做起了微商。他把村里收来的红枣、小米、手工挂面等土特产品精心筛选、分级、包装，然后在网上售卖。一根网线、一台电脑、一个人、一袋枣、一把挂面、一盒小米，他将深山中的农产品与老城市的餐桌连接在屏幕前。山货远销全国，刘建贵没有把自己当成残疾人来换取顾客的同情和怜悯，而是凭着诚实做事、踏实做人的品格，靠诚实守信和产品质量赢得市场和客户。2018年，他的年收入达到2万多元，主动提出脱贫，摘去了贫困户的帽子。

他感觉浑身轻松，一个男儿的硬朗，一个儿子的孝道，皆在他动情的讲述中呈现。他的故事，博得观众的掌声，也获得评委的好评，刘建贵毫无悬念，得分排名第一。

他说："爸妈养育了我，我不但不能尽孝，反倒让二老欠下一大笔债，如果再连住的地方也没有了，养这个儿子有啥用！"听到这句话时，我的眼泪瞬间决堤，因为我是"双角色"对号入座的。我曾为女儿的哮喘病四处奔波求医，12张病危通知单，12次与病魔的对抗。作为女儿的我，12岁之前，从没有在家过一次生日。每年生日，不是在医院，就是在去医院的路上。因患败血症，我几乎"榨干"了父母的工资和积蓄。从记事起，父母的钱都放在了为我治病的医院。刘建贵的一句话，戳中我被疾病缠绕的童年记忆，也击中了为女儿治病打地铺、吃干馍不愿回首的过往。

在为刘建贵点评串词时，我的声音几度哽咽。我相信，坐在台下的观众们，一定会为刘建贵的故事感动共鸣。每个人的生活经历都不一样，他的苦，我懂，你的难，我知。主持人的仪表风范影响现场宣讲效果，凭空想象地酝酿情绪，远不及生活带给我的故事精彩。一名合格的主持人，要具备过硬的现场把控能力和强大的情绪调度能力，我必须得把自己激动的情绪拉回到平静的状态。脸上挂着泪微笑面对观众，这一刻，也许是我最自以为是的一次美丽。

刘建贵的出行，需要有人陪护。全市巡讲活动时，他不愿给团队增加费用，选择只在佳县本地讲他的脱贫故事。佳县是我们巡讲的最后一站，见面的时候，建贵握着我的手说："苏姐，决赛时你在台上的串讲词和你为我流下的眼泪，我都放在心里了！"我看着建贵坚定的神情，也感动着他的真诚。"后来，才知道你和女儿饱受疾病折磨之苦，但大伙儿欣赏才女姐姐，佩服你这个苏妈妈！如果不是双拐，我真想给你一个拥抱"，说着还给我手里塞了红遍网络、自家的产品"枣夹核桃"。这是他的自强自

我是第一届"幸福扶贫·光荣脱贫"讲故事比赛主持人（摄影：高波）

立奋斗的见证，我没有拒绝；这是他获得感的体验，我不能拒绝；这是他发自心底的情意，我全部收到。我吃着红枣，又一次甜到忧伤。

何雄老师是故事会的评委，也是巡讲团的领队。当评委公平公正，当领队面面俱到，无微不至。一路的吃住行，他像大伙儿的"家长"，每个人的饮食习惯他都记得清楚。每到一处，他走在最前面，当好引路人，吃在最后，做好后勤保障。为人谦和，说话风趣幽默，大家都喜欢他。神木市刘火庙村包村干部白芳是第一届故事巡讲团成员，她为我们讲述如何说服"倔老头"杨应田同意危房改造的故事，我感同身受。当年我说服刘付生搬出旧房，也是费尽心思，自然与她聊得便多一些了。白芳妹妹面善心细，敏而好学，从复赛到决赛，尽管表现已经完美了，但她还是要跑到我房间请我纠正她的个别读音。从那以后，她还经常在微信里关心我的咽喉，提醒我少熬夜，注意保养身体。第二届故事巡讲时，我去了南部六县组，有心的芳妹妹专门托巡讲组成员为我捎来神木的红糖月饼，月饼吃了一个月，嘴里的甜蜜却含至今天。定边公安局的蒋竺婷与我是同行，我老早就认识她。警营中的演讲比赛、知识竞赛，她是"种子"选手，逢赛必赢，是获奖专业户。在定边站巡讲时，热情好客的她和高有才带我们赏定边夜景、尝定边美食，一减舟车劳顿之疲。横山的王乌兰与我住一个房间，到横山站巡讲时，她尽地主之谊带我看落日余晖，忙着从家里为我带来了水蜜桃和圣女果。我夸着大美横山的温暖细致，她啧啧赞叹又问我何以见得。我说："电杆展牌、酒店的电视转播栏目都开设脱贫攻坚专栏，房间绿植水果，小卡片上都不忘宣传脱贫攻坚，你说够不够极致？"巡讲间，我还有幸结识了男主持人搭档常耘。常耘普通话标准，几句话里难掩他的豁达与热情，我们自然地成为好友，巧的是，居然还有共同的好友。在屏幕上关注着彼此的生活和工作，祝福着对方一切顺意。榆阳区朝阳路街道办事处干部高瑞华讲述"房""牛""病"的故事，将责任融入真情，在她温情的讲述里，我们真切地感受到人们之间的温暖与爱。榆林市林业局的帮扶干部马乐，仪表大方，声情并茂，她讲述林业系统69名党员干部结对帮扶的故事时，现场掌声雷动。马乐的丈夫是我们局机关民警，且与我是乡党。缘分就是这么美妙，她上场一开口，我先激动起来。

　　米脂县教体局扶贫干部杜焱，从最初提起农村是逃离的抵触到最后深入农村满是幸福的蜕变，她说："世界上有两件有价值的事：一是自己幸福地生活，二是努力使更多人幸福地生活。"神木贾艳霞，讲述纳林采当村的脱贫故事时，我俩有太多共鸣。两两相望，含泪释怀。定边县白湾子镇政府干部刘海东用泰戈尔的"命运以痛吻我，我却报之以歌"为题，讲述脱贫攻坚的战士们如何点燃希望的火种，如何让贫困户的脊梁挺得更直的故事。子洲县统计局驻砖庙镇彭家河村原第一书记杨婷在台上情绪饱满，声音哽咽，手脚发抖打战……她不是紧张，是对帮扶户李芳芳的真情流露，内心里的心疼。定边县教体局扶贫干部李凌吉说："我是一名普通的教师，主战场在学校、在课堂。治贫先治愚，扶贫先扶智，让贫困学生接受良好教育，阻断贫困代际传递的帮扶之路上，虽没有惊天动地的大事迹，但那平凡的点点滴滴都已经成为生命中宝贵的财富！"我和凌吉有共同的业余爱好——播音主持，App的电台上我们互相关注，私下里聊得不少。看他总在深夜发布新的节目，我知道他是结束了当天的教案备课和作业批改后才难得有时间做他自己喜欢的事情。米脂县印斗镇惠家沟村大学生村官刘佳脚沾泥土，心中有情，把特别的爱给了贫困户杜修东家。清涧县徐鹏普通话标准，好摄影，有才情，又是老家人，自然亲近。府谷县的韩买旺带来用扫帚脱贫致富的励志故事，子洲县何家集镇苗家坪村脱贫户苗小鹏讲述他如何带领全镇残疾户发家致富，让手工空心挂面走到千家万户碗里的"挂面人生"。12个县城，12场巡讲，我们在幸福且光荣的舞台上感动着、憧憬着。

　　我作为佳县的扶贫干部，以故事巡讲团主持人的身份出现在佳县的巡讲台时，别样的骄傲、激动。在第六届"榆林好人——最美扶贫干部"的评选过程中，得到大家的支持和鼓励。那天，我终于有机会，借着讲故事的舞台，郑重地向他们道上心声，说句感谢。我面向观众，深鞠三躬：一敬佳县的天地山水，二敬佳县参与脱贫攻坚的领导和干部，三敬佳县的父老乡亲。我听见台下掌声涌动，经久不息，抬头看见巡讲团的兄弟姐妹们热泪盈眶，而我，早已是泪流满面。六年的扶贫工作和生活，我把佳县当作我的第二故乡，佳县的山水草木，佳县的百姓皆是乡党。生活中，无论是在哪里，只要听到乡音，心里软软的、甜甜的。有时会与他们主动说一句地道的佳县话："你是佳县的？""昂也是佳县的！""你佳县哪的？""昂是乌镇刘家峁的！"立马亲近起来。

从米脂到佳县的路上，我反客为主，一口佳县话，跟他们介绍着沿路的稻草人是谁谁家的，庄稼地是谁谁家的。我带巡讲团的兄弟姐妹们吃我乌镇的枣饼、品我"铁皮房"的凉面，我开心地蹦蹦跳跳，他们便说苏丽明明是个孩子么，以后不许叫她姐！其实，我暗地里偷笑着呢，这一路的主持人，12个男搭档，一站一换，每个都是颜值、才气双担当、小我好几岁的小帅弟。他们硬是把我这70后的大姐姐变成了80后、90后的"小妹妹"。佳县电视台主持人白雪峰是我巡讲最后一站的搭档。他普通话好，人也热情。聊天时，得知他媳妇是清涧人，是我的乡党，瞬间觉得眼前的清涧女婿亲近了许多，对词的时候，一秒入戏。他说他喜欢吃清涧的煎饼，我说我迷恋马蹄酥、碱饼，一碗酸汤手工挂面荷包蛋，任何时候都能吃出想念。我还记挂着黄河的沙和土，飞在脸上都觉得它们是可亲的。我更感

恩住在这座石城的佳县人，一双鞋垫、一包芝麻，都是我最珍贵的礼物。

"五年7000万贫困人口全部脱贫""一个都不能少，一户都不能落下"，这是以习近平同志为核心的党中央向全世界和全国人民的庄严承诺，帮扶干部正是践行承诺的忠诚代表队和光荣的实践者，他们身上永远迸发着冲天的豪情和昂扬的斗志，为了帮助每一位贫困群众，让他们早日过上幸福的生活，奋战在扶贫一线的领导和干部职工，起早贪黑，抛家弃子，一心一意，扎根农村，埋头苦干，目标只有一个：群众满意，脱贫致富。两届故事会的讲述者，既是可亲可爱的帮扶人，也是幸福扶贫和光荣脱贫的践行者。

两个月后，榆林市第五个"全国扶贫日"脱贫攻坚颁奖晚会如约而至。这是全市奋斗在脱贫攻坚一线的优秀扶贫干部和模范脱贫代表的一次表彰盛会，也是为全市4.5万名扶贫干部再添动力，再鼓干劲，坚决打赢脱贫攻坚战的一次动员会！我又一次从万人之中被选拔出来，代表优秀扶贫队员幸运地站在演播厅舞台的中央。出镜30秒的发言，我反复练习了半个晚上。走台、站定、发言、敬礼、表情，就连呼吸也练了一遍又一遍："脚下有多少泥泞，心中就有多少深情……"30秒，每一个眼神，每一字的停顿，你必须要像孔雀开屏一样，瞬间带给观众积极、真诚、坚定、无悔的扶贫人的内在精神，你必须要用声音传递出扶贫事业的希望、成就、光荣与伟大。每个人都是天才，只有抓住别人抓不住的美好，你才会脱颖而出。30秒的发言结束，我用一个练了20多年的敬礼动作，致敬观众席和屏前4.5万名扶贫干部。

2019年5月12日对于我来说，是一个值得铭记的日子。我被幸运地被推荐为第四届丝博会"一带一路"减贫国际合作论坛陕西扶贫成果展榆林展馆的解说员。此次解说任务特殊，接待"团队"级别高，国家领导人、陕西省委书记、榆林市市长，三级领导同框。

接到布展通知，榆林扶贫成果展的筹备组反复修改文案。从布展主题、思路，布展方案的区划安排，展示内容，到榆林市情、贫情，榆林思路方法，经验典型，整整终结成 8 页。挑战我的是，要用 2—3 分钟的时间，把榆林近几年的扶贫成果以及 8 页 A4 纸的内容全面展示！如何切入主题，如何让视察组领导和群众对榆林扶贫留下深刻的印象，成了我日思夜想的问题。吃饭不香，无心睡眠，全身上下的毛孔里塞的都是紧张和压力。这不是一次简单的解说和介绍，代表的不仅仅是榆林的扶贫干部，而且是榆林市整体形象的展示。好几次我都握着拳头给自己说，你不是一个人战斗，有榆林市扶贫办的领导和兄弟姐妹鼓劲，有榆林市市长坐镇压场。

"我是扎根农村五年的驻村扶贫干部，也是一名人民警察，作为榆林扶贫的参与者、践行者，有幸见证了'愚公移山，爱人如己'。"我的开场白一出，领导们握着我的手、亲切地说："你辛苦了！女同志，不容易啊！"天哪，当时那个激动劲儿，我无法用语言形容，汗毛都竖起来，只觉得内心热流在涌动，展馆内的小米的颜色更黄了，山地苹果更甜了，红枣酒更醇了，原本紧张的心情，瞬间全无。随同的领导秘书竖起拇指说，这八个字，总结到位！我更没有想到，参展的领导和群众竟然全都认真聆听我的解说，跟随我的脚步，一一看完展板。我赶紧趁机把榆林的扶贫产品拿在他们面前做推广。这一圈，三级领导和群众在榆林展馆待了足足 15 分钟，整个场馆站得满满的。当视察团的领导再次握手致谢离馆的时候，我竟然激动得掉泪了，这才感觉到绷紧几天的弦要松下来。胳膊疼，腿疼，连脚后跟、手指头也凑热闹，拐了弯地疼。我的喉咙也干得要着火了，牙龈发炎红肿，一瓶 500 毫升的矿泉水一饮而尽，又开始给下一拨的群众解说。

15 分钟的解说，终于在各级领导和群众的满意声中画上了句号。在这几年天寒地冻、风雨无阻的扶贫工作中，每一个深深浅浅的脚印，每一天点点滴滴的积累，都经受住了考验，也得到了印证。晚上回到酒店，我

第五章 岁月如歌

浑身疼得要命，我再不能像从前那样，稍做休息就返回继续拼命了。双腿肿得一按一个深窝子，脚胀得没法从高跟鞋里拔出来，换上拖鞋后，才发现脚后跟磨出的血口子染红了鞋帮，最尴尬的是正值生理期的我，为了减少麻烦穿了一天的纸尿裤……

两届讲故事活动的主持人、30秒的代表发言、15分钟的解说员，真实地诠释了"台上一分钟，台下十年功"的道理，所有的角色都是一种凝结、互换与连接。这一路上，我始终与光荣的扶贫人、幸福的脱贫户、参与扶贫工作的各级领导干部们携手同行，走同一条路、唱同一首歌。他们给了我一个眼神、一个微笑、一句暖心的话，每个人都像我头顶的月辉与星光，长久地照亮了我天寒地冻、风雨无助的夜。所有的热闹与绚烂褪去，所有的鲜花和掌声过后，我只想拈一颗素心，把这些照在心灵中的光芒紧紧抓住，请它在指尖舞蹈、闪亮。

你们都是 VIP

又是一阵夏夜风，吹着一场场遇见和离开。

人的一生，会遇见很多人，有人给予我们温暖，有人和我们擦肩而过，有人遇见后重逢。我时常感怀，其实在农村工作生活的这几年，很难说是时光惊艳了岁月，还是岁月温柔了时光。但有一点是确定的，这几年遇见的每一个人，于我来说都是时光里的惊艳与温柔。也许，我们不能朝夕相处，却可以患难与共、分享喜乐。即便是欢聚热闹后再转回一个人的静默，心里依然饱餐着温暖的友情，偶尔在寂寞、苦闷之时，让人有所寄托。他们从不嘲笑你的缺点，他们心疼你的眼泪。他们确是在我飞翔时只关心我累不累的人，有些依赖，一不联系，就会想念。

在村里见到了刘鹏飞，他和妻子红梅正在地里摘玉米和南瓜，孩子们放暑假回来了，正在享受一家人团聚这最美的时刻。厨师刘向利正给村里新建的粉条加工厂帮忙，妻子马闫林的身体较前好多了，面庞红润，精气神十足。刘延霞、秦爱莲两位大姐在家带孙子，享受天伦之乐。刘付生一家住进新房，把田园生活过得有滋有味，一双儿女暑假勤工俭学，夜里捉蝎子，白天学习，是家里的好帮手。刘学山老人在自家门前拔根圆萝卜拌个小菜、喝点小酒，享受一个人的悠闲和自在。刘爱军和高小琴大姐经常在小院里召集村里的大叔大婶扭秧歌，吹拉弹唱好不热闹。王文医生回到扬州后继续在广陵区的乡镇医院上班，曾有同事问他陕北苦不苦，他说，再苦也没有贫困户苦。贫困户张倩倩高考填志愿，上大学学杂费减免，大学三年级就在校外实习、企业打工等等，都得到榆林市公安局结对帮扶人李玉泉的跟踪帮扶。三年里的每个月他按时给倩倩卡里打生活费，他对倩倩父母式的关爱，在村民中传为佳话。市局结对帮扶人中只有李艾东一位女同志，她的贫困户刘锦章虽然脱贫了，李艾东照例去村里看望他们夫妻，天冷送暖，盛夏送凉，点滴间彰显出女性的心细、情真、意浓。贫困户刘振国一家人经常来驻地办公室串门，"任东支队长人好、心好、事情办得好"这句话从不离口，我们都知道，没有任支队长的多方协调，我们是住不进新房的。在乌镇敬老院住着的任亮叶老人，是结对帮扶人白磊经常看望的亲人，他给老人讲城里发生的新鲜事，讲人民警察办案的故事……市局23户贫困有23名结对帮扶人，他们都把关爱当成责任，扛在肩上，志、智双扶，是他们打赢脱贫攻坚战的"武器"。他们把爱心永远留给贫困户，结对帮扶人的姓名在换，帮扶的力度却只增不减。

折明明获得"陕西省脱贫致富先进个人"荣誉称号，他被邀请到全国各地做报告。他的"小灯笼""十字绣""水果盘""抽纸盒"等手工产品售罄断货，还带出了一批"舞动手指"即有收入的徒弟们。刘建贵在佳县建立了首个残疾人"农村电子商务服务站"，成为"网红"，电商之路越做越好，被网友亲切地昵称为"强哥"；他用"贫困户种植＋服务站销售"种销结合模式，带动了本村和邻村贫困户种植业的发展；创建了"佳县残疾人联盟"微信公众号，为残疾人提供了一个相互交流、相互学习的平台；加入了陕北爱心志愿者联盟，成为"最美志愿者"，荣获"云高项公民道德建设基金佳县第二届道德模范"称号，"榆林市脱贫攻坚奋进奖先进个人""榆林好人""陕西省自强模范""陕西好人"等楷模称号。

　　"四支队伍"是脱贫攻坚战中的"领头雁""主心骨""主力军""引路人"。刘锦春和刘希东，是刘家峁村脱贫攻坚的"领头雁"，作为村委书记和村主任两位兄长，挑着村里的"大梁"。他们为村里的路、水、灯、网、产业发展等操尽了心，但换来村民安心、顺心。我们有困难一起想办法，有好事大家一起分享。刘宝田是村里会计，报表、账务，做得专业、细致、清楚，村里的每一分钱都花在了刀刃上。他随叫随到，责任心也强，装着印章的那个小布袋袋从不离身，一个电话，他就到你跟前。村监委主任刘省周是出了名的"铁包公"。党务、村务、事务监督严厉，公开审核。工作上他铁面无私，生活中却润物细无声，脾气好，人谦和，见你先一面春风笑容来。驻村工作队当然是"主力军"了，这几年的光景全在大家的口碑中。小康不小康，主要看老乡。我们踏实，我们问心无愧。单位同事说我们几个晒黑了，我们说，自从到了农村都吃胖了。驻村干部是"四支队伍"的引路人，无论是魏旭烨还是刘磊，他们探路、引路、铺路，带领大家脱贫奔小康。我在驻村工作当中收获太多太多，更收获了真挚的友情，充满友情的交往确是温暖人心的。

　　"时全拾美"是一个微信群名，群里只有十个人，都是我的同学。以"时"和"拾"代替"十"别有一番深意。"时"即时光、当下。"拾"，即收集和收获。不难想象，群员都是善良、正直、真诚，满满正能量、用心生活的人。他们都是各自行业、领域里的佼佼者、中流砥柱。有公务员，有律师，有老师，有考古专家，有国企、金融、税务才俊。每次遇到节假日、纪念日我们都会在群里报道，随时组个"谈场"聚会。十个人，或集体或两三结伴多次来到刘家峁村专程看望我。他们是我的"智囊团"，无论是工作还是生活，我遇到任何困难，都会向他们求助。我说，群里每个人都是守护我们的"天使"，他们说，群内每个人都是彼此的"小太阳"。十个人在每个年末，都会找一个大家都得闲的日子聚餐。我们餐桌上只有十个菜、一盆汤、一瓶酒、十杯茶，而这个聚餐也不是简单意义上的吃饭。我们聚餐的主题，十年如一日——每个人要谈这一年的得失和来年的愿望。每次来村，他们不光给孩子们送衣物、拍照片、送相框、送知识，还给村民们送思想、送文化、送爱心。他们带着各自的子女到村里体验生活，感知美好生活的来之不易。他们得知我有干燥性鼻炎，老流鼻血，便买来加湿器、酒精、棉球，还有创可贴、暖水袋、指甲刀、茶叶、拖鞋……每一件小物件背后的细腻和感情我能懂。他们集体从乡下接我回城，买鲜花、蛋糕，戴花冠过生日，给我惊喜。吃饭点菜由着我，早出晚归电话问，明明都是同龄人，我却被宠成"小公主"。

王慧和薛媛，是我的两位姐姐。每次周末回城后，她俩轮换着带我逛超市和书店，喝村里没有的现调奶茶和咖啡，吃村里没有的冰激凌和巧克力蛋糕。我们聊生活、谈工作、说理想，迷茫时她俩给予我坚定，收获时提醒我保持平静，以防我得意忘形。返村时，她俩给我备上一周的小零食、小零碎——花茶、沉香、面膜、浴足盐等等，让我在贫瘠的乡村依然享有生活的浪漫与馨香。她们会在清晨和深夜"检查"我的睡眠情况，也会在我停止更新朋友圈的时日打来电话，问我是否安好，提醒按时作息，谨遵医嘱服药。两位姐姐用耳朵收集我一肚的委屈，也用眼睛拾起我一路上的光影。贺婷妹在《光景》美篇上的每一期都点"在看"，同样生活在"水深火热"的我们，懂得用对方喜欢的方式去关注与理解。她说："扶贫工作，是要做个'杂家'，起初是了解，中间是掌握，最后是熟悉。你关注村民的生活状态和心路历程，难得的是还关注情感，你做到了！"我时不时地怀疑，她到底小我几岁，还是长我几岁？

曹洁，是一名作家，也是我的乡党。她专程来到刘家岽村，她说她想

我在刘家峁村

看看从没有在农村生活过的时髦小老乡是如何在刘家峁这个贫困村过日子的，她是第一位在村里陪我住架子床的朋友。还是在彩钢房的时候，房间里干冷干冷的，曹姐觉得这样的天气，让人头脑清醒，那晚我们聊了很多。她是个浪漫的女人，我陪她半夜一起披着外套到外面看天上的星星，冷得流鼻涕，我俩才回屋。她鼓励我一定要将《光景》写下去。她说，作家到农村写脱贫攻坚的故事只是感受，而我写《光景》是亲力亲为亲感亲受。我们俩可以在一大早边干活儿边煲电话粥一个小时，没电了还要充上继续打。聊什么？无非我们喜欢的人和事，但多半是我讨教《光景》，请她指导。曹洁是榆林市获得冰心散文奖的第一人。她说："倘若一个人没有强大的内心所持，其文字境界必难以广阔绵延、山水俱盛。每一个拥有自省与担当的作家，应该更多地关注社会，关爱生命，弘扬真善美，呼唤生命良知，敬畏人性尊严，珍惜自然万类。"我觉得我不用再写什么来记录那两天她和我在刘家峁村一起的故事和美好了，只要我看她的名字，清凉自在的气息便扑面而来。我们之间，连呼吸都是默契。

张小峰，佳县政府党组成员，县扶贫办主任。三年来，我亲眼见证了他的头发从乌黑变成花白，其实，他仅长我几岁，也是 70 后。第一次见到他，是在 2017 年佳县脱贫攻坚迎考动员大会上，他讲话字正腔圆，声如洪钟，印象颇深。后来的见面就是在各种检查和考核的工作当中了。事实上，县级扶贫工作是最关键的一级。往下是最基层的乡镇村指导，往上是市级的任务认领。县扶贫办承担着贯彻落实中央、省、市扶贫开发、脱贫攻坚工作方针、政策，研究制定县级配套政策和工作方案，扶贫开发信息统计和监测工作，扶贫项目的开发和资金的争取、管理、检查，整体脱贫任务的统筹、实施、落实、督导、考核，宣传的对内对外，培训的点面结合，等等工作都在这一层。他们是最累最难最苦的。小峰主任来刘家峁村不计其数，但每次来都滴水不沾，粒米未进，忙着说要跑下一个点儿。他总说：

"下次再吃，下次再喝，还有机会。"只是这个"下次和机会"，一直到现在都没有。检查工作时，他能很专业地马上找出问题，但从不训话，总是体恤大家的难处，他对大家生活和工作上的关心让人觉得不好好工作是一种罪过。陪同检查时，他很少说话，只管细致地做好引导、陪同和联络工作。他的朋友圈动态全是满满的正能量，从中央到省、市、县级的扶贫政策、资讯分享，偶有诗词读书音乐赏析。早到凌晨，晚到午夜，我明白，那是他加完班后难得在手机里汲取营养的时刻。他的工作大多在幕后，默默无闻，不求回报；他的辛苦也大多在幕后。此时，我依然期待小峰主任来村，哪怕是喝一碗小米粥……我觉得大家欠他一头乌黑的头发，欠他一个无私奉献的奖杯。

政治部主任史克兢上任后第一周，就来村里看望驻村工作队。他给我们带来的是年份已有十年的福鼎老白茶，一人一饼。这是我驻村工作几年里见到最富人情味的礼物。他说："村里条件艰苦，工作任务重，多喝茶有益于身体健康。品茶品人生，茶香也久远。"说着，两大箱提子与香蕉等水果也放在桌上。之后，他来村次数频繁，节假日从不缺席，厨房打开冰箱看，办公室宿舍看，问寒暖、问干湿，来时米面油肉，离时叮咛嘱托。在贫困户家里，他揭开锅盖看，拧开水龙头看，看窗门、看院落，他对驻村工作队的关心和对贫困户的爱心全体现在这些细致里。史主任公务繁忙，穿梭在各级各类会议室，出现在各种活动比赛中，但他一直要求工作队员要认真学习，系统学、实际学、思考学。灵通信息、熟悉政策、掌握知识，这样才能为老百姓办更多实事。每次去办公室找他签字、汇报工作时，他都捧着书看，不忍打扰。市上举行"幸福扶贫·光荣脱贫"故事巡讲，省里举办丝博会，他都积极推荐、支持我全力配合好工作，要为榆林公安增光添彩。他对扶贫工作的支持，体现在方方面面：表彰优秀先进时，为我们积极争取名额，经费支出优先保障，扶贫产业大力支持，尤其是重点培

陕北的黄土高原

养驻村工作队员，在点点滴滴中让我们感受到温暖。

李世旺是警营摄影家，我认识他近十个年头了。当年在伊春市举办的全国新闻摄影研讨会上，我们在一个厅听课，一张桌就餐，一辆车采风。课后，我们在摄影群里交流学习。他的朋友圈从来没有摄影以外的东西，我曾妄自以为单调，后来羞于自己的浅薄。他的照片就是他的生活、他的工作，甚至是他的全部。己亥四月，世旺兄为真实感受扶贫工作，用影像记录脱贫攻坚人和事，特别是关注贫困户孤寡老人的生活及精神面貌变化，驱车近千公里从大京城赶到刘家峁小山村。风尘仆仆难掩见面喜悦，一锅小米粥煲出乡情，两块枣饼吃的是心意。次日晨就开始扛相机、背器材，走村串户，捕捉影像。他的镜头里刘家峁村人质朴、善良、纯真。他拿起剪刀给孩子剪发的画面，温暖了我很久。至今孩子提起这位剪发的叔叔，还是那么记忆犹新。世旺兄喜欢陕北高原的苍凉与深邃，蓝格盈盈的天；也喜欢小桥人家的细致与温婉，清凌凌的水。人之交情，金兰之契，《光景》之照片，不少出自世旺兄之手，心存感激。日月星辰、山石水木，世旺兄留给我的是千里之外的牵挂，是站在面前的一声"你好"，是留给刘家峁村的珍贵影像。

己亥腊月二十二，结束了最后一波扶贫工作检查，我从刘家峁村赶到县城，准备周末搭顺车回榆林。王小萍打来电话："姐，脱贫攻坚第三方评估工作圆满完成了，晚饭我想请几个朋友来家里庆祝一下！都是外地人，吃不上家常饭，咱做点揪面片，怎么样？辛苦姐姐！"小萍妹是一名扶贫老兵，在扶贫系统工作了16年，深知驻村工作扶贫的艰辛，自打我驻村扶贫以来，她就当我也是扶贫铁军的一分子，所以一直多有来往互动，一路关心支持我的驻村扶贫工作。她是理工女，思维敏捷、逻辑性强，说话、做事顾全大局、干脆利落、吃苦耐劳、坚韧刚强，是典型的女汉子。2019年她被提拔下县任职，恰好又分到佳县，这让我十分欣喜。去年政府准备了周转房，她给了我一把钥匙。从此，下乡到县城办事我便有了歇脚的地方。记得入住的第一晚，躺在床上，我感叹说，五年了，来佳县还没有睡过这么大的床。她心疼地说，姐姐真是受苦了。之后，凡遇下乡检查顺道路过她就来瞅我两眼。

挂了电话，我就开始准备晚饭了。我明白她的心意，这几位朋友都不是佳县本地人，长时间离开家，把所有的时间和精力贡献给这个 27 万人的县城。能吃一碗手工家常臊子面是大家感受家的温暖的共同心愿。

我赶紧起身到楼下的超市去置办家宴的食材。扒拉几个素菜，就开始和面做臊子。

看着眼前这一锅素臊子，红的是日子，绿的是希望，黄的是土地，白得纯粹，黑得深邃。没过多久，家里就热闹起来了，暖暖聚了一家。我将面条一碗一碗端上桌后，家里却出奇地安静，他们一个个只吃不说话，是想家了吗？他们大概吃出了家的味道，久违的味道。我突然意识到，眼前这一桌人，这一锅臊子不正是咱佳县百姓热气腾腾的烟火气吗？朋友也罢，兄弟姐妹也成，他们用智慧和付出熬出了岁月和精华，用真诚和善良炖出了喜悦与自豪，用努力和奉献吃出红火和热闹，佳县这口大锅里的臊子和汤，真是洗了疲惫、敬了时光、悦了生活啊。我为能参与其中而倍感荣幸，我为能一起见证向心力和士气而幸福感爆棚。

这几年，因扶贫工作获得的奖牌不计其数，但为这些奖牌付出辛劳的人和时间没法儿算清。我看见过时光的倒影，每一份荣誉背后隐藏的也一定是不为人知的艰苦卓绝。可我始终相信，每个人投入的每一份真诚与热忱不会白费，都在你看不见的人生存储罐里。希望从此以后，刘家峁的子孙可以在这里安居乐业，佳县百姓、榆林人民，乃至陕西、全中国 14 亿中华儿女都平安喜乐。

当离脱贫攻坚战胜利收官越来越近时，我们不会忘记还有那些在扶贫路上献出宝贵生命的勇士：郭晨琛、薛毅、白新荣、黄文秀、余芳……翻开记忆里的画面，他们挽起裤腿，脚淌泥泞，历历在目。如今，脱贫攻坚，如你所愿，美丽乡村，小溪弯弯；朗朗星空，清风习习。愿天堂里的他们，再没有遗憾和苦难。

　　什么是VIP？网络上这样的解释更适合我的心意：VIP意为Very Important Person，就是贵宾。我想说，《光景》中的每一位，都是我的VIP。他们是我生活中的良师益友，也是我往后余生心中的珍藏。我的身旁，永远为他们留着位置，一起看细水长流，一起看花开花落。

 我爱我家

距离高考还有十多天，女儿失眠多梦不思饮食频发。尽管我给她做了考前心理疏导和各种放松，但还是能感知她的些许焦虑。丈夫右脚踝意外扭伤，打着夹板，一瘸一拐只能在家里卧室与餐厅之间活动。弟弟的岳母脑出血病危住院，一大早我连脸都没顾上洗，穿着家居服开车送弟弟和弟妹去往汉中的高铁站。中午，父亲买了机票从榆林急忙赶回西安。近70岁的老人一人照顾弟弟家两个孩子的饮食起居，母亲一人也挑起两家的家务。我恨不得长出八只手，两只给工作、两只给家务、两只给高考的女儿和行动不便的丈夫，另外两只给父亲那边搭把手。父亲给手机定了闹钟，接了老大送老二，送了老大再接老二。两接两送，三餐烹饪，几天下来，累得腰酸腿疼。我和父亲像两个陀螺，各自在家的天地里旋转。

尽管这样，父亲仍要抽出一丁点空来探望身在"水深火热"中的我。写了一夜的稿子，我趴在电脑桌上睡着了。恍惚中听见有人进来，这个点来家里的只有父亲。看见我充满血丝的双眼，父亲话到嘴边却一言不发。他又叮嘱我不要熬夜，并递给我包子吃。我吃着，父亲看着。父亲知道我近期压力大，女儿高考，做好后勤保障的同时，还得适时帮她解压。单位的事情不能误，脱贫攻坚工作到了收官总结之年，全省大普查、验收、报送随之而来，加上我的《光景》也要出版发行……

成年后的我很少在父母亲面前流泪了。虽然努力克制，但眼泪滴在豆浆杯里时，父亲看见了。父亲当然知道我的眼泪为什么而流，他泡了杯茶坐在桌前给我递了纸巾："丽丽，没有谁的生活真的万事如意，咬咬牙，再坚持坚持就好了，有爸在呢！"

还好，叶先生脚伤很快痊愈，可以正常出行。我们带女儿到健身房打乒乓、玩桌球解压，听音乐，做头部放松。听朋友说，高考第一天母亲要穿旗袍，寓意为旗开得胜。结果，胖得旗袍穿不上了，找了条红裙子，整个"开门红"吧。尽管身上红裙艳丽，看着孩子只身一人渐渐融入考场人海后，我却转身泪已决堤。去超市的路这么长，人也那么多，我觉得自己要软在路上。叶先生说，能走进考场，就赢在开始。

前一晚，孩子失眠了。我给她放睡眠音乐、全身按摩、抚摸脚指头……我把所有能让她安睡的"技术"全部用上她才浅睡着。早上 5 点 50 分，女儿就醒了，眼睛也肿了，我知道枕巾是湿透又拔干的。每个家庭对孩子的要求不一样，有人觉得考了北大也没发挥好，有人考了普通高职也值得庆贺，好坏与否并没有标准。其实，很多时候，孩子们的压力不仅来自本身，还有学校、家庭和社会的过度关注。高中三年孩子们经历了怎样的密集训练，他们又经历了多少心理和身体的磨炼，我们可想而知。世界上哪里来的感同身受，那只是一种语境，无限接近，却不能等同。背后加油的声音越响亮，孩子们的压力越大，聪明的家长把"祝你金榜题名"的祝福语换成了"祝你好运"。林清玄说，所有的遗憾都是成全，一切都是最好的安排。他深信，我也深以为然。这些年我们一家人经历的酸甜苦辣也只有用冷暖自知表达了。于孩子，于家庭，于生活，于工作，无不是。

　　高考的前一日，我们就搬到了考点附近的同学家里。菜场离家里也不过几分钟。女儿去考试了，我在家里准备午餐。我做她喜欢吃的家常菜：宫保鸡丁、醋熘土豆丝、番茄烧豆腐、凉拌黄瓜。煲小米粥，熬绿豆汤。葡萄、榴梿是配餐，好像我要把21金维他全部做到菜里一样。第一场是语文，不知道考回来心情怎么样。听到楼下有个小孩玩耍摔倒了在哭，我的手跟着抖，眼泪都滴在锅里了。是不是孩子一路哭回来的？是不是她状态发挥不好？我恨自己怎么心往坏处使。习惯了磨难的我，最近发生的一切，顺畅得令人都不踏实。我把饭晾好了，进门就是合适的口感和食温。每个母亲都一样，再坚强的外表下，仍然有一颗敏感易碎的心。我问自己，驻村生活时不怕蝇蛾蝎蚊的勇敢哪里去了？不怕天不怕地的咬牙劲儿都丢哪里了？

　　数学是女儿的弱项。她说她担心自己"晕"在考场。我说，张同学考清华，刘同学进了高职院校，还有同学落榜开始打工生活，咱以后卖个奶茶又怎么了，前途都一片光亮呀，都是为社会做贡献。语文考完，数学提前十分钟交卷。她说数学比想象中的更难，做完的，也不一定正确，但头脑清楚，不会的也还挂了几行步骤，盼着评卷老师给一两分。"没关系，能顺利走出考场，已经够勇敢。"叶先生又坚定地说。

　　考前一周女儿瘦了四斤，我看在眼里急在心上。第一天午餐做了那么多菜，她只吃了几口米饭，一口菜。我假装镇定，大口吃饭、大口喝汤，一桌子的营养全被我吃到肚里来了。食物的能量转化成我不敢抬头看她，不敢说话的"脆弱"。而她，只喝了一小碗小米粥、一杯酸奶。入夜，我给女儿泡脚揉按，她不好意思。女儿儿时体弱多病，每晚都是我给她温水泡脚，遵医嘱捏揉按摩，空着手心拍背来辅助治疗。忘记什么时候起，她不要我洗了。我洗着想着，今后还能为你洗几次脚？那晚，她抱着我，我搂她在怀，仿佛回到了十几年前。今晚比昨夜好多了，11点入眠。一夜翻身三次,早晨6点上卫生间一趟,再继续睡。

　　起床早餐,手工挂面荷包蛋走起,这是多年来的考试专利。她去考场了,今天是文综和英语。除了共同希望考场内的孩子们正常发挥外,家长们一致的想法就是把外面刺耳的蝉声瞬间消灭。聊天内容扯东扯西:安徽歙县的孩子因洪灾高考推迟;贵州公交车坠湖;你给孩子做了啥,吃了啥?我家的娃儿不爱吃面,一个月不吃一根儿……正听得入神,转眼间一阵狂风四起,学校门口临时搭建的防晒网摇摇摆摆,几分钟暴雨来临,等待孩子的家长们虽然都成了落汤鸡,嘴里却欢喜着,下点雨孩子们凉快。

　　为女儿订好的鲜花在路上了。我担心花儿被暴雨打乱,我和叶先生用雨伞遮住鲜花,自己心甘情愿地淋着雨,哪怕出考场的孩子看一眼完好无损的鲜花也成。我们所有的祈祷都在这束鲜花里了:5枝百合花代表她12年无怨无悔的求学寒窗;6枝明媚、阳光、美丽、充满希望的向日葵表达我们不离不弃且沉默的爱;配花尤加利是大地的恩赐,洋甘菊寓意逆境中的坚强。11枝,一心一意。我想没有哪个女生拒绝鲜花盛开,我家姑娘也会喜欢。正发愁雨下得这么大,考试结束后孩子们怎么在雨地里放飞自我。转眼就见云消雾散,天气放晴。我们一眼就在人群中看见走出考场的女儿,叶先生将抱着的鲜花递到她手里时,女儿终于露出了久违的笑容。"高考只是一场考试,无论如愿还是遗憾,都是成全。"叶先生送给孩子的话,坚定也实在。

　　两天大考即将结束,我们一家三口的三地奔波生活也即将停止。12年的苦乐年华,历历在目。女儿小升初那年是我参与脱贫攻坚战的第一年。她激情飞扬的初中、怀揣梦想的高中,也陪伴着我"不问成绩,只问初心"的扶贫工作。

　　越是浓烈厚重的情感,越是没法儿用文字或语言表达,我深有体会。疫情肆虐的庚子年伊始,我也动笔《光景》。叶先生为我专门购买了新的电脑，他说他能给予我最大的支持就是不管多晚，灯下的那杯热茶或咖啡，不管多晚，他愿意从被窝里爬出来给我校对文字。偶尔，我站在书房的门口，望着客厅沙发上穿着睡衣，在落地灯下拿着笔在打印纸上勾勾画画的叶先生，也是感动连连。我生怕落下的眼泪被他看见，把那一刻的感动误以为成伤感。《光景》写到刘峰兄妹俩的时候，Word 文档里字打出来又删除，一大段变一小段，几行变一行，反复修改还是不能完全表达自己的内心。我骂自己神经病，干吗要在这么忙碌、特殊的时间段里写什么"光景"，真是自己折腾自己。他说写作本就是一次热血沸腾的流浪，有愿望就要甘心流浪，码字出书本来就不是一件容易的事，他说："梭罗说过，一个安心的人，在哪儿都可以过自得其乐的生活，抱着这份乐观的思想，如同居住在皇宫里一般。刘家峁是你的宫殿，不管有啥事，放一放，好好睡一觉。""人间自有公理，公道自在人心。以不变应万变，以万变应不变。"我突然觉得叶先生像一位伟大的哲人。平日里他语言上的"吝啬"和行动上的"懒惰"，似乎也找到了合理的解释，放一放、懒一懒，也许正是最自然、最聪明的解决办法。

2014 年 8 月，我刚驻村两个月，便施行喉部手术。叶先生向单位请假时，他们领导专程来医院看望我，他们同事也主动分担工作任务，对我们一家照顾有加。2017 年时，组织上又考虑到我们夫妻二人都在驻村扶贫一线工作，无法照顾家庭，便重新安排其他同志驻村扶贫，调整他回机关分管扶贫工作，我们一家更是心存感激。

驻村工作的这几年，叶先生肩负起照顾女儿的重任，与女儿一起读史书、做考卷、运动、就医。他学会了洗衣做饭。原来只会熬稀饭的他学会了米饭炒菜、烩面片。从前习惯叫外卖的父女俩竟然能在家里吃出花样。他不忘在春茶上市的时候买点给父亲尝鲜，也不忘在换季的时候为父亲添置新衣；母亲生日时，红包、礼物从未缺席，请吃请喝还不忘记发短信祝

父母来刘家峁村看望我

丈夫叶万翔来村里

女儿叶嘉宜和我在村委会门前留影

福。他不善言谈，却是弟弟、弟妹的知心姐夫。他从不推辞我同学亲友的求助和帮忙，是亲友嘴里的模范丈夫。最重要的是，近 20 年风风雨雨的家庭生活中，他从未忘记在所有的纪念日里为我送上礼物。和每个家庭一样，我和先生也会红脸拌嘴，但我的家足够幸福，如果有下辈子，我还要与他和女儿血浓于水。

时间好似流水，任你看清走过的背影，却无法抓住它、数清它的路程。工作与生活，也并非皆是杨柳春风。

这些年，我也曾听到不同的声音。有人说，我出风头争先进、置女儿身体和教育不顾。说这些话的人，也许不知道我每次回到西安家里，要把一周的饺子包子做好冻冰箱，清理换季衣物，孩子的获奖证书、学校的教育导报等等都整理成档案；他们不知道，我把爱岗敬业的道德模范好人的荣誉留给更优秀的干部，把优秀公务员的荣誉让给了队友，善意婉拒了中国优秀扶贫案例最美人物的评选；他们也许不知道，他人在饭桌上八卦议论和自己无关的人和事的时候，我是坐在椅子上码字写作，书房练字；他们也许不知道，我也定期抽空做美容 SAP，运动健身，按摩浴足，让自己拥有健康的身体时刻备战；他们也许不知道，我在声带疾患治疗时的咬牙坚持；他们也许不理解，我为那些遭遇贫穷的村民痛心，也为他们的改变而欢心的感情。

父母教育我，说话、做事都得负责任，咱们不惹事也不怕事。存好心，说好话、做好事，只要认定事情是有益于他人的，就坚定不移地往前走。话也一样，不想说时一个字也不说，要说一次性说个痛快。六年了，我从未对这些声音有过回应。现在，我要好好说话，安静地说大方的话，放在《光景》里说。

父亲也会在我遇到棘手问题时这样说，在农村，平心静气地看待问题、讨论问题，从容不迫地解决问题。父亲也在我取得荣誉时给我泼来凉水：

别人说你好话，你要感谢人家，但不要骄傲，想想自己是不是像别人说得那样好。父亲会在我迷茫时送我一枚定海神针：如果人家不把你当回事，你不要灰心，人家忽视你一定有原因。但无论怎么样，如果你坚定是善良正直的，也不要因为人家的言语而改变了你的初心。

父亲是个老顽童。前几年，网络上流行"QQ农场"网络游戏。全民种菜、偷菜风靡一时。父亲"苦心"经营自己的农场，他做了一本种菜笔记，里面是各个时段菜品和水果的成熟时间，半夜起床在电脑摘菜。父亲是真正能把"梦想"照进现实的人。家门前有一片空地，每年春天他就开始"农场大开发"。等空地里南瓜开花了，黄瓜藤出嫩果了，西红柿上架了，他就请子女们去参观。他一边介绍农艺的优势，一边为秧苗浇水施肥，我端了盆水帮他浇水，但被拒绝了。他说，这庄稼会认人哩，现在苗子太小，要一点一点喂着喝，哪能像你那样一盆水倒进去，它一定知道不是我浇的。说罢，父亲便一小勺一小勺地像喂养婴儿一样去喂小秧苗们喝水，那成就感完全写在脸上的。至今，父亲仍然不肯把农场主的职位交给任何人，但他把对待生活的热情基因全部遗传给了我。所以，我在六年的声带治疗期间，积极配合医生，学着父亲的样子生活、工作。

来刘家峁村的前一天，父亲给我写过一封信。父亲的家书是家训，也是家风。那封家书是激励和引着我六年坚守驻村生活的叮咛与陪伴，我时常把它捧在手里。即使是刮风的春、炙烤的夏、萧瑟的秋、寒冷的冬我也一次次地读出它的芬芳与坚定，就像看到父亲眼睛里所有的牵挂与期盼。

如果说父亲是我成长中的一座山，那母亲就是我蜕变中的一湾湖。母亲4岁时丧父，外祖母靠纺线织布，种庄稼务农，一个人把舅舅、姨妈和母亲三个子女一一带大，并成家立业。物资匮乏的年代，一个裹足女人在庄稼地、棉花坊里黎明即起，披荆斩棘，是要被艰难岁月煎熬风化成石才能勉强保证孩子们吃饱穿暖。外祖母的确坚硬如石。我和弟弟出生后，母亲便带着外祖母在我家生活很多年，直到她去世的半年前。母亲的性格里多了些外祖母的自立自强，还多了顶天立地、大女人的气质。母亲最欣赏父亲的是，他像儿子一样孝敬外祖母，第一碗饭永远要盛给外祖母。父亲这样的品质也传承给我和弟弟。饭做好，第一碗永远是给父母，父母不动筷子我们绝不会动。儿时，母亲是我的"保护伞"，成年后，她是我的"保险柜"。母亲是个十分坚强的人，她的内心的苦闷很少向人吐露，全部被嚼碎咽到肚里了。

母亲说，她这辈子没什么伟大的理想，也没什么成就。净"赚"几个人，一儿一女、一儿媳妇、一女婿，还有孙女、外孙女。退休后的母亲，坚持太极剑的锻炼，坚持每日饭后徒步，坚持在按摩椅上做保健。她常说，锻炼好自己的身体就是给子女们挣了钱。自个儿身体好了，子女们既不用花时间，也不用花钱给医院。母亲的保健项目里还有打麻将。她认为十指在运动，大脑也在活动，至少老年不会得痴呆症。她还常常用手机打游戏笑出声，也会在深夜里分享一些好的文章在朋友圈，还时不时在家庭群里发红包，逢年过节的时候为我们做好吃的。我生日时，她会在凌晨第一时间发祝福，给我准备红包。我说都这么大了别给了，她说只要她活着，就一直给。她教育我与公婆处理好关系，并为弟妹做好榜样。母亲保留了节俭低调的品格，不允许我们铺张浪费、炫富攀比，即使在最好的时光里也不忘当年的困苦。母亲偶发脾气，但大多数是因为我们做得不好或者做错了事。比如屋子没打扫彻底，留着犄角旮旯会惹细菌滋生；比如时逢八节要提醒我们与亲友走动，嫌我们老是长不大，要她主动张嘴；母亲怪我们不懂节约，比如我们把菜头和葱头切掉是浪费，纸箱旧书不可扔，卖给回收站，怪我们洗衣粉放多了；我扔在垃圾袋里过期的食物，她叨叨着捡回来说要给楼下的猫吃……母亲常常说自己管得太多，可我觉得母亲的爱和品质都藏在这些日常的细碎中。她内心善良，但性格执拗，她认定的事情，很难有人能说服改变。母亲不善言谈，从没有对我们说过"爱"。她只会用付出、忍耐、牺牲来定义母亲这个纯粹的名字。

我喉部手术的前一天，打字留言给母亲说要出差，两周后回来。几句话就引起母亲怀疑，非要与我视频。叶先生代我接通后，说我下楼倒垃圾了。第二次视频请求，女儿接听，她说我妈在洗澡。善意的谎言终被识破，但母亲不露声色，没有揭穿。两周后，母亲买了火车票来到西安家中"侍奉"我半个多月。平时节衣缩食的母亲花了一万余元买了几瓶昂贵的"白桦茸"让我吃，她说我小时候因经济条件不好，营养没跟上，体弱多病。白桦茸提高免疫力效果好，她现在要补偿，能补多少算多少。叶先生也为我买了铁皮石斛泡水喝。大家都用自己的方式爱着我。

2017年驻村工作队原班人马只留下我一个，压力山大。母亲说，你如果不留守，工作不好延续，也辜负了领导对你的信任，咬咬牙，三年都坚持下来了，再坚持坚持。2019年9月27日，我终于敢答应父母来村里"探亲"了。之前的几年里，村里基础设施差，食宿条件艰苦，我不敢让他们来看望我。因为很多人无法想象我吃住在"原始社会"窑洞里的恓惶样儿。怕父母看见我睡在挂满蜘蛛网、成群飞蛾乱撞、没有门闩的宿舍；不忍心他们把车停到四里地以外的村口再满脚黄土带泥走到我的办公室；更怕他们来了没处坐、没地儿站、没水喝。现在不一样了。村委会翻新，搬进了新的平房，村通、户通道路全硬化，办公室有了办公桌，电脑打印机配齐，自来水接进屋，新修了厨房，饭锅、炒锅、微波炉、米面油全有了，我不再担心他们来了没饭吃、没地儿歇脚。

父母决定要来的前一天，我去采购食材，遇见了村里的刘如汉夫妇。得知我的父母亲要来，刘婶挑了"胖乎乎"的豆角装进大袋子，塞了我个满怀，她说这是专门蒸麦饭吃的豆角，笼蒸后口感香甜绵软。原本准备在刘锦周家买黄米糕杂粮馒头给父母亲吃，结果县城里有亲事，锦周家的"宝

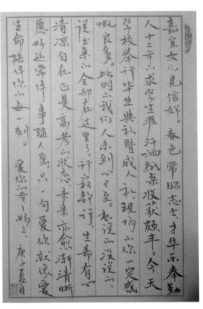

丈夫叶万翔为走出考场的女儿叶嘉宜送花　　　　　高考前我写给女儿的信

父亲苏正宗写给我的信

贝"被提前抢购一空，一块糕也没剩。我赶紧请刘向利来，骑摩托车带着我去镇上买枣饼、铁皮房凉面。向利看我忙，想帮灶。我觉得父母难得来一趟，再忙也愿意给他们亲手做一顿饭。向利理解我的心意，帮我择菜、洗菜后便离开厨房。锅里熬了稀饭，笼上蒸了麦饭，凉拌黄瓜、枣饼子、西红柿洋葱圆椒打卤做汁……这是田园饭，父母的最爱。

话说好事遇一块，也让人手忙又脚乱。著名导演石景天、编剧孙存政一行四人来村里采访，一个多小时的参观、座谈，我忙忘了锅上的稀饭。等我想起时，锅里的汤汁米油全部溢出锅外，稀饭熬成了干饭。送走了石导他们，出门就看见父母的车。刚刚准备带他们吃饭，同学周剑带着一辆大巴车载了20多人来村里。他说神泉堡红色教育基地刚刚学习结束，带党员们再到刘家峁村学习扶贫工作，他要给我惊喜，没打电话。周剑带着满满两大箱村里没有见到的水果，香蕉、红提、菠萝……一看就是在城里提前备好的。刘家峁的小院里从来没有一下子来这么多人，整个院子里像办喜事一样。我带着父亲和周剑一行"组团"参观我们四支队伍打造的爱心超市、农家书屋、"老刘家"农业合作社、医务室、党建室、会议室，还有原来的宿舍、办公室和厨房。我领着20多人的"团队"穿梭在小村里的每一个角落，除了啧啧的感叹声，我能看到每个人脸上为我流下的眼泪。他们无法想象一个城里女人在这个小村庄里一待就是几年。原来的厨房变成了地上的几块砖印，旧的彩钢房里留下的只有往事。母亲背过身抹的眼泪全部流到我的心里，每一滴都深深地疼在我心。周剑不忍打扰我们一家人的团圆，饭也没吃就告别了。

我和父母午餐的时间推迟至午后2点。刘如汉夫妇带着黄瓜、西红柿进屋时，村民刘向周闻讯也赶来与我父母亲见面。坐在饭桌上，刘嫂说，"丽丽是个好闺女，不叫叔婶子不开口，么（没）架子，村里人都喜欢她。上次看见一个人在地里掰玉米，我还想着这夏玉米不是都收完了吗？结果一看是丽丽，她说准备煮。我经常在想，工作队撤离时，一定要给我留下电话号码，每年都要回家来看看，我们家永远有一孔窑洞为丽丽留着。冬天来我要把炕烧得暖暖的，夏天来我要把家收拾得净净的！"父亲给如汉递烟，如汉说："这烟要抽，这是丽丽爸的烟，抽着亲。""昂米村里人都不舍得她走，她给我们办了好多实事。但她这几年受罪了，我们又希望她回到城里。"父亲低着头，一根烟抽了几口就只见烟灰慢慢燃烧了。父亲心疼我，儿时我在医院因败血症抢救时见过他背着身子抹泪，这是我第二次见他掉泪。大家都是家有儿女的父母辈，此刻的沉默里饱含着父母与子女所有的心疼和理解。片刻的沉默后，父亲开口说话了："农村是个大天地，条件艰苦能磨炼人的意志。"母亲说："当妈的怎能不知她，罪是受了，但她从小生活独立，还是胖个楚楚（陕北方言，胖乎乎）地回来了。"如汉夫妇说怪不得咱们丽丽人好，看人家父母亲教育得多好，端着茶碰杯示意。大家围坐在桌前，拉家常，临出门时，母亲把带给我的酸奶送给了如汉夫妻。

我的弟弟像"哥哥"一样疼爱我，一看到漂亮衣服和鞋子就给我买，我戴的第一副太阳镜就是他送我的生日礼物。叶先生不在身边时，弟弟陪我去医院做检查、治疗。家里灯管坏了，下水道堵了，全是他来解决。弟妹也像"姐姐"一样照顾我。每次返回村里时都要给我带上好吃好喝的和防蚊液、补水面膜，不收拾一大包她不甘心。就连两个小侄女买了好吃的零食，都要分出来点留给姑姑。

女儿在我六年的扶贫工作中给予我的是全部的理解与支持。她说，妈妈把爱给了村民，但也从来没有在我这里减少过一丝一毫。只是她太辛苦，一颗心分成多少瓣，大家都看不见。

我时常感叹生活给予我的磨难，也常常致敬黑暗与痛苦，因为在黑暗和痛苦里我看到过光明。扶贫工作的这六年里，能说出来的苦不算苦。我抿着嘴角强颜欢笑过，泪水与汗水也流成一汪泉。虽然我知道苦难从来不会离开我们，但快乐与感动也始终伴随着我们。

我从小在父母的爱里长大，成年后又被叶先生倍加呵护。在爱里滋养的人，能懂得山间草木的情意，理解动物生灵的理想。高尔基说："世界上的一切光荣和骄傲，都来自母亲！"胡适也曾这样说："如果我学得了一丝一毫的好脾气，如果我学得了一点点待人接物的和气，如果我能宽恕人，我都得感谢我的慈母。"我的母亲也是千万个普通母亲中被称颂的对象。父亲是，叶先生是，女儿是，弟弟、弟妹一家都是。

说这么多，都不如直截了当：唯爱动天，我爱我家。

星 光

纪念毛主席东渡黄河 70 周年大型革命史诗音乐会在吴堡县举行。一想到要坐在黄河边听交响乐，闭着眼都能让我乐出声来。音乐会的前日，我和女儿开车从榆林出发，晚上入住吴堡县城。饭后正准备去黄河边散步时，接到佳县县委宣传部常务副部长暴海雄的电话，经县里推荐，需要我准备一份扶贫工作个人先进事迹材料，次日早上 9 点前交稿。按照活动安排，参加音乐会的观众需要提前到达现场，一早 6 点就要出发。我看了看时间，距离明早 9 点只有八个小时。这可怎么办？要么放弃参加明天的音乐会，要么今晚别睡觉加夜班。

这几年因为工作忙，答应女儿一年一次外出旅行的计划泡汤，好不容易挤出一天的时间带她来一趟，我决定去敲同行王慧姐的房门，找她想想办法。一开门，慧姐笑嘻嘻地说："这女子有口福，你是不是预感到我要给你送水果来？"我说："姐，不要水果，我想要台笔记本电脑……"慧姐二话没说，几通电话，找当地朋友借电脑救急。半小时后，笔记本电脑和水果全都上桌，慧姐还泡了菊花茶。午夜 12 点，窗外除了黄河水的声音，静得出奇。此时，我有千言万语要写出来，可就是一时不知从何写起。女儿见我望着窗外的灯愣神发呆，小声说："妈，开了一天的车，你先睡觉，明天让慧阿姨带我去参加音乐会，你安心写稿吧！"孩子的话，让人欣慰，给夏夜增添了一些清凉。于是，键盘上敲敲打打一夜，直到凌晨5点，我终于把初稿发走。

我叫醒孩子简单洗漱后，便与慧姐母女二人前往音乐会现场。初升的太阳，好像从浊黄的河水中获得新生，积累着勇气和力量，广阔的黄河滩在朝霞的映照下，旖旎迷人也荡气回肠。我不敢怠慢她的热情，一夜没合眼的我，渴望感受顽石与沙砾的真实，渴望赤脚在黄河边奔跑。人有时就是这样，在极端的疲惫中也会有刹那的热血沸腾，极端的快乐中，也会突然闪过一道暗影。《红旗颂》《黄河颂》《东方红》等乐曲进入耳际时，钢琴、大提琴、小提琴的浪漫与忧伤也一点一点地渗入我的灵魂，我的情绪随着它们此起彼伏。极目眺望，黄河水浪与每个音符幻化成清晨最喜悦的光，照在我们身上。昨晚码字加班的疲累消失得无影无踪，我像被念了咒语一样，身体死死地被定在观众席。

然而生活总是这般变幻莫测，充满突如其来。

一个月后，我在村里陪结对帮扶干部入户走访时，又一次接到了暴部长的电话。他在电话里说："你一夜完成的材料，得到了不少人的共鸣，近日可能有团队来村里调研、采访，请保持手机畅通。"9月26日这天，村里来了一辆车，下来一群人，摄影器材，大包小包的。村里人都跑出来看"外地人"的稀罕，他们七嘴八舌，议论这些人是找谁的。我到村口一看，才发现手机里有暴部长的未接来电。眼看这些人走到村委会办公室了，我回拨电话，只看见暴部长在人群中接起电话。天哪，莫非这些人就是暴部长说的调研团队？是来找我采访的？

暴部长与我打完招呼，随后有人说道："你好，苏警官，我是'星光行动'节目组的小肖，今天来村里了解您参与扶贫工作的事情。"正说着，一个身材偏胖，着黑色薄羽绒服，穿工装裤像是"领事"的人，示意周围工作人员"OK"手势后，就正式开始"工作"了。他们分别到我的住处、厨房、办公室、小院，这里拍拍，那里看看。所谓的调研工作，就是这个看上去与我年龄相仿的男人不停地看，不停地提问题。没错，就这么简单，"他问，我答"，他问什么，我答什么。他的问题与之前来访的团队不一样。他问："你在村里都喜欢干什么？你床头怎么放着《梁家河》《呼兰河传》这些书？听说你声带有疾患，女儿也体弱多病？村里你最牵挂谁？你之前有过农村生活吗？你觉得农村生活苦吗？……"我呢，就像平时与人聊天一样，虽然看见扛着器材的老师们不停地转换角度和位置，但丝毫没有感觉到紧张，有的只是好奇。心想，此刻的这份"淡定"得益于平日舞台的训练吧。我暗自庆幸，所有的平日的"积累"都能派上用场。"领事"男人又找围观的村民聊天，半晌的工作就这样结束了。我同暴部长打招呼时，"领事"男人走到我跟前说："苏警官好，我叫韩可一，最近有个纪录片要拍，刚才这些素材可能要用到。待会儿我的助理小肖会留您的电话，请保持手机畅通。"助理小肖留我电话时，小声说对我说："他是导演。"说完，他们连人带工具一辆车就消失在村口。

我掏出手机，百度"韩可一"。刘家峁这穷山沟连大导演都来过喽！两天后，我第三次接到暴部长的电话，要我女儿的联系方式，央视电影频道想邀请孩子来参与纪录片拍摄。当晚，我联系了女儿，看她是否能回榆林一趟。女儿学校开运动会，时间冲突；她们的舞蹈，已经编排了好久，马上要演出，舞蹈队里突然缺人，整个节目没法儿往下走了。她是不可以请假的。

9月29日这天，央视电影频道"脱贫攻坚战·星光行动"节目组韩可一导演一行十几人再次来到村里。我傻乎乎地问他："韩导，这次来村

著名影星景甜在佳县刘家峁村拍摄电影《星光》（左起：刘媛、景甜、苏丽、叶嘉宜）

"脱贫攻坚战·星光行动"在佳县刘家峁村拍摄结束后合影

里拍啥？"他说："拍你啊，拍驻村工作队，拍村民呗！"北京话真好听，跟唱似的，以前在电影里听到过。接下来的工作像上次一样，他提问，我回答。但这次的拍摄多了一个环节，由刘施然导演负责拍摄我从早到晚的工作、生活的全部。平日起床后干嘛就干嘛，平时工作是怎么流程就怎么干。入户走访，整理档案……刘导的团队全天都在村里，听口音像是川渝地区的人，我便做了几道川菜让他们吃。上次采访时，录音师李辉得知在镇上买不到卤鸡爪，这次他专门买了几袋鸡爪给我。老天待我太好，安排与我遇见的人都这般贴心。刘导、大张、小关、小肖，他们个个敬业有加，土洼里蹚，泥沟里走。虽说是外地的城里人，吃饭一点也不讲究。稀饭、杂粮馒头随手拿起，说吃就吃。人多饭好吃，你一碗，我一勺，大伙儿愣是把乡村田园饭吃出了城市的味道。韩导在院里找信号接电话，我告诉他只有墙根那里信号好一些，刘导仍然不说话，站在大太阳下低头沉思，我不敢打扰。其他队员擦拭器材，只能在院里院外来回走动，村委会真没地方供他们休息。直到夜幕降临，拍完最后一个内容，他们在夜色中驱车离开。

　　这是我第一次参与纪录片电影拍摄，也是第一次见到没有剧本的电影，我依然很好奇。这样的好奇，一直伴着名影星景甜带着我女儿奇迹般出现在我面前的那一刻。原来，剧组为了追求影片的真实性，女儿到村的计划对我保密，这是团队铁一般的纪律。全部参与人员当中，就我一个人"蒙在鼓里"。暴部长瞒着我，联系女儿学校教务处，征得同意后，悄悄把女儿从西安接到榆林，再从榆林接到佳县。女儿从榆林开始就全程与景甜在一起了。团队的一组人马在县城拍摄女儿，另一组则到村里拍摄我。9月30日下午，景甜把女儿当"礼物"一样带到我面前的时候，我彻底傻眼了。怎么景甜能来村呀？怎么她把我女儿带来了？这哪跟哪呀，太不可思议了！女儿不是在学校参加运动会不能回来吗？怎么回事？眼泪瞬间像断了线的珠子从眼底滚了出来，我忘记了周围有那么多摄影机的存在，抱着女儿哭得跟泪人儿似的。一直到现在，只要我看这段视频的时候，依然如临现场，声泪俱下。

景甜像村里人回到家乡一样，大方地与周围村民打过招呼后，握着我的手边走边聊："苏丽姐，孩子懂事，善解人意。和她聊了一路，感觉一点都不像高中生，既成熟又有思想，特能理解你，真是个善良有爱的孩子！"我还没从刚才的惊喜中缓过神儿，又听到景甜这样说，激动、感动等复杂的心情难以言表。那一刻，真是脑死亡，仿佛一切都停止了，完全没有一点意识接受孩子和景甜同时出现在我眼前的事实。这是我第一次近距离接触明星，我不相信眼前这一切是真的，我狠狠掐了自己一把，再看看女儿和景甜，他们确实在我跟前呀！虽然自己已经过了追星的年龄段，但现在看到明星却也激动得乱了阵脚。

我问景甜会不会说咱家乡话，她忽闪忽闪的大眼睛顿时露出神气和自信："怎不会说（陕西话读 she），俺是陕西人么！姐，我说（she）得怎样？得是还行？"纯正的陕西话从甜姐儿嘴里顺溜地蹦出时，我们之间没有丁点生疏感和距离感。我掏出手机问她可不可以合影，她立马比画起"兔子"耳朵手势与我们合影，多拍几张、多拍几张！一切都是那么意外、那么美好。景甜自然而然挽着我的胳膊往刘付生家走，我们好像久别重逢的多年老友。她带着一大包礼物说想去看一下刘媛。媛媛一看到景甜就说："姐姐，你长得好漂亮！"景甜略显羞涩耸肩连声说着谢谢。我们都没有想到这丫头的嘴上跟抹了蜜似的。景甜在我送给媛媛的字典上亲笔签名寄语，鼓励媛媛要好好学习，将来走出农村，到大北京发展。媛媛这孩子机灵着呢，赶紧把画好的画儿送给景甜姐姐。随后，景甜、驻村工作队成员、村书记、主任等人都来到村民刘埃才家座谈。夕阳西下，小院窑洞的窗户上阳光斜照，满墙挂着的干辣椒串、玉米棒在微风中倾诉着丰收的往事，小

第五章　岁月如歌

我与《星光》电影佳县组的导演合影（左起：刘施然、苏丽、韩可一）

木桌上的红薯、土豆、南瓜冒着热气，普通村民与明星的促膝交谈，是刘家峁最美的画面，所有的温情都在这一刻流淌蔓延，画上完美的句号。拍摄结束后，暴部长派人把我们送回榆林城，剧组的精心策划和对接，让我和女儿终于在 2018 年的国庆节有了一次难得的团聚。

又是平常的一天，暴部长驱车带着两大箱的"货"来村里找我。原来，是刘施然导演寄给村里孩子们的快递包裹。这些玩转摄影的艺术家们总是我行我素，因为你永远不知道他们下一秒会带给你什么样的惊喜。刘导在之前的拍摄全程中，从来没同我讲过一句话，只记得他双手插兜，戴着墨镜，低头思考、酷酷的样子，我甚至没有看清过他的脸。直到我、韩导和他一起合影时才摘下了墨镜。在媛媛家时，他倒是和我说过一句话："看样子媛媛小朋友个儿不高脚不小呢，穿多大的鞋啊？"我随口说："是啊，娃同我一样呢，35、36 码都能穿。"他蹲下身子用手比画大小。我想，刘导那会儿就动了想为孩子做点什么事的念头了吧。"脱贫攻坚战·星光行动"的每一个人都是心思细腻、善良真诚的艺术家，他们礼貌谦卑，不动声色，心怀大爱。

缘分就是这么妙不可言。2019 年 12 月 24 日，我和女儿受邀参加央视电影频道"脱贫攻坚战·星光行动"特别节目《星光之夜，新年礼物》的拍摄，刘施然导演一行五人抵达榆林。能在榆林再次见到刘导，这是我不曾想过的。他是村里孩子嘴里的"好心人"，他是媛媛心里的"酷叔叔"。自从上次离开，我们便在微信里互动，看他走南闯北，心里既羡慕也心疼。导演这行，外人看起来牛，其实很苦。这次他们要从榆林开始全程跟拍我和女儿一路的行程，这是"脱贫攻坚战·星光行动"节目组精心策划和用心安排的一份特殊的礼物，是给予我们全家人乃至全国扶贫干部的一份殊荣。北京几天的吃住行全部由节目组负责，特别是"脱贫攻坚战·星光行动"节目组了解到女儿准备参加艺考时，特意安排孩子去中国传媒

驻村工作队与景甜合影（左起：赵秀举、钟晓健、刘媛、苏丽、叶嘉宜、景甜、李波）

大学参观学习。我笨拙得真是不知道说什么才好。央视电影频道"脱贫攻坚战·星光行动"节目组的效率令人折服赞叹。仅两天，拍摄、剪辑、字幕，短片就全部完成。

12月29日这天，央视电影频道"脱贫攻坚战·星光行动"节目组集中展示了全国各地脱贫攻坚战的喜悦成绩和动人故事，我和女儿的小短片足足有7分钟。我的父母早早就坐在电视机前，就等着我们俩的画面出现，他们激动不已、泪流满面。亲友、同学们用手机在电视上录制了片段发来语音……此刻的欢乐是胆怯的，我不敢大口喘气，每一秒都小心翼翼，生怕我的呼吸声打破了那一刻的美好。从未上过央视的"井底蛙"，竟然坐在电视机前身体颤抖。景甜为孩子发来视频，鼓励她相信自己，勇敢追梦。"脱贫攻坚战·星光行动"佳县组组长梁晓凡，统筹协调，联络沟通，全力保障，在拍摄期间为我们娘俩的食宿起居操心费力，问寒问暖，无微不至。在中国传媒大学校园里，电影频道主持人巧筠全程陪同，一路解说。12月的北京，天空飘雪，但我们却感觉不到一丝寒冷，浑身的温暖与感动在体内循环开来。

所有的经历，原来只为着一场美丽的遇见。2020年1月18日20点15分，一个历经500多天，素材量达1750多个小时，33个贫困县，数百位影人共同参与的大型公益项目"脱贫攻坚战·星光行动"主题纪录电影《星光》在央视电影频道首播了。浓缩成90分钟的电影，真实记录了中国大地上脱贫攻坚战的种种成绩，也记录了无数人为脱贫攻坚出的每一份力，流下的每一滴汗。原来，在刘家峁村两天的拍摄，是为了这部电影而来。我不能想象，自己能代表全国385万名扶贫干部出现在电影的画面中，我无法想象自己的扶贫工作经历以这样一种特殊的方式呈现和见证。双手合十，感恩。

"刘家峁"是字典中三个普通的汉字，也是一个被重复多次的地名。

通过电影《星光》，刘家峁村进入了全国人民的视线。电影里，我们看到刘家峁村走出来的刘媛成了小明星，她清澈的眼神穿过屏幕，未来可期。电影里，我们看到女儿叶嘉宜作为高中生参与到脱贫攻坚战的点滴收获和成长蜕变，新世纪出生的他们，经历了冰灾、"非典"、地震、新冠疫情，无疑是最勇敢的一代。电影里，我们看到榆林市公安局驻村工作队每位成员与明星景甜坐在小院里畅谈的场景，美丽乡村的建设就在这美好的岁月里，往事并不如烟。电影里，佳县县委书记刘生胜热情推介佳县红枣、酵素、杂粮、羊肉等农特产品，宣传佳县红色文化、黄土文化特色旅游的那些画面，真挚纯朴，引人入胜。这是他作为家乡父母官打造"旅游＋扶贫＋生态农业"新理念，为榆林扶贫注入了佳县元素，一颗枣、一粒米、一滴水、一棵树、一次发声，这些镜头在老百姓的内心深处永远铭记。在这场史无前例的战役中，每一位参与脱贫攻坚的领导和干部们都是这场战役的勇敢战士，他们使出浑身劲，打出最强拳，为的是2020年，在中华大地的历史上，见证我们真正全部消灭绝对贫困的那一刻。而这一刻，越来越近。

我原以为，驻村干部的工作只是冷暖自知。现在看来，我们的付出和努力，被各级党委、政府看见了，被人民群众看见了。党中央，习总书记也时时刻刻关心着我们的冷暖："要关心爱护基层一线的扶贫干部，让有为者有位，吃苦者吃香，让流汗流血牺牲者流芳，激励他们为打好脱贫攻坚战而努力工作。"总书记对扶贫干部的浓浓深情皆在一言一语一行中，每个贫困户像一棵安静的树，静待枝繁叶茂，一树花开。每位扶贫人像点点星光，无怨无悔，发光发亮。导演的眼睛里全是故事，一部不经过事先彩排，没有剧本的电影，在他们深度的挖掘、取材和精心的整理剪辑后，带给观众的却是心灵的震撼。《星光》电影总导演赵薇说："这是一部明星最多的电影，也是一部真人真事、真心真意的电影。"我们期待电影《星光》早日走进影院和大家见面！

谁没有过孤单和寂寞，而人生又何处不是惊喜呢？熬过了多少不眠的夜晚，又看过多少满天星辰？我相信，天空一定有一种执着、一种让人落泪的温柔。每个人的力量虽然都是微弱的，但正是这一点点的光亮，把脱贫攻坚这条路照亮。脱贫攻坚战即将胜利收官，满天繁星也在未来乡村振兴的土地上无悔发亮，我们走在大路上，迈着稳健、平静的脚步，与自己相遇。

第六章

因为有你

生命的火花

　　当我得知苏丽同学十几万字以脱贫攻坚为主题的文学作品《光景》已渐近尾声的时候，此时距我们相识已经有 40 个年头了。

　　都说，写作是勇敢者的事业。

　　它需要你奉上全部的精力、体力、时间乃至生命。更重要的是，你还要勇于面对惨淡人生和严于解剖自己的魄力。苏同学用了六年多的时间品味出扶贫路上的光景，也绝不是耸立在地平线上供大家仰望的理论框架。相反，扶贫路上的艰难坎坷，扶贫生活中的诸多乐趣，有血肉温度的扶贫对象和无数被赋予情感的往事把纯洁质朴的人性景象抒发得淋漓尽致，众生百态，个中滋味细细品来，真的是一首有灵魂的歌曲。翻开每一篇图文并茂的美图日志，在许多人感慨扶贫路上的工作成就之外，我愿意理解为这不单单是一个工作的呈现和荣誉。

　　如果说文字是创作者的孩子，我更觉得它们就像是苏丽相处多年的老朋友，不为名利而来，不为目的而来，只为懂得和那份理解而来。它们不是人云亦云地说几句冠冕堂皇的官方话，而是带着内心被唤醒的热情，把文字和灵魂进行了交融，用文学的力量助力脱贫攻坚战，面对着心里笃定的路，犹如黑暗中燃烧的火焰，愈烧愈旺。这种寻常人难以得到的经验和历程，可以使我们发现不同的人生境遇，并且重新认识这个世界，重新结交新的自己。

其实每个人都有自己特定的波长和频道。苏同学亦是如此。

从她开始着手准备写作的最初，我们像所有的闺蜜一样，相约见面、诉旧、八卦、逛街、畅想。她有写作初衷的时候，我甚至是不认可的。

是啊，人到中年，她的女儿备战高考，我有儿子参加中考，单位里都有中流砥柱要承受的工作压力，吃喝拉撒、衣食住行每一样都要考验你的精力、体力和能力。流年在暗中偷走了我们的黑发变为白发，敏捷变为迟缓，而你还要上得厅堂，下得厨房。能把琐碎的日子紧凑守旧地过成平淡的一条线已属不易，那些曾经确认过的理想主义都在一次次的怀疑中淹没，好像真的没有任何由头还要在文字里寻找"高贵的灵魂"了。

我能想出无数条劝她放弃的道理和理由，无数次到了嘴边的话语，又像一个咽炎患者一样频频吞咽入喉，自行消化。终其缘由，不忍心看到她如懵懂少年般充满激情的眼神，也是因为懂得她渴望在字里行间寻找属于自己的另外一个灵魂。

我确认过，她就是一个理想主义者，内心永远有一种蠢蠢欲动随时将被唤醒的热情。无人的时候，我们都能懂的，彼此会心一笑。但是热情一旦变成文字，所有的欢乐和眼泪就不只属于自己，你必须要有引起众人共鸣的激情，我也担心，这里一定会有深夜掩卷后留下的诸多泪水，尽管它恰到好处地掩藏在黑暗里……虽说能用这么特殊的一种方式，借助一个有趣的灵魂，再用一种优美的语言表达出来的故事犹如一堆矿石里提炼出来的金属一样稀有。可是，生活已经很辛苦了，为什么总要在坚持与热爱之间去执着、去折腾呢？

我很担心，但始终没有说出口。作为相伴 40 年的闺蜜，我更愿意与她分担、分享。她的目光里一直都带着我们年少时青春的火花，而今，决不能因为我的迟疑，我的停滞而让她犹豫和彷徨。

都说"才有性生"，唯有尽其性才能尽其才，也许任性和桀骜本来就是才华的一部分。

是的，她也的确够任性，够另类。

十多年前，所有的人都热衷于在电脑网络上"偷菜"、淘宝的时候，苏丽已经在她的 QQ 空间中录入了无数条"每日心情"，并且时时"炫耀"读书笔记。我们几个好朋友，甚至都在私底下轻议她的"做作"和"矫情"，但是她总是狡黠地笑着回应"日久现功夫"。所有的同学都在自己安逸的日子里朝朝暮暮、自得其乐，她却犹如陀螺般转个不停。学书法、摄影，找灵感、忙写作，讲养生、谈健身，终日在自己的一片天地中忙忙碌碌，食不暇饱。随着生命的年轮一圈圈增加，时间就像一轮符咒，终究还是一纸箴言狠狠地回应了嘲笑她的人。

情怀就是这样一种玄而又玄的东西。当你视而不见的时候，它就是一个心绪、一种精神。一旦让情怀注入了热忱和坚韧，它就会在嘈杂的现实中从容淡定，在纷乱的尘世中永保一种坚守。多少年过去了，我们的容颜已好像不再是我们，我们的情怀也都与自己分道扬镳，只有那个时时有火花的小女孩，因为一种坚韧、一种信念，成为真正的自己，而且也带着我们的骄傲，站在了山之巅、业之峰。就像她的摄影，总给人眼前一亮的新意，她的书法在业界也是小有名气，她的工作稿件屡屡被登报上头条，所有关于她的扶贫故事和传说被同学们七嘴八舌众说纷纭的时候，嫉妒的声音也随即而来。欲戴王冠，必承其重。豆大的眼泪在她的眼眶打转，她坚定地说："我不后悔。"我们相拥而泣，我也拿不出更好的语言去安慰她，只想支持她做那个让光阴生色、日子生香的女人。相信她永远是带着生命火花的那个小女孩，那个不言败、不说苦、不服输的小女孩……

真正成为自己可不是一件容易的事。你可以随便是一个角色、一种身份，唯独难成为自己。不被某种外在利益所牵引，而是为了一种爱好开辟了一块自己的园地，培育了许多美丽的花儿，并为她们倾注自己的全部心血，一个这样的人，一定是最真实和最可爱的，如苏丽。作家周国平曾经写道："此生此世，当不当思想家或散文家，写不写出漂亮的文章，真是不重要。我唯愿保持住一份生命的本色，一份能够安静聆听别的生命也使别的生命愿意安静聆听的纯真，此生的快乐远非浮华功名可比。"大师的这句话醍醐灌顶，再一次让我确认了苏丽一直从容坚持的初衷和动力。

她说，你得活出个样儿来。

我说，还得活出个味儿来。

唯愿身边所有的人都能活得自由，活出自我。愿生命都能如此简单，如此从容！期待这部颇具文学气质的女警扶贫记《光景》付梓见面。

姬小莹

（榆林医务工作者，系作者闺蜜）

陕北兰花花

党的十八大以来，以习近平同志为核心的党中央将脱贫攻坚摆在治国理政的突出位置。2015 年，中国共产党向全体人民庄严承诺：坚决打赢脱贫攻坚战，确保到 2020 年所有贫困地区和贫困人口一道迈入小康社会。这场举世瞩目波澜壮阔的脱贫攻坚战，是中华民族几千年历史上从整体消除绝对贫困现象的伟大实践。基于全党全国脱贫攻坚的强大合力，在中华大地奏响了脱贫攻坚的时代强音。几年来，在全社会共同努力下，脱贫攻坚取得决定性成就，脱贫攻坚目标任务接近完成。在这张脱贫攻坚的优异答卷上，不仅书写着各级党组织履职尽责、不辱使命的光辉业绩，也彰显了广大基层党员干部的主力军、先锋队作用，更展现了依靠人民群众参与脱贫的内生动力。

全面建成小康社会，最艰巨最繁重的任务在贫困地区。陕北地处黄土高原，受自然条件制约和经济发展不平衡等因素影响，存在一些贫困乡村和贫困人口，单靠自身力量难以脱贫解困。"小康路上一个也不能掉队。"习近平总书记坚定有力的话语像一道温暖的阳光，照到了每一个贫困角落。

从 2014 年起，陕西省榆林市公安局响应党的号召，贯彻精准扶贫战略，选派优秀干部组成工作队，深入佳县乌镇刘家峁村，参与脱贫攻坚工作，用爱心用温情用行动，把党的扶贫政策的红利送到群众的心坎上，帮助群众解困，提高致富能力，促使贫困山村尽快摘掉贫困帽子。

伟大的实践孕育伟大的故事，脱贫攻坚需要精彩的文字写就精彩的讲述。刘家峁村脱贫故事是中国扶贫故事中的一个片断，榆林公安及驻村工作队是中国脱贫攻坚战役中一支过得硬的战斗队，苏丽警官是千千万万驻村扶贫干部中的先进典型。我曾听榆林市公安局的民警讲，苏丽警官是一位优秀称职的公安干警，又是一位集文学、书法、摄影、音乐、主持于一身的才女，其作品多次在公安系统获得奖项。在这项史无前例的脱贫攻关事业中，她巾帼不让须眉，义无反顾地投身到驻村扶贫第一线，六年寒暑，不问西东，她是中国扶贫故事的见证者、记录者，又是中国扶贫实践的参与者、践行者。

今年春节期间，新冠疫情肆虐。苏丽警官电话问候时提到，年底脱贫攻坚，就要圆满收官，讲好扶贫故事，发出榆林声音，我不想缺席，琢磨着写一部描述扶贫经历及心路历程的纪实文学作品。这确是一件非常有意义的事情，必须给予赞赏。出过书的人都知道，写作是繁重的脑力劳动，其中的辛苦不言而喻。我钦佩她的勇气，但心里打着鼓，暗自捏着汗。让我没想到的是，她很快就付诸了行动。3 月中旬，她的《光景——女警扶贫记》先期以网络文学形式问世了，几乎以一周一期的频率，在"驼城驿站""美篇"等公众号推出。随后被《榆林扶贫》《三秦广播电视报》《陕西政法天地》《中国扶贫》等公众号采用，以《刘懒汉脱贫记》《穷若是病，爱可以治》为题相继做了系列报道，反响大，好评如潮。我被《光景》深深吸引，关注追随的脚步一刻没有停歇。7 月的一天，她兴致勃勃地告诉我与出版社签订合同了，着实让我惊叹欣喜，内心深处被她这份勤奋、执着和坚持所感动、折服。

　　苏丽警官是中国扶贫故事的见证者，更是一名优秀的记录者。"文章合为时而著，歌诗合为事而作。"讲好扶贫故事，弘扬扶贫精神，语言要有"根"。农民的话最有"泥土味"。驻村期间，她始终和农民打成一片，用农民的语言去说农民的话，用农民喜欢的方式做农民的事。她在日记中写道：真正的善良是平等，不是自上而下的施舍，是给予受助者人格的尊重，是发自内心的一视同仁。她以女性特有的耐心、细心、专心，用她坚韧的毅力、忙碌的身影、柔弱的肩膀，为党的扶贫事业贡献了光和热。于是，她把讲好扶贫故事作为职责所在，她把六年多的驻村扶贫经历，集结成人生好"光景"。我非常喜欢"光景"这个书名，陕北人把过日子说成过光景。光景是阳光、是恩泽、是时光、是景象。《光景》为平凡人书写历史，《光景》为脱贫攻坚加油鼓劲、摇旗呐喊。苏丽警官用镜头记录了大量脱贫攻坚图片、视频等影像资料，具有珍贵的史料价值。

　　苏丽警官是中国扶贫实践的参与者，更是一名优秀的践行者。"刘家峁不穷，我不来；刘家峁不富，我不走。"这是榆林公安驻村工作队喊出铮铮誓言。以"老黄牛""第一书记""刑警队长"和苏丽警官为代表的扶贫领导和干部，一方面紧盯扶贫项目做工作，深入调研，因地制宜，提出一系列产业发展思路和办法，推动实现从"输血"到"造血"的功能转化。另一方面坚持扶贫扶志并举，不仅改善了村民生活条件，改变了落后思想观念，还给贫困群众带来实实在在的获得感和幸福感。苏丽警官，上有年迈的父母大人，同为扶贫干部的丈夫叶先生，下有体弱多病且面临高考的女儿童童，都无时无刻不需要她。可以想象，六年驻村，时光漫长，不知藏有多少不为人知却又沉甸甸的心事。她曾对我说，作为女人，虽坚强也有脆弱的一面，不是所有孤独薄凉的夜晚都能战胜，不是所有困惑疲惫的日子都能忍耐。一路走来，苏丽警官以她的信念和追求、以她的善良和美丽，展现了女警官独立自信、明朗纯净、不惧艰苦、勇于担当的优良品格。她代表百万扶贫干部参加了中央电视台电影频道"脱贫攻坚战·星光行动"，她的先进事迹被"学习强国"平台刊发，并编入《全国先进模范事迹汇编》，她创作的扶贫文学作品入选《中国扶贫》等国家媒体和公众号，她本人荣获第六届"榆林好人——最美扶贫干部"荣誉称号。

黄河流千古，流出了漫无边际的黄土地，流出了不屈不挠的黄河人，流出了灿若明珠的黄河文化。感谢《光景》作者苏丽警官，她以对黄河的念恋，以对黄土地的依恋，以对黄河人的爱恋；她用温暖的情感，用细腻的文笔，用泥土的芬芳，把老百姓的苦辣酸甜、勤劳质朴、喜乐欢颜，写在山峁间，融入泥沙中，让我们深切地感受到黄河的伟力、黄土地的伟岸、黄河人的伟大，感受到炎黄子孙对根的绵绵情谊。

走过的是岁月，留下的是故事，随风的是记忆，期盼的是希望。感谢《光景》，讲述了刘家峁村靠政策脱贫致富、靠奋斗改变人生的动人故事，将带有烟火气息的生活片段，提炼升华为一种精神境界，传递一种向上向善的价值力量，从而诠释了中国脱贫事业的伟大意义。《光景》昭示人们，爱藏在世界的每一个角落，爱是唤醒人们对美好生活向往的良药，若穷是病，爱可以治。《光景》的时代意义，在于通过脱贫攻坚的伟大实践，挖掘形成一股强大力量，激荡人的心灵，激励人的勇气，激发人的斗志，以更大的决心、更大的干劲，赢得脱贫攻坚的胜利收官，迈向乡村振兴的新征程。

（北京　张伟教授）

陕白榆的守望

阅读和写作一样，同样需要心境。

看苏丽把《光景——女警扶贫记》一期接一期在朋友圈里记录时，我留言说该出本书了！她说，藏了几年的话了，一定要在这本书里一吐为快。

我与苏丽同为警界中人，相互交流公安宣传工作之余，也偶有电话问候。言语间，职场事务之羁绊，生活烦琐之接踵，感同身受。这几年看她在城市与乡村间辗转往返，公安宣传工作做得有模有样，扶贫工作更是有声有色。忙乱的苏丽，能保持一颗求真向善审美之心，挤出时间去阅读写作，敬佩也！相比之下，身处相对悠闲机关的我，虽远离案牍劳形之苦，但阅读与写作日渐荒疏，羞愧也！

书中收录20余篇驻村扶贫作品，以随笔为主，长于叙事抒怀、表情达意，鲜有鸿篇巨制、宏大叙事。在这里，可以感受到苏丽警官"望着自己长长的影子，一地悲凉""没有了疾病初愈的欢喜，只是想赖床""点灯熬油，和偷窥的'灵魂'"以及最多的"扶贫路上的、村民眼中的、你我熟悉的，警察身影"。也可以实实在在感受路旁村头谈发展，田间地头说增收，堂前炕头拉家常，队员们沉下身子把百姓的利益作为出发点和落脚点，让刘家峁村充满活力的身临其境。在这里，可以感受到脱贫攻坚中的"排头兵"，他们是新时代的一粒尘埃，却肩负国家政策使命的重负，虽略显步履蹒跚，但立志为老百姓脱贫致富寻找出路的笃定信念却熠熠生辉。

"脚下有多少泥土，心中有多少深情。"书里你能认识很多人，钟晓健、李波、赵秀举、王主任、王文医生等扶贫干部，还有刘付生、刘学山和刘向利一些朴实村民。然而，正是这些普通人、琐碎事，构成了你我熟知的冷暖幸福，姿态平凡但风景亮丽，不由让人生丰满起来，才有了风雪之美、芙蓉酒醉。

"有付出，才有回报"，刘爱军、高小琴用奋斗改变人生，凸显作者独具匠心，一眼望去，一面是讴歌劳动最美丽，一面在赞颂根于黄土地、饮于黄河水的陕北人朴实又唯美、艰困又富有、矜持又浪漫的爱情故事，令人尊崇。任劳任怨的《老黄牛》、甘心付出的《第一书记》、真心帮扶的刑警队长，《农家书屋》的故事与《"李子柒"式的生活开始了》，《同行者》与《三个女人一台戏》……苏丽的文字，时有儿女情长，时有侠骨丹心，叙写得怦然心动，留给读者的是意犹未尽、念念不忘。我曾经当过编辑，深知每个文字的背后一定是认真生活、忠实生活的热心人，一定是品味生活、记录生活的有心人，一定是简单生活、快乐生活的知足人。不仅如此，苏丽还是敏言、善思的谦谦女子。

在她笔下，亲情、友情、爱情、恋情、战友情，似乎被贴上让人难以割舍的"标签"。藏在文字里一语问候、一草一木、一个簸箕、一抹秋色、一泓深潭和浑腔老韵的陕北腔调中；藏在黄土坡地上的一两枝白榆，三四孔窑洞、五六个大妈、七八个孩童的嬉笑中……你得慢慢品味、细细挖掘、深深思念。娓娓道来中，既有落泪的释怀，又有缥缈的美妙，更有令人难忘的凝思，使你感悟母爱的宏阔、友爱的纯净、情爱的真挚、战友之爱的深沉、山水之爱的辽远……

这些亲历者和见证者的文字，笔触细腻、饱蘸深情，如果出自专业作家和文学青年之手，也许不值一提。而作者是一位民警，站在善恶、美丑最对立的一线，却依然保持着对乡情的眷顾，对故土、父老乡亲的深情厚爱缅怀和感恩，实属难能可贵。

写作是勇敢者的事，需要奉上精力、时间，还要有敢于解剖自己的魄力。六年扶贫光景，其中滋味、冷暖自知，咀嚼时日，拿出共享，苏丽在用文字助力脱贫攻坚圆满收官。毋庸置疑，黄土高原上的这棵白榆树，枝繁叶茂，花香四溢，不管是王榭堂前，还是百姓后院，都以她坚韧的品性，干净爽朗的笑声，独特孑立的才情诠释着雅俗共赏。

我与苏丽，职业相同，思想相近，性格相仿，惺惺相惜的成分居多，羞于肚中无墨，难登大雅厅堂。幸好，有文字在前，不至于贻误读者。

（安徽　王东田警官）

光景小寄——愿人生从容

　　苏丽曾经在一次读书会上，推荐过贾平凹的一本书《愿人生从容》。
她就像书名那样，向人们展示了一个从容的人生。

　　她擅文学，"美篇""QQ 空间"皆是她的《立人小文》《素颜苏语》；

　　她擅摄影，报纸、杂志、影展有她的作品；

　　她擅书法，"日课""夜课"《字言字语》的勤奋是她各级赛事获奖
的见证；

　　她擅播音，App"荔枝""喜马拉雅"有自己的个人电台，无论是朗
诵者还是主持人，她转换角色，游刃有余；

　　她擅策划，公安系统各种活动、亲友的婚礼、聚会、读书方案细致、
周密，操作性强又不乏灵活性；

　　她擅厨艺，微信朋友圈里的美食展让人垂涎欲滴；

　　她擅记录，生活的点滴被印制成《素菊说生》，把过往的时光捧在了
手上，随时翻阅；六年的扶贫工作经历被她记录成册、编撰成书，有了这
本厚重的《光景》……

时光飞逝，她数年间在不同的环境和角色里转换、积累、成长、跋涉。十几年的警营生活，她一腔热血；六年的驻村扶贫，她满腔热忱。她把过往的一切记录成了光景，成为她从容人生的另一个写照。不经意间，连艰辛的扶贫工作，好似也成了一种从容。看得见的鲜花与掌声背后，都是别人看不见的努力与辛酸，而这些收获又哪一次不是她的义无反顾和心甘情愿？愈来愈多的人把目光也瞄向了她，直到她的身后有了不同领域、不同性别、不同年龄段的粉丝，她依然在自己的一亩三分地里默默耕耘，从容生活。

然而，所有的从容背后，所有的笑容之内，包含的是一滴滴硕大的汗水与一颗颗滚烫的泪珠。作为经常沟通的好友，作为分享喜悦与收获的听众之一，尽管大多时候，我看到和听到的都是苏丽付出的辛劳和她获得的肯定。但从她偶尔流出的只言片语里，还是能感受到苏丽看似开朗的笑容之下隐藏着的痛苦，那表面从容人生下内心的伤痕。

苏丽的痛苦和煎熬，30%是身体原因带来的病痛，70%是她无比强烈的责任心与工作家庭不能兼顾所造成的愧疚。前些年，他们一家人带着女儿在北京求医问药的日子里，我看到另外一个版本的苏丽。一向衣品考究、时尚摩登的她竟然睡在儿童医院病房的地板上，当她拿出红蓝黑三色笔为孩子绘制、书写记录的六本健康成长日记时，我终于理解母亲之伟大的所有意义。她太想把家人照顾好，想让父母安享退休生活，让丈夫安逸家庭和睦，让女儿安稳完成学业与成长，她太想把所有她所负责的工作做好，让自己安心书法与写作，想去世界的每一个角落看看……但驻村扶贫工作的性质，让这样的愿望无法实现。她只能在非常有限的时间里奔波于刘家峁村和自己的家里、女儿上学的城市、父母居住的地方，把无限的热爱分配在有限的时间缝隙里。

时间当然是不够用的，但苏丽却能在有限的时间内迸发出常人无法想

259

第六章 因为有你

象的巨大能量，在庞杂的千头万绪中，梳理成清晰可见，让她的工作与生活有条不紊，让她的家人和朋友们，感受那份不慌不忙。尤其是六年的驻村扶贫生活。

我曾经写过一篇公众号文章，记录了苏丽在陕西佳县刘家峁村驻村工作的过程。文章有幸被《中国扶贫》官方公众号转载，让更多的人了解到了苏丽的故事。我在文中写道：只有心中有大爱的人，才会爱自己、爱别人，才会有那么多无私的奉献，才会把扶贫事业做到了那么优秀和突出，才会让刘家峁村500多位村民把苏警官当作了自己的亲人、家人，当作了贵人。（摘自刘家峁村民语录）

苏丽用她的真心实意，告诉刘家峁村的村民，告诉了懒汉刘学山、残疾人刘付生，以及刘峰和刘媛小朋友，如何爱自己、爱生活；苏丽用她根植于内心的文化修养和为他人着想的善良，影响着周围人对生命的定义；苏丽用她的才情与勤奋，诠释着人生的期待与憧憬；如果不是年龄相仿，像知己一样沟通交流，在内心深处，我是把苏丽当作一位人生导师的。她让我看到自己的不足，让我在犹豫的生活中找到明确的方向，这一点上，我和刘家峁的老乡们一样，对她有一种感恩之情。

在她的身上，那么多值得学习的优点不必赘述，苏丽最让我钦佩的，是她坚信付出总会有回报，从未怀疑，从不犹豫。

有媒体的报道中，作为人民警察和党员扶贫干部身份的苏丽这样讲道："毛主席说过，农村是一个广阔天地，我相信，刘家峁就是我苏丽自己的广阔天地！"不用问，她能这样说，刘家峁真的就已经成了她的广阔天地，她在这个贫困村里，交出了一份沉甸甸、金灿灿的答卷，也得到了一次又一次的表彰和认可。但她不需要颂歌，她的人生本就是一首歌。她常说，每一次遇见都是久别重逢。同类，惺惺相惜；异类，分道扬镳。她不仅让同类惺惺相惜，让异类也暗自佩服。当妒忌与怀疑随之而来时，她怪自己不够好，与他们相差太近。我佩服她的自律，她说你只管努力，上天自有安排。

苏丽的经历和她的故事，让我用眼睛看到了一个道理：你所经历的痛苦与煎熬，岁月可以看得见，那是人生的沉淀。你所付出的汗水与辛劳，老天可以看得见，那是可以预见的奖励。

恭喜苏丽的"日子"可以出版，感谢可以分享她的喜悦。她说得没错，既看清了自己，也找到了从容的人生。对于余生，苏丽与我、与更多人，无非是来日方长、后会有期。

（北京媒体人　曹宏涛）

后记

Postscript

今年 3 月，全国人民都处于新冠肺炎疫情防控中，人们的工作和生活不自觉转移到了手机和网络。灵感的到来事先并无预兆，我突然萌生出一种想法，把电脑里《光景》的零星草稿整理出来，尝试连载，看有没有人愿意咀嚼这些"细碎"。思来想去，我笨拙的头脑只想到一种方法来创作，那就是按照保存照片的时间顺序串联起驻村六年的时光。手机 App "美篇"满足了我的需求，有文字、图片和音乐，还可以无限次地修改，我决定用它记录这段岁月，安放内中心情。

六年的时光，庞杂散乱，说长不长、说短不短，一时不知该从何记起，好像做了很多，又好像什么也没做。六年的照片，翻阅起来可真是要命，一个移动硬盘，三个 U 盘，加上 QQ 空间一个相册。我像一个翻山越岭的旅人，翻一张，停一会，端一张，想一阵，最后翻得越来越慢，在每张照片上停留的时间也越来越久。东方吐白，才意识到，七个小时的时间，我一直在哽咽。次日，便开始张罗着文章的标题、架构、内容……连做饭、洗衣、做家务都在思谋。当腹稿变成屏幕上的文字，《光景——女警扶贫记(一)》成稿后，校对两遍，选模板，定音乐，配图，调整字体颜色大小……

仅一篇文章完稿并制成"美篇"就得两个小时，何况是 30 多篇一一成稿，时间是不能计算的。《光景》在手机 App"美篇"发布后，受到四方朋友的关注，评论留言不少。还有私信和电话，大多是鼓励，也有建议我去注册公众号、开个专栏或媒体投稿，以此来提高阅读量，增大影响力。说实话，我力不从心，真没敢想。

一边码字，一边回复，我不敢有丝毫懈怠。既要认真对待自己的文字，又要认真对待别人的鼓励。有人愿意花时间阅读，愿意给你留言建议和意见，与写作一样珍贵。脱贫攻坚收官之年恰逢女儿高考，加上我的声带治疗也接近尾声，写作的时间越来越少，我甚至觉得连睡觉都是浪费时间。睡觉，有时是沙发上的两三小时，有时是趴在桌上的几十分钟。我对《光景》所有的热爱，确切地说，就是文中的每一个标点符号、每一个人的苦和乐，还有每一处的热闹与安静……当这些画面一一再次呈现脑海中，呈现在文字上的时候，这些琐碎的事情、细碎的文字，让我又有一种痛感、掏空感、落寞感，且足够真实。

四个月的写作结束后，我再次回头整理这些文字时，有些来自自身的声音，时强时弱，相互纠缠，将我结集成册的思路撕扯成散片。《光景》如同一个长大的孩子，急切地想离开我的襁褓，想去广袤的天地里畅游了。以往的路过，深藏的暗涌，暮色清晨，星辰黄昏，我对它所有的感情，全部渗透在黄土高坡、山水草木，留在了我的文字记忆之中，沁入了我的骨血里！我珍惜此刻的悲喜交集。

没错，著书对于任何一个人都有着重大意义。于我一介草民而言，它是奢望中的奢侈。然，一旦有了想法，便又凭空生出无穷的动力，驱动和鼓舞着我不惜一切努力把它完成。写作得益于时间、阅读和体验生活。一个人的视界决定他的世界，每一个环节都是需要的、无可替代的。《光景》

的呈现，是每一张陌生面孔的遇见到熟悉，每一件事情从棘手到应手，是对世界的认同，是对美好生活的向往，是一连串"如何"的思考——如何防止贫困户脱贫后返贫？残疾人子女在未成年期间应该如何得到学习和生活的保障？贫困户与非贫困户之间因"给"而生出的矛盾又该如何解决？如何给普通的村民一份尊重与新生？……我想，这不仅是脱贫攻坚战线的每个奋斗者的职责，更是我们全民需要思考的问题。脱贫攻坚不仅是参与扶贫工作者的事，更是与每个人息息相关，全中国人民的大事；它不仅仅是送去米面油，更体现在"贫困户"在道德风尚引领和思想教育引导的"智"与"志"上，要下足绣花功夫。

有人说，思想的转变是最难的。可我不这么认为，说难也简单，说简单也难。难在，帮扶干部只会政策上务实；简单在，帮扶干部只需要俯下身子、蹲在地上，尊重他们的生活习惯和人情世故，放下身段倾听和交流。我在农村工作生活的六年里，终于看到卸下寒衣的人民在"黄金琥珀"之上舞动铁锄的身影有多么迷人。"你什么时候下来的？"到"你什么时候回来的？"问候语里一个"回"字的转变，这是他们终于把我这个外乡人接纳成本村人的全部秘密。从此，他们愿意坚持把最后一块地翻完，愿意参加驻村工作队举办的各种活动，愿意把心拿出来给你看，愿意认认真真听你说的每一句话！

陕西作协李子白先生、著名书法家遆高亮先生对文章的结构、脉络方面给予极大的支持和鼓励，让我的精神始终保持充盈的状态。又，二位先生欣然应邀，李子白先生作序、遆高亮先生题写书名，心中感激满溢。新华社编辑、《国家相册》主讲人陈小波老师在看完我的前四期后留言指导："《国家相册》一直在寻找自己的陈述方式，那种方式就是说任何事，都好好说，不急赤白脸，不强加于人，不大吼大叫，不粗陋浅鄙。"鼓励我保持写作风格、遵从内心，多用动词、数词、有感情的词。那，《光景》的语言风格是什么？得了小波老师的指引，既不生硬，也不掺水，说自己的话，说有感情的话。北京张伟教授逐篇读完，每期留言，认真评论，给予了文字和结构方面的指导，鼓励我保持自己的写作个性，坚持文学、文化价值观，让我的创作灵魂得到了安放。榆林公安局局长邱祖满、榆林扶贫办主任王志强重视关注，适时指导，提出了宝贵的意见。佳县县委书记刘生胜、县长杨政给予我创作上极大的勇气和力量，在思路和方法上予以指导。

我也曾四处拜求师友，经常在谈话间受到启示，这是书稿得以完成的主要动力。特别感谢严解放、韩效祖、刘龙、曹洁、亢雄、孙存政等诸位先生，都曾审阅了书稿中的若干篇章，并且提出了切实而中肯的意见。北京梁晓凡、曹宏涛、李世旺，上海魏雨生，黑龙江沈莉，浙江曹旗伟，福建薛德魁，安徽王东田，西安庞军、华茹、呼浩，榆林谢宏、贺引忠、李庆山、田建发、崔志川、刘喜林、刘剑峰、张剑、刘利虹、强继霞、李林利、项世雄，佳县白静阳、王小萍、彭靖渊、徐曙光、张树杰、高生光、暴海雄、王和平、曹瑜、常小琴诸君，都曾给予热情的帮助和莫大的勉励。感谢闺蜜姬小莹，好友张伟教授，警营同行王东田，媒体人曹宏涛撰文，让本书增加色彩，弥足珍贵。感谢文中提及的人，愿意无条件地让我使用他们的真实姓名和故事并出版。感谢我的丈夫和女儿，感谢我的父母、弟弟一家人，他们是文字的第一读者和校对人，他们在背后默默撑起全部的家务，让我获得了支持和自信。感谢我的亲朋好友，同我分享苦难与快乐，使得书里的人物栩栩如生。感谢医生刘峰兄的医治和鼓励，让我在疾患与工作并行的状态下，多了一份对人生的深刻理解和感悟，倍加珍惜。越是悲戚，越是幸福；越是幸福，也越是磨难。书里的每个人跋山涉水的幸福，都来之不易。感谢所有走进我生命中的良师益友，感谢你们的付出，留下如此美好的记忆。

特别是，陕西人民出版社本着"出好书，传播优秀文化；做精品，弘扬时代精神"的宗旨，积极挖掘整理，拟以书籍的形式"存储"一群人在脱贫攻坚战场上团结一致、锐意进取的时代记忆，让本书文字的存在有了深远的意义。加之出版社编辑耿英反复审阅书稿，多方协调，使小书得以付梓。

故事总是喜欢在人们意犹未尽之时戛然而止，但它也在我们不经意时又流出脉脉温情。光阴流逝，万物更新，愿故事里外的你我他在合上书时，能心甘情愿地说一声：我喜欢。愿用六年光景，还我岁月芳华。也愿此书不道再见，只说开始。

苏　丽

2020 年 8 月 9 日

267

后
记